奇妙な青春

Yoshie
Hotta

堀田善衞

P+D
BOOKS
小学館

目次

第一章

電車が警視庁の前にさしかかった。安原初江は嚇っと眼を見ひらいて、茶褐色の建物の窓の一つ一つを睨むように見詰めた。ほぼ三角形をしたこの暗鬱な建物の入口は、三角形の一頂点、霞が関から来る通りと三宅坂から下って来るゆるい傾斜の交叉する角のところに、白い石段の上に、暗い穴ぼこのような口をあいていた。三宅坂の上では、むかしの参謀本部、ついこのあいだまでの情報局が焼け崩れ、明治風な赤煉瓦の建物の外側だけが、毀たれた墓かいまにも崩れ落ちそうな何かの記念碑のように憮然としてたちつくしているのを、初江は確認して来た。その廃墟の向うの丘の上に、どす黒く汚れた国会議事堂が、これもまた墓石のように、ぼんやりと突っ立っていた。電車が坂を下りかかって議事堂が見えなくなると、初江には、それが、焼野原にひとり残って身動きもならぬ、図体ばかりがばかでかい、阿呆か低能児のように思いなされた。眺めていると、こっちまでが気違いか阿呆のように笑い出したくなる……。そして、その次が警視庁であった。東京の大半が燃えつくしてしまったのに、なんでいったいこの建物だけが残ったのか。同志たちの、膏汗(あぶらあせ)と血にそまった屈辱の記録が、書類が、焼けも燃えもせずに、貴重なものとして、恐らく第一級に大切なものとして、いまだにしまってあるに相違ないのだ。他のどんな建物にもまして、この、この建物だけは、何としても絶対に燃えなければならなかったのだ。それは初江にとっては、どうしても〝ねばならない〟ものであった。宮城は、情報局が燃えたとき、情報局からの飛火で燃えた。それはそれでいい、事の自然だ……。が、この建物が残っているということは、絶対に許されないことなのだ……。このなかに、初江や、初江の夫である安原克巳だけではなく、克巳の姉、初江にとっての義理の姉にあたる石射康子をいたぶりつづけた井田一作の奴もが、残っている筈だ。細い水気の多い眼に銀縁の眼鏡をかけた井田一作は、六月頃に特高から労務動員の方へまわされていたので、十月四日の特高追放令にはひっかからず、警視庁の籍はそのままで、いまは米軍のための慰安所の方の係りをしていて、ぬくぬくと生きている、と康子が云っていた……。井田一作の眼つきと、破れた電車の窓から遠慮会釈もなく吹き込んで額や頬を這って首筋に流れ込む雨の滴のように、肌を這いずるような、あの声とが、それを思い出すまいと如何につとめても、それは彼女の内部から発酵して来る。

『おい――、それでもいいつもりか、お前……』

頬の筋肉をひきつらせ、はあはあと息を早めて竹刀や木刀で擲りつけたり、煙草の火であぁ――初江はふいと手提袋をもった手で前を押さえた。それを思うごとに、ほとんど死にたい思いに襲われ悶絶したくなるのだが――ああ、陰毛をじりじりと焼いたりした、あの井田一作までが、生きて残っている。大和撫子の防波堤だ、と称して特別挺身隊という美名をつけられた米軍用女郎屋の監督に収まっている。初江にとって、克巳にとって、焼けなかったとならば進んで焼きに行って何の不思議もない筈の、また焼かないとならばせめてあれらの屈辱にみちた書類だけをでも奪還すべき、その建物が中身もまるごとそっくりそのまま残って、異常に寒い十月の、その冷たい雨に濡れている。天然自然の雨が、日本の戦争と人々の不幸にかかわりなく天然自然に降って来ることに何の不思議もなかったが、この暗鬱な建物が天然自然の雨に図々しくもゆったりとあたりを圧して濡れていることに、初江は何か酷薄で、嘲笑（あざわら）われているような、それでいて、なおいくらかは滑稽なようなものを、感じた。

　天然自然の雨と戦争、そして天然自然にではないけれども、戦前戦中、それからついこのあいだ、二カ月ほど前からの〝戦後〟という現在の状態にまで、とにもかくにも生き続けて来た自分の肉体、過去、現在、未来、これらのことをどう考え、どうとらまえたらいいのか、その一つ一つのあいだに、何とも処理しようのないような断層があって、どうしてもうまく自分一身のこととしてまとめることが出来ないという苛立たしさが、はじまったばかりの〝戦後〟といわれる時間のなかで、生きてゆくについて何かしらぎごちないものを感じさせた。一気に気持が昂揚して来ないのだ。待ちに待った平和――何という惨めな平和だろう！　しかし、解放は眼の前に見えている。きょうは十月十日である、初江は日比谷の旧国策通信社にいる康子に会って、それから通信社のすぐ裏の広場で催される出獄自由戦士歓迎人民大会へ行こうとしているのだが、どうにも気持がはずんで来ないのだ。反対に、暗く淋しく滅入ってゆくようなものが、そういうものが一滴一滴のしずくのように心の底にたまってゆく。彼女は、転向者である夫、あるいは転向者であると妻の初江にまで納得させようと装っていた（？）夫の克巳には云わなかったが、克巳と結婚して以来、どんなときでもかわりなく彼女を庇ってくれた義姉の康子には、戦時中でも〝いまに人民大衆が起ち上ってこんな戦争なんか止めさせます〟とまことをこめてはっきりと云って来た。戦時中は、満鉄の調査部や参謀本部に籍をおいて濠洲の資源調査の仕事に敗戦間際まで没頭していた、転向者としての克巳を傷つけたくなかったので、彼に対しては、露骨なことばでそれを云ったことはなかった。昭和七年、彼女が二十のとき、地下鉄の出札係だったときの争議――その頃地下鉄は上野どまりだった――上野の地上に出ていた踏切りに電車三輌を押し出して赤旗をかけ、この争議電車のまわりに裸線で鉄条網を張り、これに電車用六百ボルトの電流を流してストライキに入った、そして共産青年同盟に入った……、それ以来、何度か検挙され、変名してバスの車掌になっていた頃、そこでもストライキがはじまり、そこへ応援に来てくれた安原克巳と知り合って結婚したのだったが、それ以来、克巳も初江も更に何度か検挙された――それらのことどもを、太平洋戦争がはじまってこのかた、克巳は思い出したり話し合ったりすることを、何となく、いや、積極的に避けるようになった……。克巳は本当に転向したのだろうか？　その本心が、どうにも初江にははっきりとつかみきれなかったのだ。そのために、二人の生活が壊れそうになったことも何度かあった。つまらぬきっかけでの夫婦喧嘩のすえ、彼女が堰を切ったようにそれを云い出したことがいちどあった。そのとき克巳は、ただひとこと、

『情勢、情勢』

と云った。

ということはどういうことなのか？　情勢次第でおれはどうにでもなるということか、それとも情勢がよくなるのを待て、ということなのか。あるいはまた、情勢は本質的に変ってしまったのだ、という決定的なことを意味したのか、つまり彼の転向は決定的だ、ということを？彼女にはつかみきれなかった。昭和十一年に外交官だった石射康子の夫がシベリア鉄道で事故を起し、機密文書を紛失して自殺した。この外交官は、義弟にあたる克巳夫婦を、〝あのアカの奴等がおれの出世の邪魔になる〟と口に出して言い、イヌ畜生のように嫌忌した。いや、イヌ畜生と云っても充分ではなかった、何故なら克巳も初江も人間だったから。未亡人になった康子が一人息子の菊夫とともに東京に落着いて以来、初江はひたすらこの義理の姉に頼り、この姉とさりげない話題をもとめて話すことによって硬わばって折れそうになる心の緊張を解き、心底のものを守りつづけて来たのであった。こんな風な〝思想問題〟が理由となって夫婦不仲になったり別れたりする例は珍しくなかった。

克巳はしかし、不思議なことに、未決で入っていたり、判決があって下獄したり、また大戦勃発直後に予防拘禁されたりしたとき、留置場や獄中では、すれちがいに出獄して来た同志た

ちの話によると、実に毅然としていた、というのであった。自分といっしょにいるときには、極めて曖昧で、獄中では毅然としている、同志たちの眼の届くところでだけ、毅然として見せていたのか、しかもはっきりした転向声明書も書いている、初江には何がどうなっているのか、どうにもつかめなかった。五月二十四日の夜、家を焼かれた克巳と初江は信州松本市在にいる、翼賛壮年団の仕事をしていたむかしの同志を頼って疎開した。疎開するとすぐに克巳は地元の警察に検挙され、一月ほどして帰って来た。そして、七月の半ば頃、突然、姿を消してしまった。すると今度は初江が検挙されて拷問された。が、知らないことは云いようがなかったし、それに、何となくこれが最後だ、という気がしていたので、彼女は頑張り抜いた。そして降伏決定後に、克巳が京都でつかまっていることを知った。何をしに京都などへ行ったのであろう？　八月二十九日に初江は五つになる男の子と二つの女の子をつれて上京し、明くる日、国策通信社へ康子を訪ねた。そこではじめて克巳が京都でつかまっていることを知ったのであった。何分にも、松本から出した葉書が一週間たってもまだ東京についていないような状態だった。初江は心配した。震災のとき、大杉栄ほか三十数名の人々が惨殺されたような風に、暗々裡に葬られたりしないかと、気が気でなく、京都へ行こうとしたが、康子にその心配はないだろう、と止められたのであった。通信社にいる康子の云うことを信じたかった、そして信じた。初江たちは、立川にいるむかしの同志が借りている八畳の部屋においてもらい、昨日ようやく通信社の独身寮になっていた高円寺の康子の家が、入寮者はそのままで、とにもかくにも康子の手に戻るだけは戻されたので、六畳の部屋に、康子と息子の菊夫と初江たち母子三人とが同居することになったばかりであった。が、特攻隊から帰って来た菊夫は天皇制に反対する克巳や初江が同居するのならおれは出て行く、と云って母の康子を困らせていた。ここでも〃思想の問題〃は、母子や兄弟のただでさえ困難な生活を破ろうとしていた。留守居になれた二人の子供に、米糠と大豆の粉を少量のメリケン粉にまぜた蒸しパンを与えて出て来た……。

克巳も恐らく今日京都の警察から出て来るであろう。いまごろは電報がついているかもしれない。明日か明後日頃は上京して来るだろう。しかし、克巳が、十年も獄中に、いや十八年、六千日も獄にあって闘い抜き耐え抜いた、純潔な人々と相対するようなとき、どんなことになるのか……。初江の気持ははずまなかった。いやそれ以上に、不安でさえあった。

けれども、その不安と、ごとんごとんと不自然な揺れ方をして走る電車の破れ窓に見る、暗鬱な建物を憎む気持とは、はっきり別なものであった。落着いて、気持を整理する努力をしていないと、すぐに凝りかたまってしこりになり、解きがたいコンプレックスになりそうな、その種子は所々方々にみちみちていた。あの窓々は、いまのこの不安感、コンプレックスにつけ入ろうとしている！　敗戦による解放感などというものは、瞬時に吹き飛ぶようなものにすぎないということが、きりきりと胸に刺し込むような実感をもって建物の方から迫って来た。初江は街路樹の蔭にかくれて行った警視庁を、手でつかんでひき戻し、その場へ、いや、その場もこの場もない、どこのどの場へでもいい、とにかくどこかの場へひき据えて、竹刀か木刀で

粉微塵にしてやりたい、ああ、煙草の火を押しつけてじりじりと焼きつくしてやりたい、そして井田一作が云ったと同じ口調で、

『こらあ、それでいいつもりか……』

と云ってやりたい！　こちらの知っていることも知らないことも、如何に条理をたてて、これはこれだから知っている、そしてこのことはこれこれだからわたしが知るわけはないという風に、必死になって整理し、納得がゆくように説明し陳述しても、当方としてはこの事件はこうだからこう扱うことに定めてあるのだ、という、人間ではない、もう絶望的なコンクリートのような、あのわからなさ！　そのわからなさを竹刀や木刀や紐や鉛筆の暴力によって、人間をうち倒してまで押し通そうとする。そして彼等は押し通した。裁判所へ行けば行ったで、竹刀や木刀のかわりに、人間とはまったくかかわりのない論理をあの真黒な法服のうち側から取り出して来て、ついに一方的に押し通してしまう。でなければ、裏側からまわって親兄弟や子供をダシにして釣り出そうとする。彼女は前にあてた手提袋をもった手をずらせ、釣り手の輪のない、真田紐の尻っぽだけになった釣革につかまっていた手をはなし、右の腿、膝の少し上の方を無意識にさすっていた。そこは、竹刀で、また木刀で何十百遍か擲られ、内出血のために筋肉が死んでしまい、触ればそれとはっきり感じられるほどにくぼんでいる。そのくぼみをさすりながら、ぎりぎりと歯を食いしばっていた。

がしかし、その建物が見えなくなり、眼の前が日比谷公園の立木だけになると、正直言って、

矢張りほっとした。彼女が初めて官憲というものを生身の身体に打ちかかってくるものとして見たのは、昭和七年三月二十一日のことであった。白鉢巻をしめて、電球とバラスト（小石）をもち、電流を通じた鉄条網でかこった争議電車に立てこもった。菊屋橋署長が二百人の警官と七台の検束用自動車をもって総検束に来た。警官たちは催涙弾をつめたピストルを擬して待機していた。二時間以上にわたる交渉押問答の最中に、争議団のなかから応召する兵士が出て、革命歌でもって兵士を送り出したこともあった。争議は元来、応召兵士の馘首反対からして発したのであった。応援団体からモナカを贈られ、その餡のなかにレポが入っているとも知らずに食べてしまったこともあった。争議は、四日目に一応交渉妥結したこととなって態勢を解いたが、一カ月後の四月十九日の早朝、一斉に検挙されたのであった。それからまる十五年のあいだ、二十歳から三十四歳のきょうにいたるまで、ほとんど克巳と交替交替に家を留守にし、玄関の戸ががらりとあくごとに、神経を削られるような日々であった。しかも張りつめた心でいない限り、身体と精神のぜんたいを蝕ばまれ、一挙に谷底へ堕ちてゆくような思いに耐えることが出来なかった。そして、そういう緊張の持続は、肉体の眼も心の眼をも不必要に鋭いものにし、心の肌を自分でわかるほどに荒らしてゆく。どんな小説も、どんな映画も見たくも読みたくもない、思い詰めた顔で、夜の夜なかでもひたすらごしごしと洗濯をしているというような、片意地な、乾いた女に傾いてゆく。女の場合、こういう砂利原のように荒涼とした心境のとき、自由になっていいのだ、あのひとも転向した、このひとも転向した、そして自由にやっているじゃないか、と言われ、砂利原が河原になり、やがてそこへ濁水が押し寄せて来て、世の常の女房になるという道がひらけて来る。そして、それでもいいではないか、という囁きがある……。

右の腿のくぼみをさすっていると、突然臀をどんと突かれた。背後の人がこごんだかどうかして、臀で突かれたのだ。それはお辞儀をするような恰好をしない限りはありえないような突かれかただった。が、混んだ車内のこととて、振りかえるのも自由ではなかったが、どうやら桜田門をすぎて、ついこのあいだまでは、必ず、皆さん、宮城前です、とか、最敬礼、とかと声をかけられたその場所を、電車が通っているのであった。彼女の臀を押しまくっている人は、恐らく正しい姿勢をとって最敬礼をしているのであろう。初江は臀を押されてよろめくと同時に、彼女の前の席に掛けて、大股ひろげて眠っている、十七、八のモンペばきの女の子の股のなかへ両足を入れたが、身をひけばひいただけ、最敬礼の男は骨ばった臀で押して来た。彼女もまた痩せ衰えて臀の肉も片手の掌でたやすくつかむことが出来るほどになっていた。身を退けば退いただけ押して来る背後の男に対して、初江は複雑な、あまり突き込んで考えたくないような、背後の男に対してではなく、むしろ自分自身に対して腹が立って来るような、また一歩進めれば何か空恐ろしくおじけづかせるようなものが待っているような気持をもった。こういう人たちの方が多いのだ、恐らく絶対多数なのだ……。モンぺばきの女の子の股のなかで足をふみかえ、振り向いてみると、背後の男は六十に近い商人風の男であった。くたびれた国民服を着、戦闘帽をかぶっていた。年齢から見て、もし子供があれば必ずその子供が、ないならばないで近親者に、必ずや戦場へ出ている者をもつにちがいないようなひとであった。この混んだ電車のなかで、はた迷惑もかえりみずに、いまも最敬礼をしているひとをどう考えてゆけばいいのか。そういう、伸びたらいいのか縮んだらいいのか、伸びるとしていったいどこまで、どういう風に伸びていったらいいのか見当のつかぬものが胸の裡に渦巻いていた。それを、それをこそはっきりとさせるために、その方向に向っていま電車は進んでいて、初江は次の日比谷停留所で下りる筈であった。

雨がびしょびしょ降っていた。雲は陰鬱に低かった。初江は、電車から下りるなり大型の手提袋、頭陀袋といった方がいいかもしれないが、とにかくどんなときにどんなものを入れてもいいように、リュックサックにもなるような風に工夫を凝らした袋のなかから、ゴワゴワの軍用雨合羽をとり出して頭からひっかぶり、穴ぼこだらけの日比谷交叉点を公園の方へ横切った。彼女から三メートルほども離れた、水溜りの泥水をはねとばしたジープのアメリカ兵が、彼女に水がひっかかったわけでもないのに、アイム・ソリイと呼びかけていった。

幅広い交叉点をわたるのに、雨合羽を頭からかぶったままで行くことは出来なかった。横の方からジープやもうもうと煙を出して走る薪を燃料にしたトラックなどが曲って来はじめた。頭や顔にあたる雨の粒は、ぞっとするほどに冷たかった。これでは東北は冷害だろうし、何もかもいけないだろう。この冬、来年の春あたりはいったいどんな地獄が来るのだろう。交叉点をわたり切ると、早速合羽を頭からひっかぶった。風邪をひいてはならないのだ。風邪だけならまだしもである。もし一段進んで肺炎になったならば、死ぬよりほかないかもしれないのだ。米軍にはペニシリンがあった。けれども、それを手に入れることは、まず不可能だった。初江がこれから行って会う石射康子は、菊夫の嫁の夏子が、降伏決定の日の一日前、八月十四日に女の子を産んで後、九月に入って急に症状が悪くなり、膿胸を併発しているので、ペニシリン入手に狂奔していた。ペニシリンさえあれば膿胸を食いとめることは出来るのである。そしてペニシリンさえあれば、特攻隊から戻っては来たものの、戦時中ほとんど一緒に暮らしたことのない夏子と菊夫は、生活というものをはじめていいとなみ、そこで、誰にしろ〝天皇〟ということばをちょっとでも口に出したらすぐに激昂するような、荒れすさんだ心と頭を休めることが出来よう。恐らく菊夫も夏子との生活を唯一の目あてとして復員して来たのである。厚木飛行場で敗戦の日を迎え、機上から『軍ハ陸海トモニ健全ナリ、国民ノ後ニ続クヲ信ズ』というビラをまき、あくまで抗戦を主張してゆずらず、八月三十日、占領軍が厚木に着陸して菊夫たちが丸腰の海軍保安隊というものになったとき、米軍到着を見に行った康子の上役伊沢信彦が、ついでに通信社まで菊夫をひっぱって来た。その場には初江もいあわせた。母親の康子は、余人にはちょっと見当のつかぬような怒りの衝動にかられ、

『どうしたのよ！　どうしたのよ！』

と、意味のとりにくいことを云って菊夫をきめつけた。菊夫はくるりと踵をかえして出て行

き、それなり今度は陸軍士官学校の焦土抗戦を主張する同志のところに戻り、何と云っても戻ろうとしなかった。いや、戻ろうとしなかったというよりも、同志たちの手前、戻れなかったと云った方が正確かもしれない。それで士官学校まで出向いていった康子は、理窟はやめにして病気の夏子と生れたばかりの洋子が待っている、という風に云った……。それが、利いた。理窟ではだめだったが、家庭の事情ならば、同志たちにもあからさまに告げることが出来るものらしかった。

そのときのことを思い出して、先頃康子は初江にこんなことを云った。

『わたしはね、それでいやな気がしたのよ。初江さん、あなたには悪いけれど、ね、わたし、夏子の病気のことや赤ちゃんのことを云いながら、ね、ああ、またか、と思ったの……』

『ええ……？　何がまたか、なの、それがどうしてわたしには悪いの？……』

と初江は聞きなおしたものだった。

『……わたしね、克巳さんの転向声明書のことをそのとき思い出したのよ。検事から見せられて、転向声明書って、どんなに理論的な、むずかしいことが書いてあるのかと思ったら、まるでそうじゃなくて、近親や妻子にこれ以上迷惑をかけることは出来ない、〝恩義的反省〟をもつ、というようなことばかりでしょう……』

こういう会話をかわしたことがあった。義姉のことばは、初江の胸を刺しつらぬいた……。

菊夫はしかし、戻って来はしたものの、国府津の、枢密顧問官深田英人邸の離れ家で療養している夏子や赤ん坊の洋子の傍に落着かず、すぐと東京へ出て来てしまった。そして、どうやら旧知である新橋ホテルのウェイトレス鹿野邦子と往来(ゆきき)しているらしかった。

『僕はエゴイズムしか信じないんだ!』

と云い放ったこともあった。

それらすべての解決を、康子はペニシリンの入手にかけているようだった。夏子さえよくなれば、菊夫も落着き、仮卒業ということになっている大学に戻るなり、あるいは伊沢信彦のすすめるように、通信社に入ることも出来るだろう、と。そしてペニシリンをつづけて手に入れたいという、ただそれだけのために、勤め先である国策通信社の海外局をやめて、戦時中その通信社から割り当てられて住んでいた、新橋ホテルの、ウェイトレスの監督になってくれないかという依頼を承知しようと思うがどうだろうか、と初江は昨夜康子から相談をうけた。もっとも、国策通信社は、日本人民に対して数百万言の毒のある宣伝(ミリオンズ・オブ・ポイゾナス・ワーズ)をしたということで、九月十四日にすでに業務停止命令をうけていた。が、近く再発足し、戦時中米国にとどまっていたアメリカ人を妻にもつ伊沢信彦が重要な地位につく筈になっていた。そして新橋ホテルは米軍に接収され、外交官の未亡人であり英語の出来る康子は、戦時中は客として住んでいた同じホテルで、今度は主人を異にして、使用人として使われるかもしれない……。鹿野邦子らの監督、スーパーインテンデントとかというものになる……。

初江は荒れ果てた公園をぬけて、公会堂ビルのなかにある通信社へ入っていった。門衛もいず受付もなかった。広い編輯局は、がらんとして、あちらに三人、こちらに四人とかたまって何かごそごそと話し合っているグループが、島のように二つ三つあるばかりであった。電話も鳴らず、原稿を書く人もなかった。芋や大根を一本二本、頼りなく転がしてある机があった。康子は半ば地下室みたいな風になっているベースメントの廊下で、ガソリン鑵の焜炉に紙を燃やし、飯盒の蓋で何かいためものをしていた。

「あらいらっしゃい。ポウコちゃんがね、少し食用油が手に入ったからってもって来てくれたの」

「ポウコちゃんて？」

「ほら、ホテルのウェイトレスのひとよ。鹿野邦子さんよ」

「あら、あの……」

菊夫さんの、と口にまで出かかったのを、初江はあわてておさえた。

「食用油なのよ、今晩もって帰るわね」

飯盒の蓋の中身は、公園からつんで来たクローバーであった。

「油があんまりひさしぶりで手に入ったから、どうしても我慢ならなくてやってみたのよ」と康子は弁解がましい口調で云った、「クローバーの油いためは支那じゃ普通のお惣菜なのよ」

岩塩を溶かした水を注ぎこんで味をつけ、二人は暗い廊下の片隅で人に隠れるようにして赤い血のような汁の出るクローバーをお菜にして、康子の昼食用の芋と、初江が手提袋のなかからとり出したふかしパンとを、かたみに頒けあって口に入れた。初江のパンは、米糠と大豆の粉が入っていたので歯にぐちゃっとくっつき、これを食べているあいだは話もろくに出来なかった。

「それで、義姉さんは、ホテルへ行くの？」

初江は、ふと眼をあげて康子の顔を見た。もとより白粉気のあるわけもなく、唇に紅があるわけでもない。眼尻や鼻の両脇や広い額には明らかな皺が刻み込まれ、額の右寄りのところだけに、一房ばかりあった白髪はその幅をましていた。よく見ると額には二、三本の竪皺さえあった。

「そう……。迷っているのよ。さっきポウコちゃんが来てね、ホテルは上を下への大騒ぎで、毒ガスで鼠を退治するやら何やらしていて……、それだけど、食べ物だけは天国みたいだって云うの……。親切な通訳がいないものだから、あの子たちは天手古舞らしいの。行けば、アメリカの残飯でも何でも、とにかく何か手に入るというの。いまは、その方の取締が厳重だけど、ポウコちゃんは、ナニそのうちどうにでもなるわよ、と云ったわ。相変らず呑気ね、あの子。だから、ひょっとしたらペニシリンやバターなんかも、夏子に必要なものは手に入るかもしれないし、夏子のところの赤ん坊やあなたのところの子供たちにミルクぐらいあげられるかもしれない」

誰にしても、子供たちの栄養のことを思うと泣き出したくなるような時節であった。

「それで……？」

「行った方がみなのためにいいのじゃないかってことはわかっているんだけれど、何だか行きたくないの」

「敗戦国民だから……？」

こういうときに、思うことをずばりと云ってくれる初江を、康子はつねづねありがたいものに思っていた。

「それもある」

「じゃ、伊沢さんはどう云ってるの？」

「まだ相談してないんだけど、わたしにはあのひとがわからなくなったのよ。たしかに伊沢さんは、海外情報を扱っていて日本が負けるにちがいないということと、早く戦争をやめた方がいいということを云って、例えば夏子の父の、深田英人さんを動かしたりして和平運動をやったのよ。だけど、だからと云っていまのように、交換船で昭和十七年にアメリカから帰って来て以来、どんなに国体主義者になっていたかってことを、けろりと忘れたみたいに、アメリカと民主主義一点張りでどうしてやってゆけるものか、どうにもわたしにはわからなくなったの」

「…………」

初江の眼と康子の眼がかち合った。初江はすぐに眼を伏せた。伊沢信彦は、十何年も以前、康子の亡夫がローマの日本大使館に奉職していた頃からの知り合いであり、戦時中、伊沢がアメリカから帰って来て以来は、新橋ホテルで隣合せの部屋に住み、二人は海外局次長と局員という以上のものとなり、且つ康子が枢密顧問官深田英人の秘書を兼ねていたところから、彼等の〝和平運動〟の下働きを二人で心を傾けてしたことだった。井田一作の追及を避けて、伊沢の生家である水郷潮来(いたこ)の宿屋に二人でこもって和平運動のための参考文書を作り、警官に急襲されたこともあった。

「しかしね、伊沢さんがいずれこうなるだろうっていうことは、とうからわかっていたのよ。だからいいの」

だからいいの、と独語のように云ってはみても、それを云った当の康子にも、云われた初江にとっても、だから何がいいのか、わかってはいなかった。もしそれを突き詰めていってはっきりさせるとなると、ついには血を見ねばやまぬようなことが、そこここに、時限爆弾か地雷のように伏在していた。しかし、いずれこうなるだろうということが、わかりすぎるほどにわかっていたということも、あれについてもこれについても、いや、あらゆる事象について云えば云えることであった。そして、わかりすぎるほどわかっていたのに、云えば運命的なまでにどうにもならなかったということと、その運命的な事態が来てしまったのに、何事にも手がつかず、未来に対するプランがまるで立たないということから、いままでにその例を見なかったような新しい事態が、人々の眼先、一尺先ほどのところで続々と出来(しゅったい)しはじめていた。人々は、自らの手でする仕事によってではなくて、戦後の事態と称される世間の魔に手引きされて行く……。

康子はひそかにホテルに勤める決心を決め、そのことは今夜初江と菊夫に話すことにしよう、と考えた。

廊下を、

「会場は飛行会館へ変更だってさ」

「どっかに、鳥打帽ないかなあ、戦闘帽じゃしようがないんだがなあ、ちえっ」

と話しながら行く男たちがあった。

その会話を聞きつけて、初江が、

「じゃ、わたし行ってくるわね。雨で会場が飛行会館にかわったらしいわ」

と云って立ち上り、雨合羽に袖を通した。

「わたしも行ってみたいけれど、このごろ、何を考えても辛くなるから行かない」

「夏子の奴、あたしを殺すつもりですか、なんて云いやがるのさ」

「そりゃそうでしょうけれど……」

ここでも、鹿野邦子もまた、変り果てた——ということばをつかいたくなるほどに、高貴なとさえ思われたかつての海軍中尉ではない、いや服装だけはまだ士官服を着てはいたが、変り果てた、いやそれよりも地金が出た、と云った方がいいのかな、と邦子は考えていた——何にしてもうまく気持の汲み取れない石射菊夫をもてあましていた。二人は邦子の扱う闇物資のルート、その本拠である霞町の中国人陳さんの家に上り込んで話していた。陳さんは留守だった。

「敵艦の代りに、今度は病気のあたしを殺すつもりなんでしょう。もし、ほんとにあたしのことを思っていてくれるのなら、しばらくでいいから、あたしの傍に落着いていて下さい、って云うんだ」

「そりゃ、そうだわ。夏子さんが可哀そうよ」

「それは、わかってるんだよ。結核になったのも膿胸になったのも、謂わば戦争のせいだよ」

戦争のせいだ、と云うとき、菊夫は眼を伏せて、そこだけ声を低めた。戦争という一言を、どんな意味でもすらすらとは発音出来ないのである。

「じゃ、あなたがわるいんじゃないってわけ？」

「そうは云わないさ。ただ、戦争中、ぼくは、夏子の云うところによるとだな、悠久の大義一点張りで、優しいことばひとつかけてくれないでいじめつけた、と云うのさ。だから、あなたも特攻隊から生きて帰って来たんだから、あたしと赤ん坊の傍にいてくれ、と云うんだ」

「それで……」

と邦子は菊夫に先をうながしながら、病気だから仕方がないようなものの夏子さんも下手だ、と思っていた。菊夫の胸と頭には、堅く結ばれてしまっていて、しかもなお自分でそれを解こうとするのは何かてれくさく恥かしい、誰かに温く自然なかたちで解いてもらえば自然にとけてゆく、そういうしこりが三つも四つも出来ているのだ……。

「だから僕は、それはわかった、だけどこんな時世に、国府津なんかに引込んでいたんでは遅れてしまう。いまは自由に何でも出来る世のなかになったんだから、早いところ将来のための足場をつくらねばならんと思うからこそ、僕は国府津なんかでぼんやりしていられない気がするんだ、と云ったのさ」

「そしたら、ますますいけなかったでしょう」

「そうなんだ」

「病気のひとに向って自由だなんて云うからいけないのよ、バカねえ」

菊夫にとっては、率直に、バカねえ、などと云ってくれる邦子が気易く、嬉しかったのである。夏子の蒼ざめた額にかかっている艶のない髪の毛や、細い手頸を見ていると、慰めるよりも、むしろ何か兇暴なことを云いたくなるというのは、いったいどういうことなのだろう……？　菊夫は、敗戦後、復員するまでに二度も母と争った。一度目は、何を母が怒っているのかよくわからなかった、夏子が病気で、しかもなお女の子を産んだのに、お前は、どうして！　どうして！　とか、どうしたのよ！　とつめよった。それで彼は、妻の夏子には便りをせず、ホテルの邦子にだけ便りを出したことを詫びた。

『でも、僕特攻隊からはずされて恥かしかったんです、ですから』

という風に云った。彼は出撃直前に、二度三度飛行機が故障し、司令に生命(いのち)惜しみをしているんだろうと罵られ、攻撃隊から練習隊に戻されたことが、深く応(こた)えていた。悠久の大義、などということばかり云って来た手前、恥かしさに耐えられず、そのことを母にも夏子にも云わず、そういうことを気にもかけないたちの邦子にだけ、そっと知らせた。その辺からもう菊夫はこじれていたのであった。いや、もっと早く、戦争中最後に出会ったあのとき、十九年の十二月に、日比谷公会堂でベエトオヴェンの第九シンフォニイの演奏会のとき、女はみなモンペやズボンをはき、黒っぽい服装で来ていたのに、夏子だけは派手な花模様の和服を着て出て来た、時局柄も心得ずに、と菊夫は不快になった。それだけではない、いやまだまだある。まだ結婚しない以前、彼も学生で、夏子の家庭教師をしていた頃、アッツ島の玉砕が発表されてからしばらくして、二人は他のひとたちもまぜてトランプ遊びをした。そのとき夏子が零敗をして、

『わあ、玉砕だあ』

と云った。そういうときに、玉砕、という尊いことばをつかうとは何事だ、と云って菊夫は真赤になって夏子の肩をつかみ、猛烈にゆさぶりかえし、ふりまわした。夏子は何を叱られているのかわからない風だった。あの頃からもうかけちがっていたのだ……。そしてまた、彼は、自分がただの夏子とではなく、深田枢密顧問官の娘、いや娘ではなく、籍が深田の方に入っているとはいえ、妾の子と結婚しているということについて、いつも同期生に対して気をかねて

いた。どこからともなく深田顧問官は和平派だという声が聞えて来たときには、肩身のせまい思いをした。だから、陛下側近の重臣だの何だのと云われる奴にはろくな奴がいない、ということを、人一倍声をはりあげて云ったものだった。ではそういう娘、夏子と、何故結婚なんかしたのか、それも海軍航空の士官という危険なポストにいながら？　この問いに答えることが恐ろしかった、彼はこの問いに面と向うことを、戦中から、いや結婚してからもずっといまにいたるまで、逃げまわって来たのだ。あの鉄と火の殺戮、破壊が、あの大きな戦争が、彼と夏子とのあいだのか細い愛憎のきずなを、いささかも断ち切りなどせず、そのきずなの方に眼を寄せてみると、戦争などあったのかなかったのか疑われさえするような人生の奇怪さに、菊夫はたじろいでいた。夏子にいたっては、日本が負けたことさえ、大したことではないようであり、彼女はひたすら菊夫に傍にいてくれというばかりであった。戦争という怒濤が退いていってみると、残ったのは、微小で、しかも戦争全体よりも深々とした、男女の、普通にははかないといわれている、強靭なきずなだけであった。が、それがそうであるということを、どうしてもうまく菊夫は納得出来なかった。あるいは、納得などしたくなかった。むしろ、不満だった……。

彼は不満だったのだ、要するに。戦争はたしかに多くのものを破壊した。日本中の都会の大半を焼きつくした。産業は潰滅し、交通も滅茶滅茶になっていた。けれども、母の康子も、妻の夏子も、この邦子も、「赤」の克巳や初江も、また深田英人までが腹も切らずに生きているではないか。何も、死ねとか、焼き殺されていた方がいいというのではない。また、彼自身も、いまは事故を起して特攻隊からはずされたことを、さして不名誉とも何とも思わなくなってい
る。けれども、何だか知らないけれども、不満なのだ。生きて帰って来てよかった、と父親の死の報知をうけて京都へ帰っている学生時代の友人、久野誠から便りが来たとき、彼は、ちっともよくはない、敵艦に突入して死んでいた方がよかった、という返事を書いた。誰かが、例えば初江さんが天皇制廃止を云えば、彼はむきになって反対し、また逆に、大声で天皇制護持を云う人があれば、そのために貴様は戦争中何をしたか、と反撥する。病気で寝ている夏子の、その病気までが腹立ちの種になる。赤ん坊の洋子についてさえ、
『おれは知らんぞ、覚えがないな。久野君の子供じゃないのかえ』
などという、無慙なことを、無造作に、吐き出すように云う。しかし、このことは、ありえないこととは思いながらも、ちらりちらりと気になってはいたのだ。夏子と同じ病をやむ久野誠は、戦争中ずっと国府津で療養をつづけ、ほとんど毎日夏子のいる離れ家へいりびたりだった。久野と夏子ならば、二人のあいだに、ついこのあいだまでの戦争という、血だらけの亡霊が入り込んで来て、何もかもをひっ搔きまわすということなどなしに、親しくなじんでゆけるのではなかろうか。いや、辛かった戦争中の追憶は、おれとは逆に、二人の交情をむしろ深める作用をするのではなかろうか。何だかおれは、夏子という特定の女と結婚したのではなくて、まるで戦争そのものと結婚したのだったみたいな気がする。ところがいま夏子という特

定の女は、げっそり痩せて切の長い眼ばかり光らせて、ほかでもないこの特定のおれだけを見詰め、おれがかつてしたことも持ったこともない生活というものを、未来というものを、おれが彼女と生れたばかりの洋子のまわりに築きあげてゆくのを見ようとしている。生活や未来の方は、久野誠とでもやってくれと云いたくなる。久野は、克巳と初江夫婦のところへ出入りしていたこともあるし、未来はあいつらのものなのかもしれない。おれは、いやおれたちは、特定のもの、否定することの出来ない実在としての人間、特定の人間などというものはあり得ない、天皇に対する忠義一本、という建前でやって来たのだ。そしてその建前に、おのれ一個の欲望も悪心も良心も、また犠牲、麻痺、興奮、その一切を献納し、死ぬつもりで生きて来たのだ。いまになってみると、おれたちが献納して来たそのものも、またおれたちの献納物を嘉納した筈の奴等も、何かしら毒を含んだような薄暗い、汚れたものどもに見えるとは何ということだ！　おれはすべてを献納してやって来た、ところが、敗戦後、厚木から伊沢信彦につれ出されて、あの社の海外局で会った母は何と云ったか、

『……あなたはそれでも自前で戦って来たつもりなの、持ち出しで生きて来たひとや死んだひとがいっぱい、いる……』

と。では、おれは持ち出しでも自前でもなくて、いい気持で、悠久の大義だとか祖国の栄光だとかいう立派な科白をつかい、費用の方はお上もちで、官費でもって戦って来たということになるのか？

しかし、とにかく戦争は終った。おれは、この戦争に終りがあるとは信じなかった、降伏の大詔を聞いてからでも信じなかった、わが日本の国体は〝天壌と共に窮まりなかるべし〟だ、だから全国民をみちづれにし、たとえ全滅してもわれわれは負けていないのだ。むしろ死んで高天原に上昇した方がいいのだ——そう思っていた。ところが、帰って来てみると、夏子をはじめ女たちは、要するに日々の生活の地道な持続ということ以外のことを考えてはいなかった……。彼は何となく拍子抜けし、そして拍子抜けのした自分に腹を立てて、人間の生活という、忠義一本では動かぬ、複雑で、しかも地道な持続以外の何物でもないものに直面する勇気を持てなかった。

そういう彼にとって、戦中戦後を問わず、いや、極言すれば戦中も戦後も闇でもって一貫しているといっていい邦子は、何を話してもいいような、気易い相手であった。そして邦子はまた、菊夫が抱いたはじめての女でもあった。

菊夫の云うこと考えることは、すべて論理の前段だけでぶち切られていた。が、邦子はすべてに、ポウコちゃんなりの筋が通っていた。彼女が菊夫と一緒にこの霞町の陳さんの家へ来たのは、陳さんにもう魚油石鹸やインチキバターの闇などはやめた、接収されたホテルは一切合財何から何までぜんぶ米軍の品で自給自足だ、いまは取締が厳重だが、そのうち必ずうまくやれるようになるだろう、そうなれば、これまでのように自分が陳さんから歩合を貰うというかたちではなく、自分が本元となって陳さんに歩合をやるというかたちにしたい、とそう申入れに来たのであった。

邦子が立っていって、窓をあけた。窓のすぐ下を天現寺行の都電が軌道から転げおちそうに、右に左に身をゆすぶりながら走っていった。雨が降っていた。菊夫も立っていって窓に手をかけた。見わたす限りの焼野原の一郭に青山墓地が、白々とむき出しに見えていた。いまに、夏子は死んで、この墓地にある石射家、つまりは自殺した父の墓か、あるいは深田家のばかでかい墓かのどっちかに入ってしまうのだろう、と思った。そして、何故いったい自分がこうまで酷薄な人間になったのか、と自分で自分を疑っていた。おれは随分無慙な奴だなあ、と心のうちで呟きながら彼は邦子の肩を抱いた。国防色のセーターに母の康子からもらったらしい、見覚えのある灰色のスーツの上着をひっかけた邦子は、

「イヤだよ、いまは。あたしだってほとけ心はあるんだよ」

と菊夫にとっては意外なことを云い出した。

「なに……?」

「あたしはね、夏子さんのことをどんなに心配してあげたか知れないのよ。バターやお肉なんか随分お世話したし、結核なのに、どうしても赤ちゃんを産まなきゃいけないってあなたが云ったっていうから、これはたいへん、と思って脱脂綿までかきあつめてあげたわよ。本当に夏子さんの無事を祈っていたのよ。戦争がすんで菊ちゃんが帰って来たら、これだけは云おうと思っていたのよ」

このポウコちゃんは、いったい本当に、そしてどこまで呑気者なのだろうか？　菊夫にはわからない気がした。邦子にとっても菊夫ははじめての男である筈であった。だから、夏子の偶然の死をねがうことがあってもそう不思議ではないであろう、ところがいったい……？　ここにも、善心も悪心も戦争に献納してしまって、けじめというものがはっきりしなくなった戦時の生き方というものの一つがあるのだろうか。そしてポウコにこんなことを云われると、これからはおれもがポウコと一緒になって力をあわせて夏子と赤ん坊の洋子に栄養物をとらせるよう、一生懸命やらねばならんのだ、というように思い出すこのおれという人間は、そもそもどういうことになっているのだろう……？　そうだ、これからしばらくの生活の目標は、ポウコと一緒に力をあわせて、夏子と洋子の薬と栄養物をあつめることだ……。しかし、何か、どこか変ではないか？

変ではある、たしかに。けれども、夏子のそばにいると、二六時中自分の古疵と罪業に触られているような気がし、邦子と一緒にいると、これこそが実に古疵にほかならないのに、新膚というか、新しい出発というか、焦土のまんなかで、墓地を見下しながらでも、さあ生きて行こう、さああと感覚をそそられるものがある。何といっても病人は不利だなあ、と他人事のように呟きたい気がして来る、がしかし、そういう自分はいったいどんなことになっているのか。

「墓地展望亭、とでもいうところだな、この家は」

とぼつりと独語した。邦子は、ふいと彼の顔を見て、何と思ったかまるい顔のまんなかの、まるい鼻をひくひくと動かした。何かで怒ったかな、と菊夫は思った。が、邦子は、後手で、どんと一つ菊夫の背中を叩いてから身を乗り出して窓の下を指さした。

「ね、ここ見てごらんよ」

窓の下には、地面と、どこの焼跡にも生い茂っている鉄道草のほかには何もなかった。

「何もないじゃないか……」

「ふうん、やっぱりわからんと見えるな」

邦子は男ことばで云って菊夫の手をとり、二人が話し込んでいた八畳の部屋を横切り、廊下へ引っ張り出した。この霞町の陳さんの家は、焼跡に既に戦時中に建築したもので、玄関に三畳の上り口の間があり、その右に六畳ほどの洋間、左方に六畳二間と八畳が並び、廊下が左方の三間をつないでいて、その廊下は八畳の床の間の裏へまわりそこで行止まりになるという、そんな間取りになっていた。邦子は菊夫の手をひいて廊下を床の間の裏へ曲り込み、足で廊下の板をどんどんと踏んでみせた。

「ね、この家はね、この廊下の板をひき上げると、下に階段があって二階式の地下室へ下りるようになっているのよ。もともと、参謀本部の高級将校たちのための料理屋みたいな風に、空襲後に大急ぎで建てたの。それを建てた人は、上海にいた人とかで謀略屋だったの、その人の名義になっていたの、それをね、戦争末期に陳さんが買いとったの、わたしも株主の一人よ。

それでね、いまはこの地下室が隠匿物資、おもに毛糸と罐詰だけど――そいつの倉庫になってるのよ」

「へえ……」

「で、ね、あんた（急に邦子のことばづかいが変った）あんたね、ブラブラしてるんだったら、ここに住まない？　陳さんはいそがしくて夜遅くでないとここへ帰れないのよ。だからね、不用心だから、夜、あんたここへ来てなさいよ。あたし、陳さんに話してあげる。陳さんだって特攻隊上りだって云えば喜ぶわよ」

「特攻隊上りじゃなくて、崩れ、だろう」

「ひがむんじゃないのよ。あんた、高円寺のお母さんのところにいるの、嫌なんでしょう」

「……うむ」

共産党の初江なんかといっしょに住むのは嫌だ、それに、二つになる初江の赤ん坊が、洋子のことを思い出させる。また、国府津の深田英人邸の複雑な家族構成も、息の詰まるようなものだった。いま七十歳に近い深田老人は五十代で夫人を失い、それ以後はひとりみということになっていたが、夏子は、入籍してあるとはいえ、妾の子である。妾、すなわち夏子の母は、右翼の眼がうるさくなって来たので、戦時中に別の男、深田の子分の院外団と結婚して、福島の方へ疎開していなかったが、深田の長男夫婦――これはもう五十くらいで菊夫とおないどしの男の子をはじめとして三人も子供がいる――、それから後家になって戻って来ている四十いくつかの長女――これにまた子供が二人――、まだまだいるのだ。やがて、外地から引揚げて来るであろう次男夫婦、三男夫婦がいる。夏子は六畳に二畳の離れ家に寝ていて、女中と深田老人つきの看護婦が身のまわりを世話し、赤ん坊の洋子は未亡人の長女がひきうけて何から何までやってくれていた。深田老人が夏子を偏愛していないとなれば、一日もいられないような環境であった。

「うむ……。じゃ、僕はここに住ませてもらって、昼間は宮内省へつとめることにする」

邦子は眼を瞠った。

「ク、ナイ、ショウ？」

「そうだよ」

「クナイショウって、あの天皇さんの？」

「うん」

「へえ……？」

邦子は、一歩下ってよれよれの海軍第三種軍装を着て、再び窓の傍に坐り込んだ菊夫を、まじまじと見下した。そこらにまだ軍刀がおいてあるような気がする。

「深田の爺さんに、帰って来てはじめて挨拶したとき、いろんなことを話したんだ。そしたら、そんなら宮内省へでも行ったらどうか、って紹介状を書いてくれたんだ。いまも持ってるんだ、明日でも行ってみよう」

自分のことばに、何の疑いももっていないようだった。

「そうか、宮内省か。ま、それもいいでしょう」

邦子は大人っぽい調子で言った。

そこへ陳さんという人物が、国防色の剝げちょろけた、片方のフェンダーのない自動車で帰って来た。金の縁なし眼鏡をかけた立派な身なりの男であった。近頃、太り出したらしく、チョッキのボタンを下の方だけはずしていて、中国人というよりは、ちょっと日本人の二世のように見えた。邦子はこの陳さんと別室で十分ほど話をし、つれだって菊夫が膝をかかえていた八畳の間へ戻って来た。

「特攻隊ですか、そうですか、昼間は宮内省へおいでですか、そうですか、そうですか」

「特攻隊変じて」

とまで云うと、白い手を左右に振って陳さんなる男は、

「闇屋の番兵になる、なんと思ってはいけませんよ、これでも立派な実業家のつもりですから、はっはっは。いま、実業家はぜんぶ闇屋です、ですから闇屋は実業家です。これからは、この鹿野君を情報源にして、大々的に米軍物資をやります。新橋でマーケットもやります。宮内省が飽きられたら」

邦子が陳さんなる肥大漢の上着をひっぱった。

「ええ……？　ああ、そうか。ときにはわたしたちの仕事も手伝って下さい。わたしはね、ス

ピーク・イングリッシュ、ペラペラですけれど、話す人が足りませんのでね」

日本語もまたこの男はペラペラだった。

邦子と陳さんは、陳さんの運転する自動車で出掛けていった。出掛けぎわに、邦子が、

「小母さんね、お母さんよ、あんたの――ホテルへつとめるかもしれなくてよ」

と云った。

母はいよいよ、伊沢さんと別れる決心をしたのだな、と彼は思った。母が可哀そうだった。戦争のほとんどぎりぎりの末期まで、彼は母が仕事の都合とはいえ新橋ホテルで伊沢信彦と同棲同様にしていることを不愉快に思っていた。が、自分が特攻隊で死ぬことを、つくづくと考えてみて、彼は母の恋愛を、むしろ祝福することにしていたのであった。けれども、伊沢にはローラという、未見のアメリカ人の妻がある。そして戦争は負けた。アメリカが日本を占領した。やがてそのローラという人もやって来るだろう。そうとすれば、早く別れた方がいいかもしれない。伊沢はアメリカ人の妻を利用して出世するのだろう、そして母は、それまで客として住んでいたホテルで、今度は逆に使用人、それもアメリカ人の下で使用人になる。母が可哀そうだ。菊夫は、まだ真新しい畳の上にひっくりかえり、雨の音を聞きながら天井を見詰めていた。どうということはないのだが、泪があふれて来そうな気がした。夏子のことを思うと、眼先が暗くなった、洋子のことは、いくら考えても自分の子ではないみたいな、まったく責任がないみたいな気がした、そして邦子のことを考えると、何か病後の恢復感みたいな、身内が

あたたかくなって来るような気がした。と同時に、おれが生き生きと、元気に、この世に生きて行くためには夏子を裏切るという罪業から出発しなおさなければならぬのか、という、暗い、黒々とした自己本位な気持と愛他心とのいりまじった雲のようなものに襲われる気がした。

「ろくなことにならんだろうな」

と、ふと呟いていた。とにかく八月十五日以前と以後とでは、時間の質がまったく異なってしまったのだ。あの八月十五日という一日は、それ自体歴史のなかの一枚のガラスの衝立になったみたいで、どうしても、それ以前と以後のあいだに同じものが流れているとも、通っているとも思えなくなった。けれども、夏子の病んでいる肉体は、ガラスの衝立の如何に拘らず、自然に悪くなって来ているし、邦子はといえば活潑に動きまわる点でも、またものごとにこだわらず、屈託のない点でも、まったく変りがない。そしてこのおれは、鹿野邦子の姿を戦後はじめて見たとき、ああ生きていた！　と思った。邦子が生きていた、というのではない、このおれが、おれ自身が生きていた、ということを、おれの現在を、発見したように思った。生きていて、またこっそりと抱き合うことが出来る、と。夏子が寝ていて赤ん坊が義姉に抱かれているのを見ても、たいして感激がなかった、当り前みたいな気がしただけだった。赤ん坊を抱くのさえいやだった。何か気持がわるかった。それがいいことなのか、いや、いいことである筈はないが、とにかく、ひどく極悪なことなのかどうか、そういう判断になると、ゆらゆらと揺れ動いて何一つはっきりしない。

菊夫はもういちど繰り返した。

「ろくなことにならんな、きっと。夏子から邦子へじゃ逆戻りだが、逆戻りの再出発みたいなもんだな」

何がろくなことであるか否か、打算さえがうまく出来なかった。


戦中と戦後の時間の持続性、継ぎ目を見失ったのは、何も菊夫だけではなかった。人生の持続感を一時に断ち切るようなことは、人の住み働く建物のうちそとに溢れていた。

初江を送り出してから康子は自分の机へ戻った。戻ったといっても仕事があるわけではなかった。一日おきぐらいに出勤して、康子は兄の安原武夫大佐のガダルカナル島での苦闘の手記を、経文でも写すようにして浄書していたのであった。今日はそれも終ったので、原文といっしょに紐をかけて岐阜にいる遺族へ送り出すつもりであった。元来、彼女は海外局員であったから、実は二階の比較的狭い方の編輯室にいるべき筈だったのだが、緑の青木の葉の見える、一階の窓際にいた方が気が楽だ、と云って、伊沢信彦のいる海外局を避けていた。

「伊沢さんが是非来てくれと云っています」近頃田舎の疎開先から出て来たボーイが呼びに来た。康子が断ると、「是非是非と云ってられるんですが」と繰り返した。

康子は荷作りを終えて、岩塩のかたまりをおさえにその上にのせ、黙々と立って行った。広い編輯室は、見渡す限り平べったく机ばかりが並んでいて、人は三人しかいなかった。電話のベルが鳴りつづけていても、少し遠くだと立って行きもしなかった。人々はみな飛行会館へ行ってしまったものらしかった。先刻、初江と話していたときに聞きつけた、鳥打帽はないか云々という会話も、飛行会館へ行くための扮装について、であるらしかった。そういう軽薄さには、何か只事ではない、軽薄だなどといってすましていられないような、むしろ空恐ろしくなるようなものがあった。木人たちが無意識であるために、より一層、それは康子の魂にこたえるものであった。そんなことのために、初江さんは十五年も辛い目を耐えて来たのではなかったのだ。

「康子さん、深田老人から度々連絡があって、もういちど秘書になってくれないか、と云って来てるんだけど」

「そのことは、わたし、九月三日の枢密院会議の議事覚書を口述筆記させられたとき、はっきりお断りしたんです」

「じゃ、どうしても駄目か」

康子は亡夫の死後、深田顧問官の私設秘書をつとめ、且つこの老人の世話で国策通信社に入り、ずっと二股かけて働いて来たのであった。通信社の方でも、上層部や重臣層の情報が入って来るので、この二股づとめを徳としていた。そして、伊沢等は、この老人を通じて戦時中に和平運動をやった、康子も懸命に、井田一作等とたたかいながらつとめた。が、敗戦後、深田顧問官の口述の際に、日本国民ノ自由意志ニヨリ政治ノ形態ヲ決スルトイフヲ不安トシ、遺憾トス、とか、国民ニ必ズシモ信頼シ得ズ、とかということばがあったりしたのをこの耳で聞き、自分のペンでそういうことばをしるしつづけることに我慢がならず、やめさせて頂きます、とはっきり云ったのであった。

「それでね、もし深田さんが厭なのなら、秘書にあなたを欲しいという人がいろいろあるんだ。生活も見るというひとがね。それからまだね、これは大きな声で云えないことだけれど、GHQのGS、ガヴァメント・セクション、民政局というんだが、日本政府と直接ぶつかるところだ、そこの通訳として入って貰え、という人もあるんだ。どうだろうか？」

伊沢信彦は、人と話をするときには、いつでも左の掌で顔の左半分をかくしていた。それが癖になってしまっていた。彼は、五月二十五日の空襲に際して、消火に奮闘して焼夷弾の黄燐を浴び、首の左側から顳顬にかけてひどい火傷をうけたのであった。一時は、左眼の瞼が強直して、左眼だけつぶることが出来なくなったが、それは整形手術でどうにか自由になるようになった。顔にさしかけている左手の甲にも、火傷の痕は生々しかった。それは、名誉の負傷であった。誰はばかる必要もないことであった。けれども、何となくそれをはばからねばならぬような、異様に錯倒した雰囲気が、世間にはあきらかに存在した。飛行会館の会合に行くのに、誰もかれもがかぶっている戦闘帽ではなくて、鳥打帽をさがす心理と、どこか似ていた……。たしかに、はばかる必要はなかったのだ、けれども康子は、この露骨な火傷を、伊沢が、並の負傷者以上に、殊のほかひどく気に病んでいることの理由を知っていた。

ＧＨＱへ入らないか——恐らく日本政府の情報係として——という伊沢の申し出を聞きながら、康子はじっと伊沢の眼を見詰めた。伊沢はすぐに眼を伏せた。髪には白いものがまじっている、それは戦争中よりもぐっとふえていた。

わたしはいったいどうしてこの男を愛したり出来たのだろうか？　という、この、胸のなかに剃刀の刃をつきたてるような疑問に襲われた康子は、自分も眼を伏せ、身もよじらせたかった。が、康子は、そこに自分の人生の山頂を見るようなつもりで、じっと耐えた。何故？　どうして？　伊沢も康子も若くはなかった。彼は四十八であり、康子は四十五歳であった。二人の交際は、十年を越えていた。はじめて知り合ったのは、イタリーでのことだった。その頃、若い康子は夫の浮気に悩まされ、透明な南欧の空気のなかで地獄の苦しみを味わっていた。それからの十数年、伊沢も康子も何度も海を越えた。康子の夫は、昭和十一年に事故を起して自殺した。伊沢は、昭和十三年に、アメリカでアメリカ人のローラと結婚した。そして、昭和十七年の夏、単身交換船で帰って来た。それからのことであった……。それを、いまになってわたしは、どうして愛することが出来たのだろうか、などという迂濶な驚きにうたれている。そこに何かわかりにくいものがある。ガラスの衝立か、稀薄な、時間の霧のようなものがたちこめていて、これとはっきりつかみきれないものがある。戦争という暴力は、屢々男女のまじわりについての誠心を投げ棄てさせる、その破壊の例は、菊夫と夏子のむごい例だけで沢山だ。けれども、伊沢と康子は夫婦ではない、伊沢はたしかに康子に結婚しようか、と云ったことがあった。そのとき康子は、しないでいていい、ミストレスでいい、と云った。逃げたのではなく、単に身をかわしたつもりだった。が、そのときから、愛は影濃いものになりつつあったのであろうか。その影は、日本の敗色が濃くなるとともに濃くなり、やがてその影濃いフィルムの上に、白い顔をした、未見のローラというアメリカ人の女が現像され浮き上って来たのだ。そして伊沢は、ローラが南欧系の女性であるため、彼の顔面の火傷に、恐らく並の白人の女がうけるであろう衝撃以上のものをうけて、うけとめきれずに、去ってゆくかもしれないということを気にしている――そのことを康子は暗々に承知していた。滅入っている伊沢に、

『南欧系のひとは、カトリックの信仰があるから、ちょっとやそっとのことでは取乱したりしないそうですね。何にしろ、信仰があるってことは羨ましいことですね』

という風に、これも暗々に仄めかすように慰めたことがあった。そして、彼が、僕たち結婚したらどうだろう、と云ったのは、火傷以前であった……。そのことと、いま康子に見詰められて惨めに眼を伏せている伊沢と、どう結びつければいいのだろうか。もし万一、ローラが火傷のせいで去った、その場合は、康子の世話になりたい、そうでなければ……、とでもいう工合に、もし指の先ほどでも考えているのであるとしたら、それはもう焼跡をうろつく闇屋か隠匿物資のブローカーと同じことではないか。何も伊沢一人ではない、康子は、人々の心のむごさ、その荒廃に愕然とした。むごたらしいのは菊夫だけではない！　そして、伊沢の伏せた瞼の痙攣は、心のどよめきを物語っていると見えた。八月十五日は、克巳や初江さんたちの自由

を保証し、身分を解放しただけではなくて、人々の心のなかの鬱積した悪魔たちにまで、完全に戸を開いたかに見えた。しかも、人々が生のいそぎにかまけて、ほとんど無意識であるらしいことは、一層恐ろしいことに思われた。

伊沢は再び眼をあげ、康子の硬い視線にぶつかって、はげしく眼ばたきをした。まともに見ることが出来ないのだ。

二人のあいだの沈黙は一分以上つづいたと思われた。

伊沢はついに苦しそうに、謂えば自分自身に対し腹を立てているみたいに、

「どうだろう、行きますか？　外交官の未亡人だといえば、向うは歓迎してくれますよ。あなたは米国にいたことはなかったけれど、英国にはいたんだから」

「短い期間ですわ」

と、短く答えた。

「でも……」

「矢張り、やめます」

「そうか」

「もう政府だのGHQだの情報だのは……」

「こりごり？」

「はい」

と声を低めて、丁寧に答えた。

「じゃ、ずっと社にいてくれますね。二、三日中に、いまの社を解散して、社長や編輯局長などのボス連中に戦争責任をとってもらって退陣してもらい、新社が設立される予定です。新社が出来れば、外国の通信社との通信契約も成立して、即日、海外局を外信部に切りかえて戦前同様の活動を開始する予定です」

「はい、でもわたしは……」

「もし外報なんかいやだったら、編輯局付ということにして、当分何もしないで遊んでいてもいいんですよ」

「はい……。さからうみたいですけれど、つつましく暮したいんです」

「つつましく……？」

「はい」

情報の渦のなかで、つ、つ、ま、し、く暮すことは、字義をどう解釈するにしてもあてはめるに困難なことばだった。

「わたし、社をやめたいと思っているんです」

かすれたような細い声であった。

「やめるって？　まあ、あなたもポウコちゃんみたいな駄々をこねないで下さいよ。あなたのようなひとは、いまの日本には貴重な存在なのですから」

「貴重でも何でもありませんわ、無駄です」

「まあまあ。じゃ、大物みたいに山にでも入って暮すつもりですか？」

大物などという、この皮肉なことばをさしはさむ、あるいは置くことが出来るだけの距離が、既に二人のあいだに出来ていたのだ。伊沢は、掌で特に左頬と左眼を蔽ってにやにやと声なく笑い出した。その顔を見詰めて、それが火傷で惨めにひきつっているからなおのこと、彼女は思いたくなかったのだ、何だかこのひとは、変っただけではなくて、こんなときにこんなことを、わたしに〝大物〟だなどということばをつかって笑えるとは、……悪党……めいている、と。

「わたし、新橋ホテルの使用人になるつもりです」

「ホテルの？　そりゃまた突飛な」

「ええ」

いいではなくて、ええ、という、距離感の少ないことばを使った。けれども、それを使って、康子はぎょっとした。親しみのある筈のことばを使えば使っただけ気持が離れてゆくことは、まったく意外なことであった。離れるだけではなくて、ぐぐっと、眼に見えて心の顔が歪んで行き、心臓がちぢこまってゆく。動悸さえして来た。

「ホテルへ行けば、食べ物もあるでしょうし……」

伊沢が、ぐいと眼をむき口を開いた、白い歯が見えた。そうだ、このひとは、戦争中も、歯が黄色かったり口臭があったりしては、白人に（？）嫌われるというので朝晩歯ブラシを使っていたのだ。一旦歪みはじめた心は、とめどなくわが身を傷つけるための理由を発掘しはじめた。さっと立ち上って、ドアーに手をかけた。

「とにかく、康子さん、ちょっと待って下さい。あなたは何だか妙に昂奮してらっしゃる。とにかく待って下さい。それから、菊夫君を社へ入れてほしいということ、これは承知しました。特攻隊じゃどうかねえ、と二の足を踏む人もいましたが、僕が保証して社会部へ入れて戦後の世間学を勉強させてあげることにしました。いま入れておかないと、労働組合が出来たり、引揚げ社員がかえって来て人間が溢れ出すと、とてもやりきれなくなりますからね」

早口で伊沢は追いかけるように云った。そのことばには、いささかも〝悪党〟めいたところはなかった。康子は、ドアーのノッブに手をかけたまま、勢込んで立ち上った手前、いささかたじろいだ。

「はい、おねがいします」

と、か細い、聞えるか聞えぬかの声で答えた。

「とにかく待って下さい。今晩、飯でも食いましょう。戦争中に、いつか一緒にいった浅草の小料理屋がね、愛宕山の裏で、裏口営業をはじめたんです」

はい、と弱く答えて康子はドアーを押した。窓の傍の机の、兄の遺書同然な手記の包みの上にうつ伏して康子は、何に対してとも知れぬ口惜し涙をこぼしていた。包みのおさえに置いておいた岩塩のかたまりは、どこかへ消えていた。誰かが盗んでいったのだ。今夜もう一度話してみて、彼の本心――本心とか本性とかというものはないんじゃなかろうか、と彼自身云ったことがあったが――をたしかめてみよう。

がさがさと青木の葉をわける音がして、窓からにゅうと首をつき出した男がいた。

「もしもし、今日ここの広場で人民大会があると聞いたんですが、どうなったんでしょうか」

康子が顔をあげ、泣きはらした眼で戦闘帽に軍服の、蒼白く瘦せこけた、一目で復員者とわかる男を見ると、男の方が何かぎょっとしたように身をひいた。男は、身体(からだ)つきでそう年寄りでないことはわかるのだが、表情は、長く病床についている老人のそれであった。

「雨で飛行館の方に変更になりました」

と云うと、男は、

「そうですか」

と云って再び青木の葉をわけて行こうとした。その姿に胸をつかれ、康子は立ち上って、

「どこからお帰りですか?」

と訊ねた。何か話しかけないではいられなかったのだ。

「はい、八日にミレ島から帰って来ました」

「ミレ島と申しますと?」

「御存知ないですか。マーシャル群島の東のはしっこの小さな島です。三千人行ったのに、九

百人しか生き残りませんでした」

「そうですか……」

「獄中の同志が出て来るという話を聞きましたので、横須賀の陸軍病院から出て来たんです」

「そうですか……どうぞお大事に」

「はい……。ありがとうございます」

町を歩いていても、栄養失調で倒れそうにしている復員者を見ると、いつも自分はこれでいいのか、という真面目な反省を強いられた。そして、その姿を見たら、いつでも生真面目な自分に還れるように、そういうように身を持して行きたい、と思っていた。彼等をまともに見ることが出来なくなったら、そうなったときは、わたしはおしまいだ、とそう思っていた。惨めさと紙一重ではありながら、いや、旬日にして惨めさそのものに変質するのが普通であったが、きびしく何かしら清げなものを、復員したばかりの人々はもっていた。その寂しい後姿を眺めて、康子はガダルカナル島からブーゲンヴィル島に〝転進〟し、そこで消息不明になった兄の安原部隊長の面影を思い出そうと努めた。兄は士官学校出ではあったが、陸軍大学を出ていなかった。陸大出でない中佐や大佐の部隊長は、閣下と呼ばれたい一心で部下に無理なことを強いるのが、まず一般であった。が、安原武夫はそんなことはしないらしかった。それで大戦のさなかに大佐で一応馘(くび)になり、改めて召集されたのであった。この兄は、軍人でありながら、克巳が〝赤化〟しても、康子の亡夫ほどには怒らなかった。気にもしなかった。なに、克巳とて陛下の赤子であるに変りはない、いざというときには正気づくにきまっている、と云っていた。

復員者の姿が見えなくなり、青木の葉からぽたりぽたりと滴が地に落ちているのを眺めていた。いったい伊沢は、どうしてああも嬉しそうに（?）、GHQだとか日本政府だとか、新社設立のことなど、ほとんど少年のように話すことが出来るのだろうか？　彼女にはどうもぴたりとした答を見出すことが出来なかった。それとも、そういうことについてぴたりとした答というものを必要としない、隙間風が吹き抜けていっても平気な、謂わば国際的人間みたいなものでも誕生して来つつあるのだろうか。またそれとも、新聞社の主幹とか論説委員とかいうものに屢々見る、あの見掛倒しの、張子の虎のような〝大知識人〟をもって自ら任じるようにでもなったのか。今晩もうひと晩つきあって話し合ってみよう、そして彼がもし本当にがらりと人間が変ったのであるならば、その変りようから、今後の自分と菊夫の生き方について何か学べるかもしれない、とそうきめることにした。

卓上の電話が鳴った。広々とした編輯局内にあちらに一人、こちらに一人という工合にぽつりぽつりとしかいないとき、自分の机の上の特定の電話が鳴ったりすると、何事だろう、という気になった。また、交換手がいて電話を特定の人あてにつないで来ることが不思議であるような気さえした。これが新聞通信社である。変れば変るものであった。が、二、三日中には新社を設立して、〝戦前と同じように〟仕事をやるという。どうして戦時中といわないで〝戦前〟などというのか……？　ついこのあいだまでの戦争は、早くももう棚上げになってしまったのか。

「もしィ」

というのは邦子にきまっていた。どうかすると、福島育ちの彼女は「モスゥ」というように言う。

「小母さん、ホテルへおいでになるの？　どうなった？　支配人の人が心配していてよ。支配人がよ、ここの米軍のえらい人によ、外交官のあれでいいひとがあるって云っちゃったんだってよ。だから、小母さんに断られるとよ、クビになってホテルから追い出されるんじゃないか、って頭痛鉢巻よ」

「あら……。わたしでなくっても、適当なひとがいくらでもいてよ」

「そうじゃないんだよ、小母さんがよ、もとはこのホテルに三年近くも住んでいたお客さまで何から何まで知っているってことも、支配人がここの司令官に云ったのよ。だから、司令官もね、それじゃ、何とかのチーフとかっていう高い地位をさし上げてよ、決して粗末にしないって云ってるんだってよ」

邦子の話し方は、相変らず、それがよォ、あれがよォ、だってよォ、だった。戦時中よりますますひどくなっている。

「それでよ、実はあたしも来てほしいんだ。何故かっていうとね、ここのホテルのね、ウェイトレスたちがよ、ひどいことになってるのよ、だから、小母さんが来てね、ひとつどやしつけてやってほしいのよ」

「ひどいことって……？」

「それがよ、ちょっと電話じゃ云えないくらいのことになってるのよ。思い切って云っちまうか。仲間のウェイトレスの三が二がね」

「三が二って？」

「三分の二よ、そのくらいがね、夜ね、ルームへ入っちまって、アメ公と夫婦気取りなのよ」

「なんですって、誰と夫婦？　アメ公って？」

「アメ公って、そらあ、アメリカ人のことよ。ね、とにかく驚いたでしょう。呆れっちまうよ、それで今朝なんかね、ルームから出て来たところをよ、あたしがボーイさんたちのバットをもち出してよ、片っ端からお尻をぶん撲って廻ったのさ、そしたらアメ公につかまっちゃって、危くクビになりかけたのよ。支配人が、小母さんとのことがあるのでよ、とりなしてくれたけど、どうなるか処分保留だって云うの。早く来てアメ公の監督に、あたしのこともとりなして、ね」

「まあ……、夫婦気取りで？」

「そうなのよ。あたしはね、クビになってもかまわないのよ」

「どうして？」

「いつか話したでしょう。霞町の陳さんのこと。あの人と共同でね、あたし新橋の烏森にバラックの飲屋建てたの。リュミエールって名よ、光ってことだって。そっちは、ノベチャンってホテルの洗濯ボーイでやめた人にやらしてあるんだけど、あたしがやってもいいんだから」

「あなた、本当に、英雄ね。乱世英雄よ」

「はっはっは。傑作でしょう。ところでね、菊夫さんに会ったわ、霞町の陳さんのとこの留守番役になって宮内省につとめるって云ってたわよ、高円寺へはね、しばらく帰りたくないって……」

すべて慮外なことばかりであった。康子はあっけにとられ、ろくろく返事も出来なかった。戦時中、井田一作との執拗な戦いを、深田英人の方にむけられるものも伊沢の方にむけられたものも、ほとんど一手に引受けなければならぬ羽目にあった頃、彼女は井田一作に云ったことがあった。戦時ですもの、何が起るかしれたものじゃありませんわ、と。しかし、それは訂正しなければならなかった。戦後だ、だから何が起るかしれたものじゃない、という風に。そしてそこのところ、方向も何もなくて拡がって行きそうに思われる、鋭い切口、傷口から逆説的に、断ち切られ見失われたように思われる、人生の持続性を、着実な人生の時間を再び見出すことが出来て行くのかもしれなかった。何故なら、たとえ国も個人も時間も、なにもかもが喪明の闇へ葬馬にひかれて行くみたいだとはいえ、そしてそのなかで何が起るかしれぬといったところで、人生にある限りのことしか起りえない筈だったから。そこから自信を恢復していい筈であろう。

邦子の、はきはきした、耳に響きわたる若い声が康子の気持まで若返らせた。いくらか精を取戻し、小包みをもって彼女は地下にある社内郵便局へ出掛けていった。そして編輯局のドアーを押そうとしたとき、また電話のベルが鳴るのを聞いた。どうやらそれも彼女の机の電話らしかったが、そのままドアーを押して廊下へ出てしまった。

何か事あるごとに、人々は〝だから負けたんだ〟と無責任に云い放ち、自らも何とかして負けよう負けようとつとめているか、あるいは負けた現実に出来るだけ早く添って行こうと急いているように思われた。康子にもまた幾分そんな気持がないでもなかった。電話のベルを無視したのもそういうもののあらわれだったろうか。律義実直であることがとりもなおさず、莫迦同然、と扱われる世の中であった。

郵便局では、小包の発送は中止になっていると突慳貪に断られた。では普通の開封ならいいのか、というと、それならいい、という。紐をはずし端を鋏で切り落しただけで、荷物は受取られた。戦時中からの形式主義とそれがもたらす荒廃感は、ありとあらゆる官庁に、その末端まであますところなく普及していた。

席に戻って来ると、また電話のベルが鳴った。このわたしに何の用があるのか。しばらく電話器を睨んでいてから、そっと受話器をはずした。

「石射さん？　外務省からです。いまさっき、警視庁からも電話がありました。どうぞ、お話し下さい」

通信社としては呆れるほど暇になっている筈の交換手は親切だった。しかし、外務省が今更わたしに何の用がある！　心臓が大きく鼓動をうちはじめた。

「もしもし石射さんですか。こちら、終連事務局です、どうぞ」

「終連？　何ですって？」

「終戦連絡事務局です」

向うの交換手もはきはきしていた。若い人たちだけがはきはきしている。

相手は、康子の亡夫と同期の、いまは公使の資格で活躍している外交官であった。要件は、終戦連絡事務局自体へか、あるいはＧＨＱのＧＳへか入って貰いたいという、先刻伊沢が云ったと同じものだった。康子ははっきりと断った。断りながら、敗戦連絡事務局なら入りますよ、と云ってやりたい気がしたが、それは云わなかった。敗戦を終戦といい、占領軍を進駐軍という。また、降伏条件というところを単に受諾の条件という。そういう風にすりかえたのは、敗戦そのものに絶対の責任のある軍と官僚機構そのものであった。康子の亡夫がシベリア鉄道で事故を起し、機密文書を盗まれて自決したとき、外務省界隈は康子の不行跡が原因だ、という噂をまき散らした。以来、彼女は霞が関にも、田村町の、防空用に真黒に塗りたくった汚いビルにも、一度も足を踏み入れたことがなかった。それが、散々に敗れ果てて、そして用が出来たときにはぬけぬけと〝入って貰いたいんですが〟などと、こっちの都合や気持をまったく無視してかえりみない。逆に光栄に思えと、いわぬばかりの口調で話しかけて来る。

しかし、この〝終連〟からの電話がかかる以前に、警視庁からかかった、と交換手が云った。矢張り、ひやりとする、冷たいものを感じる。井田一作は、わたしにまだ何の用があるのか。警察か軍隊のことについて、直接身にこたえるような交渉のあるとき、必ず彼女が思い出すことが一つあった。それは、深田英人の秘書として、はじめてやらされた仕事、老人の著書である岩倉具視伝を口述筆記したときのことである。この宮中閨閥の代表者であり、維新の元勲といわれる人は陸海軍及び警察を〝皇室の爪牙〟といっていた、〝陛下が愛信して股肱とする陸海軍及び警視の勢威を左右にひっさげ、凛然と下に臨み、身に寸兵尺鉄を帯びざる人民を戦慄せしむべきである〟と。この戦慄すべきことばを口述した深田英人もまた、そこにいささかの疑いをさしはさむでもなかった。皇室の爪と牙が凛然と下に臨み、身に寸鉄を帯びぬ人民を戦慄せしめて、そして今日にいたったのである。陸海軍及び警察は人民のためのものでも何でもない、下に臨むむきだしの暴力であることを、これほどむきだしに語ったものもなかった。それは、人民の魂に深く深く、その中核根元にまで食い込んでいる。そして暗い地下のその根元で日本人の魂の、いやひょっとして魂そのものをなしているかもしれぬ生死無常の感と根をからませている。それについて、海彼からやって来た占領軍の司令官が鳴物入りで自由を保証するといい、更におっかぶせてワシントンが、日本管理の根本政策の一つとして〝日本国民によって着手される政府形態の変更、その封建的官憲主義的傾向を抑止する方向にある政府は許可され支持を受ける。日本国民が武力を行使し、または政府自身が反対人物に対抗して武力を行使してかかる変更を実現する場合が生じた時〟特定の場合を除くのほか占領軍はこれに干渉しないという、明白に革命を肯定し支持した政策を提示されても、康子自身もふくめて、その〝日本国民〟は街頭に出るわけでもない……。それに第一、国民は、寸兵尺鉄ももってはいないのである。また、いまだに寸兵尺鉄、すなわち〝武力〟の根元となるべき武器をかくしもっているものがあるとしても、それは皇室の爪牙だけであろう。たとえばそれをもって起とうというような人々は、厄介払い以上の気持で、さばさばと裸になって兵営を後にした筈であった。それとも、十月十日、きょうを発起点として初江さんや克巳たちは武器を、武力をもって起とうとするのだろうか……。康子は、深田英人が、岩倉具視の戦慄すべきことばを述べたときの、疑いというもののまるでない、皺だらけではありながら、どこかのっぺりとしたもののある、上流階級に特有なあの顔を、いまだに覚えていた。この国の自由主義者、オールド・リベラリストといわれる人々は、自由主義者ではあったかもしれなかったが、民主主義者では断じてなかったのだ。そして敗残の今日、老人が康子に、秘書役に戻ってくれとさいさい云って来る理由もわかっていた。正式の秘書役の男が田舎へ逃げ出してしまったのだ。食糧問題もあったろうが、その男は、いまごろこんな老人にくっついていては、とても将来見込なしとして見限ってしまったのである。枢密顧問官だと云っても、汽車の駅長でさえが振り向きもしなくなっていた。下手すればあんたがたがぼやぼやしていたから負けたんだと罵られる。がしかしそれでも何でも老人は、老自由主義者として、老人のことばによれば、〝もう一度御奉公の実を致し〟一花咲かせたいのであった。尾崎咢堂のところへ人々は伺いをたてに行った。記者会見に行くとき、出掛けに、〝幣原（しではら）さんてまだ生きていたのかい〟と記者が云った、その幣原喜重郎が総理大臣になった。要するにアメリカが持ち込んで来た新型のバスに乗り遅れたくないのである。廊下で、鳥打帽がないかなあ、と云っていた連中もまた別のバスをさがしているだけなのかもしれない。それをあからさまに思うことは辛いことだったが、伊沢信彦もまた発車しかけているバスのことだけしか考えていないのかもしれない。

井田一作からの電話は、これまた、ついこのあいだまで罠をはりめぐらしてつけまわしたことを忘れて、ぬけぬけと通訳をもとめて来たものであろう、と康子は解した。

冷たい雨が蕭々と降っていた。窓外の青木の向うを若い女が一人、雨に濡れて歩いていった。男物の大きな下駄をはいている。黒く汚れたモンペをはいている。何か模様があるらしいが、汚れ果てていてわからない。片っ方は膝までしかない。その上に、胴は黄のかった緑色、国防色で、袖は紺のかすりというブラウスみたいなものを着、墨でいっぱい字を書き込んだ日の丸の旗でつつんだ包みをぶら下げている。顔は煤けた土色、眼に視線がなく、乞食一歩手前、このごろのことばでいえば、浮浪者になりかけ、という感じであった。浮浪者を見ることは、あわれな復員者を見るよりも、一層辛かった。いつなんどき自分がそうなるかわからぬ心許なさを感じさせられていやだった。雨の奥から夕闇が既にやって来ていた。空襲のあとでは、よく黒い雨が降ったものだった。
がたがたと靴裏の鋲の音をさせて誰かが駈けて来た。このごろでは誰もかれも靴に鋲をうっていた。初江が来た。

「もうすんだの？」

初江は息をきらしていた。眼がぎらぎらと光っていた。埃のうっすらと浮いた顔は、会場にどんな服装の人々が集まり、どんな風に昂奮して立ったり坐ったりしたかを物語っていた。しかも、その頬に、二条三条の筋がついている。眼のまわりには埃が不整な地図をつくっていた。

「ね、弁護士の布施辰治さんがね、あの御老人が立ち上って開会の挨拶をされてね、両手を演壇の机について、皆さん久し振りでした……、って云ったの。そしたらね、わたしもう我慢がならなくて泣いてしまった。皆さん久し振りでした、ってね、ほんとにほんとにどんなにか久し振りだったのよ、ね」

それがどんなに久し振りだったか、初江の涙は康子の胸にもつたわった。

「そう、皆さん久し振りでした、って」

初江にとって、それは昭和七年以来、十五年振りであった。

「わたしだけじゃないのよ、男のひとも沢山ね、中年の人が多かったけれど、布施さんが机に両手をついてそう云ったとき、わあって泣き出した人がいたわ。演壇に赤旗を下げてね、旗っていったってただ赤いだけのきれなんだけど、それでも、赤旗を見るなんて、あの旗を公然と出せるなんて、ほんとに久し振りのことよ。それからきょうは朝鮮の人の出獄者を歓迎するんでね、なんだか高島易断のね、あの模様みたいな旗もあったわ。神山茂夫さんの奥さんのハナさんが豊多摩刑務所から出て来て壇へ上ったんだけど、何か云って何を云ったのかわからないでいて、いきなりもう泣いてしまったのよ。刑務所から出て来た人ではね、酒井定吉や神山茂夫さんの弟さんの神山利夫なんて人が喋り出したらね、朝鮮の人たちまで立ち上って、そのなかに一人ね、ほんとにもう何遍でも何遍でもお辞儀してるのよ。天皇制を廃止せよ、なんてほんとにもう云えるのね。警官やMPが何十人も飛行館をとりまいていたけれど、弾圧じゃなくて保護したり交通整理したりしてるのよ。集まった人たちはね、若い人も大勢いたけれど、中年の人が目立って多いの。インタナショナルを歌うったって知ってるのは中年以上の人ばかりなのよ。そして、ほんとに、まあ、あなた生きていたの、って挨拶ばかりなのよ。わたしも、地下鉄以来の仲間の人に二人も会ったわ。どのひともみなね、ほんとに、まああなた生きていたの、って云うの、みんなもう痩せこけて眼ばかりぎょろぎょろさせているのよ。生きていてよかったわね、って。ほんとに、皆さん久し振りでした、なのよ……だけど、徳田球一や志賀義雄はとうとう来なかったの。米軍へ獄内事情を話しに行ったんですって」

初江は立ったまま一気に喋って、かたわらの椅子にがっくりと腰を下した。が、椅子の足がぐらぐらでころげそうになると、明るく、あははと笑ってまた立ち上った。笑い声には娘のような張りがかえって来ていた。そしてもう一度、今度はそっと椅子の端に腰かけた。

「ところがね、やっぱりね、私服の奴が来ていたのよ、いまそこで会ったんだけど、あの井田一作よ。わたし、腹がたったから、なにさ、いまどきうろうろしてると殺されてよ、わたしあなたを告訴するつもりだから、と云ったの。するとね、とんでもない、わたしはきょうの会場なんかへ行ったんじゃないって、いま石射さんにね、通訳になって来てくれないか、ペニシリンも手に入るから、って頼みに来たんだけど、会いにくいからわたしからそう伝えてくれって云われたわ。それでわたし云ったの、伝えることは伝えるけれど、義姉さんは行きゃしないわよって、それからわたしあなたを告訴するつもりだってもういっぺん云ってやったの。そしたら、お手やわらかにねがいます、これからはあなたがたの世の中ですなあ、って云うの。わたしね、これからね、赤旗を先頭にしたデモに行くのよ、十何年ぶりに会った友達もいるしね、それから、そのうち一人ね、山梨から出て来て今晩泊るところないんですって。お泊めしてはいけないかしら、お米も少しもって来たって云うの」

「いいわ、どうぞ。菊夫も当分は戻らないそうだから。じゃこれもっていらっしゃい。わたしね、少し遅くなるかもしれないわ」机の下から大型のインク壜に入れた三合ほどの食料油をとり出して初江にわたした。「新宿ででもね、おにぎりでも買って行きなさいな」十円札を五枚ほどわたした。

「それからこれね、一円で買ったの、二つ買ったから一つあげるわ。デモがおわったらすぐ帰るわ、子供たちがお腹すかして待ってるわ」

袋のなかから「人民に訴ふ」と題されたパンフレットをとり出して机の上におき、初江は生きかえった人のように、大きな頭陀袋をふりまわし、鋲の音をさせて出て行った。あたりのどんよりと澱んだ空気を肩で押しのけるようにして歩いていった。それは、戦時中に〝いまに人民大衆が起ち上って〟という、自分のことばだけを信じて、それだけで生きていた、その信念の亡霊のような初江ではなくて、三十四歳のまるごとひとりの女の後姿であった。

再びひとりになった康子は、パンフレットの「人民に訴ふ　徳田球一　志賀義雄　外一同」という胸の痛くなるような、また十五年も二十年もむかしの、彼女が二十代だった頃のことまで思い出させる、その人の名を食い入るように眺めた。

一、ファシズム及び軍国主義からの世界解放のための聯合国軍隊の日本進駐によって日本に於ける民主々義革命の端緒が開かれたことに対して我々は深甚の感謝の意を表する。

二、米英及聯合諸国の平和政策に対しては我々は積極的に之を支持する。

三、我々の目標は天皇制を打倒して、人民の総意に基く人民共和国の樹立にある。

康子は北国の港町に生れた。明治三十三年、十九世紀が終り、二十世紀に入ったその年に生れた。生家は、米穀肥料などを扱う廻船問屋であった。大正八年、米騒動が起り康子の生家が民衆に襲われたとき、彼女は十九歳、弟の克巳は十六歳であった。軍人の道をえらんだ長男の武夫は、既に青年士官になり、家にいなかった。姉弟は二人とも激しい衝撃をうけた。克巳は、高等学校に入ってから急激に左傾していった。姉は弟の歩みをつねに背後から見守って来た。生家は、大正末期の不況で倒産し、その後の戦争景気のうちつづいた時にも二度と起てなかった。父も母も失意のうちに死んでいった。家はとうに整理され、親類づきあいというものを、ほとんどしなかった。倒れた家をかまいつけるものはなかった。人は転瞬のうちに全生涯を思い出す、そういう瞬間をもつことがある。そんなとき、人は果して幸福なのであろうか、それとも不幸なのであろうか。彼女が、また亡夫が、兄が、そして克巳と初江が歩いて来た昭和の二十年を思い出しながら、パンフレットの四、五、六などの項目を読んでいった。どの項目も、どのことばも、どぎつくてまともに眼をあけていられない感じがした。が、いかにどぎつく、これでは同志的な人や昂奮性の人でない限り、きっと反撥するであろうとは思っても、書いてあることに嘘はなかった。ぬきさしならぬ強い意志もあらわれていた。いまは何があっても強い意志だけは、どこにも見当らぬ時であった。そして第七項へ来た。

七、今ここに釈放された真に民主々義的な我々政治犯人こそ此の重大任務を人民大衆と共に負ふ特異の存在である。

我々は何等酬いらるることを期待することなき献身を以てこの責任を果すことに邁進する

であろう。

一九四五年十月十日

とそれは結んであった。

〝特異の存在〟ということばが彼女の眼をうった。特異の存在、特異の存在。まことにそれは〝特異の存在〟であった。初江さんが戦争中に云っていた〝人民大衆〟ということばも眼に痛かった。この〝特異の存在〟である〝一同〟の眼から見れば、克巳も、そして克巳の背を見守って来たこのわたし自身も、きびしく云えば〝転向者〟である。特異の存在である人々を尊く思うことにかけては、初江さんの話した、叩頭しつづける朝鮮の人に劣るとは思わない、けれども〝人民大衆〟にとって〝転向〟とは、それはもう生きて行くということと同じことではなかったろうか、そうではないのだろうか。それをどうすればいいのか。いまごろは汽車に乗って東京へ向っているであろう克巳の胸のなかにも渦巻いているにちがいない、様々な期待、希望とともにこの〝特異の存在〟に照らし出されたときに生ずるであろう、異様にもつれたコンプレックスの数々が思いやられた。初江さんはいいとして、康子自身や克巳をもなかにふくむ筈の〝人民大衆〟自体もまた、多かれ少なかれ、なにほどかのコンプレックスをもつ筈ではなかろうか。出獄自由戦士といわれるこの人々が、たしかに彼等自身の云うように〝特異の存在〟であるだけに、それだけに、革命への道は一層困難であろうと思われた。たとえ聯合国が革命の自由を保証していても。

「皆さん、久し振りでした……」

という、布施辰治氏の云ったということばをひとりでつぶやいてみても、もう涙も出なかった。戦争末期に、捕虜になって、ハワイから〝日本の皆様、日本の皆様〟と切々と戦争をやめさせるよう起ち上れと呼びかけていた、康子も伊沢も熟知している、同じ社の若い記者がいた。〝日本の皆様、日本の皆様〟と彼は呼んでいた。その皆様とは、恐らく布施弁護士が呼びかけたその〝皆さん〟と同じものなのだ……。あの若い記者も、きっともうすぐ帰って来るだろう。いまのこの日本に渦巻いているものは、思想でも何でもなくて、様々の色合いの強弱様々なコンプレックスなのだ。この〝特異の存在〟である人々に対するそれ、また、反極の特異の存在である天皇に対するそれ、戦死者に対する、戦災者に対する、旧軍人に対する、復員者に対する、未来を担う子供たちに対する、米や野菜をもっているものに対する、アメリカ兵に対する、続々あばかれる同胞の手による残虐な事実に対する、昨日までの抑圧者に対する……、数えてれば恐らく無限であろう。しかも最後には、各人の、過去の経歴自体に対するそれという、もっとも厄介なものがある。日本人が日本人であるということ自体に、何かしらぎくしゃくしたものを感じねばならぬ不快さがある。いま、誰もかれもが生れかわりたがっているのだ。しかし、それは絶対に不可能なことなのだ。前途に恐らく無限の可能性、革命的な可能性がひろがったとき、同時に人々は絶対の壁にもぶつからねばならなかった。

壁から眼をそらすと、不意にペニシリンという一語が横合いから飛び込んで来た。社会や政治のことを思うと同時に、人は〝ペニシリン〟のことも考えねばならぬ。それを何としてでも獲得し、夏子の膿胸を食いとめねばならぬ。菊夫になごやかな家庭をかえしてやらねばならぬ。井田一作がペニシリンをもっている！　しかし、井田一作からはどんなものも貰いたくない……。既に薄暗くなった通りから、途絶えがちの、心許ない歌声が聞えて来た。康子も雨のなかへ出た。

「三千人ほどかな」

「いや、千人くらいだろ」

インターも赤旗の歌も、通しで知っている人は何人もいないようであった。しかしその何人かが、長く軍歌の嵐のなかで歌声を守りつづけて来た。

井田一作は新品の長靴をはき日比谷公園傍の、煉瓦の道に立ち、傘をさしてデモを眺めていた。雨が傘の内側へ滲みて来てぽつりぽつりと首筋へ落ちた。最大の武器であった治安維持法も十五日には正式に廃止になる。大正十四年に公布され、昭和三年と昭和十六年に改正し、全部で六十五箇条もある、名実ともにととのった、見事な大法律であった。あれは大法律の名にふさわしいものだった。検事や警察官には被疑者の拘引拘留の強制権があったし、裁判も三審ではなくて二審制だったから、大審院から文句が来ることもなかった。刑の執行をうけても転向しない者や執行猶予のついた者でも予防拘禁することが出来た。きょうまでに釈放された三千人のうちには、刑期が満了した上でなお予防拘禁されていたものが大分あった。検挙されたもの六万人、起訴されたものが六千人もあった。治安維持法が駄目なら、治安警察法を守ろうとしたが、それもいけなかった。残るのは、刑法のなかの皇室に対する罪だけだ。これが最後の一線だ。安原初江の奴がおれを告訴すると云った。そんなこともあるかもしれない。しかしおれは御奉公の誠をいたすために、信念をもって誠心誠意やって来ただけだ。

下手なデモだな、ばらばらで、よろよろしていて、要するに烏合の衆だ、筋金が入っていない、ついこのあいだまで鉄砲かついで軍歌をうたってオイチニオイチニってやっていた連中じゃないか。井田一作は大きすぎる長靴を引摺って歩いていった。沖縄は駄目だ、お袋はむごたらしく殺されたろう。沖縄の司令官は、老人や子供はいざというとき殺してしまえといったというが、ひょっとすると日本軍にやられたのかもしれんな、と考えると、吐き気をもよおす。もう本当に戦争はこりごりだ、と思う。がしかし、彼は心寂しかった。治安維持法も廃止になるのだ、彼は戦争中に狙っていた石射康子――伊沢信彦――深田枢密顧問官という和平派の線を事件にしようとしたことが失敗し、いや実は失敗どころか、しまい頃には、逆にこの線を憲兵から保護しなくてはならんことになったのだが、とにかくものにならなかったので左遷され、労務の方の係にまわされた。そのおかげで十月四日の特高追放にはひっかからなかったのだが、追放されて元の職場へ入ってもならぬという命令をうけ、すごすご田舎へ帰るかつての同僚を送り出した後だっただけに、なおのこと、気落ちがしていた。そしてどういうわけか誰かに親切にしてやりたいという気持がしきりに動いた。親切にしようにも妻子は、疎開先の小田原から、終戦ちょっと前に、艦砲射撃を恐れて御殿場へ再疎開させてあった。彼自身の私宅は、強制疎開でぶち壊されていた。終戦後は、とんだ労務をやらされていた。都知事と警視総監の命令で特殊慰安協会というところへの出向を命ぜられた。例によって名前はいいが、中身は米軍のための女郎屋、そこの監督にさせられてしまった。かつての特高もかたなしだった。が、焼けのこった花柳界や特飲街は、日本人用にのこした千住特飲街たった一つを除いて、全部米軍用になってしまった。米軍は、ダイヤジンやペニシリン、梅毒用のマハルゾールなどの新薬を大量に持ち込んで来た。石射康子は、戦争中からペニシリンをさがしていた。京大で日本式ペニシリンが出来たと聞くと、何とかして手に入れたいと云っていたのを覚えている。それが手に入るのだ、しかも只で。こいつを操作すれば強制疎開のあとへ、もういっぺん家くらい建つだろう。石射康子に、まだ欲しいのなら電話をかけてくれ、と安原初江に伝言を頼んだ。通訳の方ははじめから承知するとも思わなかったが、ペニシリンならば手応えがあるかもしれない。

とにかく石射康子は、井田一作がこれまで扱った事件関係の女のなかでも、特高感覚から見ても面白い、魅力のある女であった。彼が伊沢信彦と深田英人の戦局の見透しについてさぐりを入れたとき、『心配しています。心配しているだけです』と云った。この返答は、第二の質問を封殺していた。心配しているならどういう対策をもちどういう工作をしているかという質問を、心配しているだけです、という一言で断ち切っていた。また、弟の安原克巳のことや白金事件や、秘特情報漏洩の嫌疑などの線をたぐって追い詰めてみたときには、『わたしが偶然に、二つも三つもの全然別々な事件に出て来て、結び目みたいになってるなんて不思議ですわね』と云った。彼は、緊張し切った眼の色と、右額の上の、一房の白髪を忘れない。ぎりぎりと心を張り詰めて、しかも、不思議ですわね、などととぼけた、しかし実感のあることばを吐く、さすがに外交官の未亡人らしいと思われる教養が、新鮮なものに思われたのだ。そして、彼女が終戦になった途端に、時をえ顔にしゃしゃり出て来て威張り散らすような連中とはちょっと違うだろうということも見当がついていた。彼にとって、いまとなっては戦時中の彼女との往来はむしろなつかしい記憶になっていた。ペニシリンがあるということを石射康子に話しにわざわざ出掛けて来たのだが、しかしどうにも通信社の入口へは足を踏み入れにくかった。奇妙にういういしい胸のときめきみたいなものさえが、いろいろな感慨のなかにまざっていた。敗戦は人々にがっくりと年をとらせると同時に、奇妙な青春の感、あるいは解放感に近いものを、与えた。戦争の劫掠にまかせていた時間を、青春を、一挙にとりもどそうとしていた。それは戦争による被害者の側だけではなく、加害者たちにもまた、実人生としてはまったく損をしたようなものだ、という感じをもたせていた。たとえば井田一作にさえそんな感情を与えていた。がしかし、特殊慰安協会は、愉快なところではなかった。追放された特高仲間が何人か入って来ていたし、彼等は追放されたということを看板にして業者たちに威張ってみせていた。おまけに、近頃では女たちが米軍にちやほやされてつけ上り、チュウインガムをぐちゃぐちゃと嚙みながら腰に両手をあてて立ちはだかり、井田一作等を、

『おい、日本人！』

などと呼ぶのであった。

「おい、日本人」

と井田一作は口に出してみた。はっはっはっと笑ってみるつもりだったのだ。が、少しも笑えなかった。ついこのあいだまで鉄砲をかついだり竹槍をもったりしていたに相違ない連中が、赤旗を先頭にしてとぎれとぎれの歌をうたいながら雨に濡れて行った。

康子は伊沢が矢継早に盃を口にもってゆくのに少し驚いていた。

「実際驚いたね、盗人たけだけしいとはこのことじゃないか、と思ったよ。内務省のね、このあいだの警察追放でやられた奴が、僕のところへ下手糞な英文で書いた陳情書みたいなものをもって来て、こんなものを総司令部へ出してみたいんだが、どういうもんだろうって相談に来るんだからね」

「どんな陳情書なの？」

「それがね、自分は決して反民主的な人間ではない、左翼を弾圧したのは、彼等が私有財産制

度及び資本主義的自由主義を否認するからやったのであって、民主主義に反対したわけではない、というんだ。要するにアメリカは資本主義だ、だからそのところをついて行けばどうにかなるんじゃないか、という算段なんだ」

「なるほどねえ……」

康子はむしろ感嘆したような声を出した。

「克巳さんなんかが転向しなくてもよいようになったら、途端に今度は右翼っていうのかね、ああいう連中が転向なんだよ。もとのもとから、本心から民主主義者でございました、民主主義とやらというものを守るために治安維持法も何もありましたのでございます、という次第なんだ。日本人というものは、実に見上げた、見事な紳士たちだよ」

「だけど、日本人全体じゃないわ」

「うん……」

そこへこのバラックの料理屋の主人が挨拶に出て来た。出て来たとはいえ、三間しかない、隙間風がトタン板の天井からでもどこからでも入ってくる小屋なのだから、さっきから何度も顔をあわせていたのだが。頭の禿げた主人はきちんと坐った。

「とにかく、たいへんなことでしたなあ。伊沢さんは顔にお怪我をなさるし、わたしらはもう三十年も住んでました家もなくなりましたし、浅草へ戻ろうと思うても、土地の親分がうるさいんで帰りにくいことですし」

「いくさは負けで八方ふさがりだしな」

「ただ、先日、出入りして下さった兵隊さんが、軍のお酒をごっそりと売りに来られましたんで、お酒だけはいくらもありますから、どうぞごゆっくり」

「あなたが浅草へ戻れんように、われわれは愛宕山へは上れんことになったよ」

「そのようでございますね。この辺も、夜な夜な米兵さんがうろついて物騒なこってすわい」

愛宕山の旧放送局は、戦時中国策通信社が海外電波の傍受所として使い、伊沢も康子も毎日毎夜新橋ホテルからそこへ通っていた。いまは米軍の気象隊が全世界の気象通報を受信するところとなっていた。

主人が、踏むと気持わるく凹む畳を踏んで引取っていった。

「ね、この家(うち)がまだ浅草にあった頃、あなたがアメリカから帰っていらして一月か二タ月してから行ったでしょう」

「そうそう、あれは一九四二年の九月頃だったかな」伊沢は年号をもう西暦で呼んでいた。

「帰りに田原町で、買うものがなんにもないんで、簪(かんざし)や数珠を買ったっけね」

「それで、買物をする前に、観音様にお詣りに行ったでしょう」

「うん、行った。そして僕があなたに、何を祈願した、って訊いた」

「それでわたし、日本が勝てるように、って祈った、って云いましたね」

「そうだ、僕もそう祈ったんだ」

「だけど、わたし、正直云ってあのときくらい恥かしい思いをしたこといままでになかったわ」

「恥かしい？」

「そうなの、日本が勝てるように、って祈ったのは本当よ。だけど、それを口に出してあなたに云ったら、途端に、何故だかわからないんだけど、顔から火が出そうなほど恥かしくなったのよ」

「ふーん。そうか……。うん、何だかわかるような気もするな。なるほど僕は戦争中、方々を講演させられて歩いているうちに、いまでもあなたからときどきやられるような、相当な国体主義みたいなことを云ってあるいた。だけど、皇国はとか、天皇の御稜威の下、とかというようなこと云うのは、本当は何だか知らないけれど、ちょっとやっぱり恥かしかったんだ。聞いてる人たちも、恥かしそうで、もじもじしたいみたいなんだけれど、何分、天皇なんてことばで硬直させられているんだから、もじもじは出来ないんで、身と心の始末に困るような風だった。……恥かしい戦争だったな」

愚かな戦争、野蛮な戦争、不正の戦争、汚辱に満ちた戦争、無名の師、人道の罪――等々、それらすべてに間違いはない、文字通りそうであったであろう。しかし、それだけでは、それを現実に戦って来たものにとっては、矢張り納得出来にくいものが残るのだ。

「恥かしい戦争だったな……うん」伊沢はひとりでうなずいていた。「アメリカ人のね、むかしから友達だった記者なんかもこっちへ来てるんだが、この連中は、はっきり割切れているんだ。戦争があった、それは不幸なことだった、戦争中は戦うのが当然だった、お前も戦った、おれも戦った、ところで戦争は終った、お前は不幸にして顔を焼いたが、とにかくお互に生きのこった。さあ、仲良くしよう、という、こういう論理で割切れている。ところが、こっちはね、僕はこの論理ではとても割切れない。罪の意識がある、日本国民自体、つまり自分自身に対して、またアメリカ人に対しても。向うが対等で話しているつもりでも、こっちには何かしら、つっかえるものがある。一言で云えば恥かしいんだ。これはもう老幼男女区別なしじゃないのかな、米兵に道を訊かれて答えてやっている学生なんかも、不必要にへどもどしている、やっぱり何だかしらんが恥かしいんじゃないかな」

「じゃ、ローラさんに対してはどう？　もうじきいらっしゃるんじゃないの？」

ずばりと云い放った。それを云うとき、どんなにか悲しみと苦痛がともなうことだろう、とは、康子が長く長く、戦時中から思い悩んで来たことであった。云い了ってみると、胸のなかで、たとえば剃刀の刃がぎらりと動いたような痛みは感じた、が、それはむしろ痛烈、という感じにとどまって、涙の出て来るような種類の苦痛ではまったくなかった。いささかのアルコールのせいであったろうか。

伊沢は、はっしと撃たれたように、うっとうめいて下唇を吸い込んだ。面積はごく狭かったが、第三度といわれるひどい火傷をうけた左の顳顬から首にかけての傷痕は、皮膚組織が再生能力を失ってしまい、下から盛り上って来た肉は、凸型のぶつぶつした醜い肉腫のようなものになっていた。平常は、奇妙に白茶けてすべすべした感じなのが、アルコールのせいで薄皮までが赤く充血している。

「恥かしいんだ、やっぱり。きっとあいつは、最後にはカトリックの神様か何かをもち出して来て、それで僕の火傷のことも、戦争協力のことも、何ていうのかな、一切を神の愛のなかへ統一して来るんだろうと思うんだ。そういう風にこのあいだ手紙で云って来た。だけど、僕はね、そういう有難い神様なんかもってはいないんだよ。平べったく恥かしいんだ、そこから救い出されて、神様という三角形の頂点が一つあってね、それで人生が立体的になるような工合に生れついていないんだ。時間がたっていって、一切が洗い流される、根本的にはね、ゆく河のながれはたえずして、しかももとの水にあらず。よどみにうかぶうたかたはかつきえかつむすびて、ひさしくとどまる事なし。世中（よのなか）にある、人と栖（すみか）と又かくのごとし——のね、このくちの人間なんだよ。ローラはね、僕が一九三八年の秋に、汽車でカナダへ旅行に行こうとして、アメリカとの国境のところで吹雪にあって汽車が埋って、そこの雪深い村の家にとじこめられたときに知り合った、素朴なフランス系の村の娘だったんだ。僕と結婚することになって、日本語を猛烈に勉強してくれた。四二年に僕が交換船で帰されるときも、my husband is my destiny主人を選んだことは私の運命だと云って、日本へ行くと云ったんだけど、正直白状すると僕が止めたんだ。いままで、ローラ自身の意志でアメリカに残ったんだと、僕はね、あなたにも嘘をついたんだ。敵国人の生活は辛い、日本人は不寛容だから、と云ってね。この戦争のあいだにね、恥かしい話だけど、西洋風の附焼刃みたいな教養ね、こいつが洗い流されたみたいで、それはそれで痛快でないこともなかったんだけれども、何というのかな、僕という人間のニセモノ性が、いまとなっては底をついたような感じなんだ。四十七、八にもなってこんなことを云うのは辛いけれども。だから、ローラの眼から見たらいまの僕なんかは、両棲動物みたいな、へんなものに見えるだろうと思うんだ……。あなたにも申し訳ないんだ」それまで、盃を口にもってゆくについても、左手で傷痕を蔽っていたが、話の途中から机の上に両手を組んでいた。「いったい、再生出来るものかね」

「……いまは、日本人は誰でもみな生れかわりたいと思ってるんだけれど、それは絶対不可能なことよ」

「そうなんだ」

「ここを出ましょうか」

と、康子が云った。

何故ここを出なければならないのか。どうしてそういうことばが、いまのいま口に出たのか、われながら康子にはわからなかった。

伊沢は救われたように、さっと立ち上って百円札で支払いをした。彼はいろいろな雑誌にアメリカと民主主義を説いて紙屑のような紙幣を掻き集めていた。

ふと思いついて康子は烏森で開業したという邦子のバー・リュミエールへ行ってみることにした。時間はまだ六時半だった。伊沢はそうひどく酔ってはいなかった。が、康子は、酔った男と二人で歩いていてもいいということ、そのことに何かしら若やいだ自由のようなものを感じないではいられなかった。伊沢が黙って横町に折れ、物蔭に入ると、しかし急に恐くなって来る。町は焼けただれて、夜陰が牙をむいてくるような鬼気があった。横町といい、物蔭といっても、それは焼けのこった土蔵とか、コンクリートの塀であるにすぎない。その平べったい焼跡に、ところどころ、屋根も側壁も焼けトタンでかためたバラックが立っている。そこにぽつんぽつんと灯がついている。別れねばならず、別れることに既に疑いも未練ももちえないところまで来ていたのだが、凄然たる廃墟のなかでは、肩を抱き腕を組んでくれるものだけが温い血の通ったものであった。

邦子のバーなるものは、焼けた小学校のコンクリート塀を背にして、そこへさしかけたトタンの小屋であった。床も何もなく、むき出しの煉瓦の屑などがまだ散乱している土間に、机を三つばかり置き、横に長い木のベンチが並べてある。邦子はいず、かつて新橋ホテルの洗濯係りのボーイをしていた、ノベチャンと呼ばれる、野辺地(のべじ)という剽軽な男がいた。

「伊沢さん、僕ね、エノケンみたいな俳優になりたいと思うんですが、どうでしょう」何が起るかしれたものではなかった。「おれきょうね。『そよかぜ』とかって映画見たんだ。楽士たちがレビュガールをもりたててゆく話なんだけど、見てるとムシズが走るのよ。敗戦なんかと関係ないんだけど、これなら負けた筈だなあ、ってつくづく思わせるんだ。いやんなっちゃったよ」

「エノケンみたいな？　喜劇俳優か。そのためには、ノベチャン、これからの世の中じゃ英語が出来なきゃ駄目だな」

「あッ、そう」

二十一、二の、このあいだまで工場に動員されていたボーイの眼は、何かの啓示でもうけたみたいに輝いた。彼は、これも軍放出の葡萄酒を二つもって来た。酒は、酒石酸を取った後の、苦く渋いものだった。

「ポウコちゃんがね、ホテルをクビになりそうですよ。今朝ね、バットでウェイトレスたちの尻を撲ってあるいたでしょう。それでいけなくなっちゃってよ、おまけにさっきアメさんの親玉と、ホテルを女郎屋にするたあ何事だって喧嘩やったんだってさ」

「まあ……。強いわね」

「うん、芯が強いからね。あんなホテルやめたって、あのひと、充分やってけますよ、姐御ですもん、まだ十八だけど」

「偉いぞ、偉いぞ、そこだ」

小便をしに外へ出て行った伊沢が戻って来て、

「凄いねえ、なんだか壮烈な風景だね、軒並のここのマーケット、どこもかしこもフランス語

の名をつけてるね、ここがリュミエール（光）で、右隣りはエスポアール（希望）、左隣りは
パリーと来て、そのまた隣りが上海で、その隣りが若松屋と来る」
「そのまた隣りがスペインのサラゴッサ、そのまた隣りがアルト・アイデルベルヒ」
「そのまた隣りが焼跡地獄の灰の風か」
「あっはっは。愉快で痛烈ですわ」
「大日本帝国の教養は、ついにバーの名前にその名を止めたか」
葡萄酒は渋かった。菊夫が海軍じゃ武道酒って云うんだ、と云ったことがあった。
ノベチャンが、水を汲んで来ますからおねがいしますよ、といって新品のバケツをさげて出
て行った。
「で、矢張りホテルへ行くつもり？」
「ええ、矢張り行こうと思うの。わたしはね、戦争がはじまってすぐに海外局へ入って、愛宕
山での傍受が深夜が多かったから、あの新橋ホテルへ住むようにって云われて、戦争中はほと
んどあそこで過したでしょう。それで……、いまごろこんなことを云ったらへんに聞えるでし
ょうけれど、あそこのホテルとあそこでの生活を愛しているの。わたしは、あの戦争を、それ
は憎むことにかけては克巳にも初江さんにも、誰にも負けないけれど、一方ではね、黙って堪
えて、それでも心から愛しても来たのよ……。これ誤解されると困るけれど」
「……なるほど。わかる、僕だって、僕なりに日本を愛して来たし、心配して来た、いまだっ

てそうだ」

しかし、何となく伊沢のことばは空疎にひびいた。康子にとって戦争とは、菊夫、夏子、それに兄の部隊長から、〝日本の皆様〟や、〝皆さん久し振りでした〟の、その皆さんの一人である克巳や初江などのもろもろの人間のことであった。

どやどやと、七、八人の髪の毛の伸びかけの客が雪崩れ込んで来た。みなどろどろに酔っていた。客は勝手にノベチャンの料理場へ入り込んで、一升瓶に入った葡萄酒を持ち出した。椅子が足りないので、それまで向いあっていた伊沢と康子は並んでかけ、期せずして合流したかたちとなった。やがてひどく酔った男が立ち上り、椅子の上に泥だらけの軍靴のまま上って演説をはじめた。

「ああ哀しいかな、むかしは人のみちみちたりし此の都邑、いまは凄しき様にて坐し、寡婦のごとくになれり、嗟もろもろの民の中にて大いなりし者、もろもろの国の中に女王たりし者、いまはかへつて貢をいるる者となりぬ。エルサレムははなはだしく罪ををかしたれば汚穢たる者のごとくなれり、前にこれを尊とびたる者もその裸体を見しによりて皆これをいやしむ。その民はみな哀きて食物をもとめ、その生命を支へんがために財宝を出して食にかへたり。エホバよ、見そなはし我のいやしめらるるを顧りみたまへ。すべて行路人よ、なんぢら何ともおもはざるか。口を塵につけよ。あるひは望あらん。アーメン」

みなが一斉に合唱した。

「アーメン」

　そして笑い出した。

「あっはっはっ……あっはっはっ」

　人々の、恐らくは過重な教養が、焼跡の瓦礫の上で、花火のように爆裂していた。

第二章

「わしはな、康子、本心のところは、死にたいと思っているらしいんだ。地獄を見たからな」

兄の安原武夫は、他人事のような云い方をした。既に五十歳に近い兄は、康子が苦心してみつけて来た新調の眼鏡をかけたりはずしたりし、眼をしばたきながら語りつづけた。

「眼鏡の度があわんみたいだな。何分、二年も眼鏡なしでやって来たから、近眼と老眼と、栄養失調から来た視力の減退なんぞがごっちゃになって、得体のしれんことになったかな……。ガ島で飢え切って、な、飢えた上に毎日毎日爆撃をくって、それで死んでいたらよかった、と思っとるらしいんだ。そりゃ、な、ガ島から駆逐艦で救い出されてブーゲンヴィル島に移されたときには、まず生きて来られてよかった、と思うには思うた。が、その裏でな、ガ島であの悲惨を見たからには、見たというだけで、もうこりゃわしはこの世は御免してもらいたいという気は、あの頃から、しとったんだ」

「……はい」

兄が一区切りをつけたところで、康子は居住を正した。職業軍人であり、大佐まで行ってはいたが、安原武夫は、何にあれ、事において逆上したりは決してしないたちだった。陸軍大学も出ていなかった。

何年振りかで着た和服に身体がなじまぬのか、着物のなかで身をよじるように動かしていた。何年振りかで、安原武夫は、一昨日、昭和二十一年六月二十四日に旧駆逐艦の雪風でラバウルから浦賀へ復員して来た。身をよじった拍子に、あぐらを組んだ足にかかっていた裾がずり落ち、脛から膝、腿にかけての青黒い紋々が目立った。ガダルカナル、ブーゲンヴィル、ラバウルの四年に近い密林生活のあいだに刺された、毒虫による咬傷や皮膚病その他の痕であった。ロイド眼鏡を手にしたまま、狭い庭の八ツ手の葉に凝っと動かぬ視線を注いでいた。頰はぐっと窪み、土気色の皮膚が上下の歯型にはりついていた。上体が自然と前かがみになるので、話の切れ目切れ目に身体を起した。

「大体、わしはな、十七年の夏には名古屋にいて『寒地作戦の参考』とか『極寒地作戦の参考』とかという本を勉強しとった。北満国境の防空部隊の指揮を命ぜられたからなんだ。ところが、出動直前になって寒地作戦関係の雑多な印刷物はぜんぶ引揚げになって、今度は急に『熱地作戦の参考』というやつが物凄い量、来たんだ。それで急に寒地から百八十度転換で熱地へ向う、ブラジル丸という船に乗せられた。はじめっからこんな工合だったんだ。わしらは、元来ソ聯は強敵だ、米軍なんぞは物の数ではない、と思っておったのだが、南の方でがったりと頭打ちになったんじゃないかってことは見当をつけた。このときの南方輸送は、秘密輸送ということになっていたんだが、はじめから秘密は洩れていて、汽車で名古屋を出るときからして黒山の見送りで、愛知、岐阜一帯の沿線には赤々と焚火が燃えていて、名入りの提灯が野に山にひきもきらなんだ。緒戦の勝利で、いい気になっていたんだろうな」

はだけた着物の襟から、肋骨の一本一本があらわに数えられる胸がのぞいていたが、青黒い紋々は胸も腹も容赦していなかった。

「それからどこだったか、どこかの谷あいの小さな村を汽車が通ったとき、夜なかだったな、お婆さんが一人、懐中電燈で自分の顔を照らし出しているんだ。そうだな、この話をしとこう、不思議に実に何度も思い出したからな……。その婆さまはな、みすぼらしい家並を背にしてな、汽車の窓から首をつき出している兵隊たちに、照らした自分の顔を見せているんだ。よく見ると、婆さまは自分ひとりじゃ立てないらしくて両脇を誰かにささえてもらっているんだ。それがまるで仏さんみたいに頬笑んでいるかと見えたんだが、実はそうじゃなくて、涙を怺えていたんだな。そのときわしは、民の心はこうだ、わしらがしっかりやらにゃいかん、と思うた。それでな、その婆さまの顔がな、空襲や砲撃がすんでほッとしたときとか、飢え切ってぼんやりとちぎれた樹の梢を見上げていたときとかにな、ぼおっと浮び上って来て眼に見えるんだ。そしてそのたびにな、ああおれは死ぬるな、と思ったんだ……」

外出していた初江が戻って来た。彼女は、義兄の安原武夫が今日帰還すると前以て知っていたので、何か甘いものと、それに酒とをさがしに闇市へ出掛けていたのであった。大福饅頭を

皿に山盛りにして出て来た。武夫は、

「やあ……これは、これは……」

と云って、何と思ったか、胡麻塩の毬栗あたまに左手をぴったりとあて、右手で眼鏡をかけたりはずしたりして大福の山をためつすがめつ飽かず眺めた。康子は、それまで、ことば少なに兄の話に相槌をうっていた。が、胸が痛くなるような思いに耐えられず、お茶をかえに立った。

「お帰りなさいまし、ほんとうに長々御苦労さまでした」

と初江は深く頭をさげて、そのまま、なかなかに頭をあげなかった。

「はいはい、あんたも苦労なこってしたろう。克巳は運動で出てもう十日も帰らんそうなが、まあ、あんたがたも大ぴらでやれるようになって、まずよかったとわしは思っています」

安原武夫は、何のこだわりもなくあっさりと云った。何かきれいさっぱりと割り切れているように思われた。初江も、

「はい……」

とは答えたものの、日焼けと栄養失調で青黒くすすけたような義兄の顔を見上げて、いささかどぎまぎした様子で後がつづかなかった。

と、そこへ、武夫のすぐ前の廊下に両足を投げ出して坐っていた菊夫が、突然、口をさしはさんだ。

「だけど、伯父さんは、死ぬる死ぬるというけれど、ちゃんと生きて帰って来たじゃない」

後の方は、声が妙にかすれ、咽喉にひっかかるみたいだった。お茶をかえて来た康子は菊夫のことばを聞きとがめ、そこで何かを、たとえば、

『何ですか、失礼な』

とでも云いたいところであったが、自分の言葉を、無理に押し殺した。我が子である菊夫との間の、いや、母子であるということは一応別としても、とにかく礼節の絆のどれをひっぱったらいいものか……。

「うん、その通りなんだ。昔風にいえば、おめおめと、だな、生きて帰って来た。お前も特攻隊だったそうなが」武夫はふっと口をつぐんで康子と初江の二人を見た。二人とも、気まずそうに眼を伏せていた。「いや、そのことは別のことだ、それはお前の方のことだ。わしはとにかく生きて帰って来た」

よちよち歩きで、おもてで遊んでいた、初江の三つになる娘、民子が廊下をやって来た。武夫が両手をさし出して抱こうとすると、幼女は腕と胸との青黒い紋々を見てであろう、わあっと泣き出したが、別段の抵抗もせずに、素直に両膝のあいだに腰をおろし、大福の皿を見つけるとすぐに泣きやんだ。武夫は饅頭をとって与えた。自分は食べずに、餡だらけになった幼女の口許をじっと見詰めたまま、「たしかに生きて帰って来た……」と繰り返した。「が、待て、わしがもう少し話す」

菊夫がにやりと唇の端を歪めた。わしがもう少し話す、という、終止形による命令口調から、職業軍人に特有の何かを思い出したのかもしれなかった。

「その婆さまがな、いまにも涙がこぼれそうなのを怺えて、自分の顔を懐中電燈で照らし出しとった。自分で自分の顔を照らせば、相手の、汽車の窓から首を出しとる兵隊たちの顔は、さっぱり見えん筈だろうが……。その顔を、汽車の窓は高いから、わしたちは上から見下ろしていったんだ。ところが、ガ島へ行ってからは、その顔がな、わしたちよりも、ずっとずっと上の方の、高いところからわしたちを見下ろすというか、見守ってくれているようになったんだな。そのせいで助かったなんぞとはいわんさ、なんぼわしでも、その婆さまを信仰しとったとしても、な……。しかしな、わしが戦場からもって帰って来たものが、戦場にあったものじゃなくて、出掛ける前に見た筈の、あの婆さまの、古仏みたいな顔だちゅうたら、どういうことになるんかな?」

武夫はぽつんと、そこで話を切った。康子はお茶だけを何杯も飲む武夫の茶碗に注ぎながら、伊沢の生家である潮来の宿屋にいた、あの気の狂ったお婆さんのことを思い出した。跨げば越すことの出来る低い柵のなかにいて、お婆さんは、毛糸を編んではほどき編んではほどきしていた。その部屋からは、戦争とは何の関係もない、霞ケ浦から出て北利根川に注ぐクリークの、ゆったりとした水と太鼓橋が見え、その向うには平らかな水郷の畑地がひろがり筑波山も見えた。狂人だとはいえ、ほとんどまったく無言で暮しているあの老婆は、戦時からひきつづく世のさまを思いあわせると、いまもなお分厚い霞ケ浦の水に浮ぶ水鳥と同様に、静かな、正しい存在、と見えた。戦後のいまでも、恐らくあの老婆は矢張りあの柵のなかに坐って、毛糸を編んではほぐし編んではほぐしているのであろう。康子は、自分があの老婆を、ほとんど羨んでいるのに気付いてぎょっとした。しかも、帰還したばかりの兄までが、妙な工合に、気違いではないが、とにかく老婆の顔のことを云い出す……。

「ガダルでは、敵の重砲に、滅多打ちに砲撃されて、木の根元に手頃な穴があったんで、なかへ転り込んだ。すると、人の気配がして、異様な臭いがした。ぼろぼろの兵隊がいて、大便も小便もたれ流しなんだ。わしらが上陸するずっと前の、第一次攻撃隊の兵隊だったんだ。それが、へんに白っちゃけたような顔をしている。青黒いんだけど白っちゃけたみたいなんだ。それがまだ生きていた。わしは、図嚢から乾パンをひとつかみとり出してやった。伏し拝むみたいにしてうけとって、噛むんじゃなくて呑み込んだ。薄っぺらい頰をふくらまして、笑うでもなければ、喜ぶでもない。そんなことに、何度も出会った。こっちも、そうなった……。砲撃がすんで外へ出る、と、あたりは一面の焼野原で、倒れ残った大きな樹は、墓標みたいで、ときにはそいつに、植物でない、妙なものがひっかかっとる。物凄い破壊の跡へ出ると、不思議に誰も物を云わなくなるもんだな。ぼんやりして、笑うでもなければ何か云うでもない、生きとったことを喜ぶでもない。今日、横須賀の病院を出て、横須賀線に乗って来たら、青白い浮浪児が、いた。脳をやられたみたいに、ぼんやりした顔をしとるんだ。話しかけても、はかばかしく答えもせん。その子を見て、つくづく思い出したんだ。戦場のことをな。悪性のマラリアは脳を冒すんだ。夜なかに、出し抜けにおけさ節をうたい出したり、『おいッ、当番、判（はん）をもっておれの俸給を貰って来い』なんといって呶鳴る奴がいるんだな。わしが、ガダルで、あの婆さんの顔を見たりしておったときも、まあ半気違いだったんだろう、な」

菊夫が薄い唇をあけて、恐らく笑おうとしたのであろう。が、声に出なかった。

「しかし、とにかくわしは、生きて帰って来た。初江さんのところの男の兄弟はぜんぶいけなかったそうだな。沢山、死んだな」

伊沢の弟も、敗戦後に華北で死んだ。もう一人の下の弟は、比島から復員して来て、これは嫁が亡くなっていたので、中兄の妻と結婚したらお互いに助かるがどうだろう、と伊沢に相談をもちかけた。伊沢は、待てよ、あいつは農民運動なんかやってたことがあるからひょっとすると延安へ逃げたのかもしれんぞ、と云ったということだった。

「それからわしは、戦犯にもひっかからなんだ。わしの部隊は、その点無疵だった。戦犯の方は、もっと地獄だ。上官の命令というものがある。わしは部隊長だったからわかるが、部隊長は参謀の勧告と承認なしにゃ何一つ出来ん。が、参謀たちは、自分たちには勧告権しかなくて、命令権はなかったと云って逃げる。ところで、上官というても、上へ辿ればキリがない。しかも上の方は、皇軍の名誉ということをもち出す。ということは上の方をのがれさそうということになる。するともう、醜い地獄なんだ、それに裁判はちっとも公正じゃない。人違いなのに死刑を求刑されておるものまでがある。人違いだと証明してやろうとすると、そんなら、やったのはお前か、ということになる。復讐のための吸血鬼みたいで、証人に出たのをそのままひきずり込んだ例があるんだな」

民子が不意に武夫の膝をはなれて廊下へ出て行き、玩具のジープをころがしてひとり遊びをはじめた。ジープは、占領軍から出た空罐を利用してつくったものだった。

「海岸に匍って出て、ツラギ方向にいる三艘の敵艦を、珍しく味方の飛行機が来て爆撃したのを見たことがあったが、二はい沈んでもあんまり感激せんかったな。誰も、万歳とも云わなかったな。白鳥が海に浮んで餌をついばんでいる方が、気になったな。人間の世界というものはな、ああなるとまったく幽鬼の世界だな。こんな年寄りがいうとおかしかろうが、感激がないとな……。それでも何でも、とにかくまだ生きて行かんならんもんかね」

「でも義姉さんもおいでですし……」

と康子は云ってみた。

「うん、腎臓で寝とるというが、感激がまだあるというわけかな。今夜の汽車で帰るわ、な。とにかく頭も髭も白くなったけれども、な」武夫は毬栗あたまをなでまわし、指の腹で頭よりも白いものの多い口髭をおさえた。「息子は中支にいるし、そろそろ引揚げて来る」

菊夫が何か苛立たしげに頭をぶるっと振って立ち上った。

「お前、宮内省へつとめとるんだって?」

武夫が淡々とした口調で、宮内省ということばに何の感慨もこめずにたずねたのに対して、菊夫は切口上で、

「もうとっくにやめました。伯父さんは、その髭を落さないと進駐軍に撲られますよ。髭があるから軍人だったろうって、首を絞められたり撲られたりした人がいるんですよ。それから、アメリカのことを敵とか、敵軍なんて云うと、やられますよ」

「やられる? はあ、そうか。なるほど、はっはっは……。無条件降伏だな。お前、大福いらんのか」

「いりません」

菊夫は二階へ上っていった。武夫は、康子が気づかったほどには菊夫の、針を含んだようなことばを気にしてはいなかった。

それにしても、康子は菊夫が宮内省をとうにやめてしまったということを、今日まで知らなかった。鹿野ポウコちゃんもそんなことは云わなかった。案外、ポウコも知らないのかもしれなかった。やめて、霞町の陳さんのところに住んで何をしているのか。

武夫は、そのとき庭へ入って来た初江の、六つになる長男の立人（たつひと）にも大福をわけてやり、康子にも初江にもすすめてから、はじめて一つ手にとり、ゆっくりと味わってから、

「ときにな、康子、わしは射水丸を見た」

と云った。

康子は、はっと息を呑んだ。

「まあ、射水丸を」

「そうなんだ。わしらのいたところからさほど遠くないところに、トロキナというところがある。そこへ行ったとき、何ばいも日本の船が沈んどるんだが、海のなかから舳先(へさき)だけをつき出して沈んどるのがいて、その前頭(まえがしら)に、例の棒が、クリッパー・バウが長く突き出しとるんだ。あんな棒(バウ)つきの帆船のような旧式のやつは、きっとわしらの射水丸で最後だったんだ。調べてみたら、やっぱりあいつだったんだ。トロキナで戦死しとった」

「まあ、そうでしたか」

康子は転瞬の間に二十五、六年の月日をさかのぼり、大正八年、米騒動で生家が襲われたその年の晩秋に、神戸で、はじめて洋服を着せられて造船所の台に上り、金の斧をふるい、灘の生一本を船首にあびせて射水丸を進水させた、その進水式のことを思い出していた。その頃から廻船問屋であった家は傾きはじめ、射水丸は進水だけを安原家名義で行い、船体は借金のかたとして、そのまま高利貸の方へひかれていってしまったのであった。その後の大正パニックで船はもとより戻らず、ときどきどこそこへ廻航したとかという噂を聞くだけであった。当時既に大資本の会社でなければ蒸気船を抱えてやって行くことなど出来ることでなくなっていた。そうかといって、旧式の、五百石積みや千石積み程度の和船や、合の子船という洋式の木船とか帆前船では、蒸気船に対抗出来るわけのものではなく、合名会社や合資会社というものに切り換えても何にしても、地方の旧家とそれがもっていた文化は、しらみつぶしに潰れていった。

第一次大戦による船成金ということばも、矢張り大造船所と大船主だけのものであった。

「あの船の舳先のクリッパー・バウは、わしらの爺さまが、どうしてもあれをつけんと、船は美しゅうないというて無理につけさせたのやったが、そいつが、トロキナの、青い青い海のなかに、その棒だけをつき出して死んどった。あれはな、康子、お前の船やったのにな。何かしらんが、何かがな、終ったんや」

「はい」と康子は坐り直したい気持になった。「わたしがローマにいましたとき、あれが、二千トンほどの痩せたからだで、舳先にあのおかしげな棒をつき出して、はるばるヨーロッパまでやって来てゼノアに入ったという話を聞いて、大使夫人に日本酒を都合してもらってゼノアへ駆けつけたことがありましたが、あれは一足ちがいで出帆したあとでした」

「そんなことがあったかな。わしらはまあ商人の家に生れて、わしはあんまり軍人らしからぬ、藩閥も何もない軍人だったが、お前の船の死んだのを見て、わしもまあ、わしの軍人もこれで終った、と思ったな」

二階で、みしみしと菊夫の歩きまわる音がした。初江がふいと天井を見上げた。

康子は、兄と一緒に狭い庭の八ツ手の葉を眺めていた。八ツ手には南瓜のつるがからんでいた。

射水丸の死とともに終ったのは、きっと昭和の二十年の底を潜(くぐ)って生き延びて来ていた大正時代というものなのではなかろうか、と、ぼんやり康子は考えていた。民主主義なんぞなら大正時代に経験ずみだ、と、妙な工合に口辺を歪めて、威張るかのように、また怒るような風に云う人があったが、いまここに終ったのはその大正デモクラシーとか大正のリベラリズムとかといわれたもの、そのものがトロキナというところで死んだ〝お前の船〟といっしょに終りを告げたのではなかろうか。昭和の底を流れて来ていた大正がいま終ったのだとすれば、それは、戦争で云えば、この前の、第一次の大戦がいま終ったのだという、おかしなことになる……。

〝お前の船〟と兄の云う射水丸――その名は武夫、康子、克巳の三人の生家のある北国の港町を流れる川に因(ちな)んだものであったが、その船もまた、この前の大戦の所産にほかならなかった。康子は、わが子ながらにこのごろの菊夫に対しては、滅多に会わないにしろ、とにかく何かしら物が云いにくい、礼節や生活の感覚がまったく違うことに、困却し果てていた。面と向うと、こっちの方が却って、一種の羞恥感をもたされるほどの、云えば臆面のなさみたいなものに参ってしまうのであった。彼女は、第一次の戦争が、大正時代が、いま死に絶えて、第二の大戦が、それこそ昭和という、気づかずに来はしたものの、質のまったく異なった時代が、いまからはじまるのだ、その質がこれから臆面もなく露呈して来るのだという、論理の筋から云えば明らかに矛盾しかつ間違っている筈の、この思いつきを、このまま持ちつづけていってみようと思った。

二階では、菊夫が歩きまわっていた。武夫は細くとがった頤をしゃくって、

「あれ、何をしとるんかな」

と、二階で菊夫は何を、とも、このごろ宮内省をやめてから何をとも、両様にとれるようなことを呟いた。痩せて咽喉仏の不自然にとび出した咽喉にも、南方にでもいるかもしれぬ蛇のような紋々がついていた。武夫は、ついで初江に向って、

「初江さんもたいへんだったろうが、まあ、克巳もともども監獄で怪我もなくて何よりでした」

と云ったとき、初江はふいに眼を伏せた。そして顔に血が上って来るのを感じていた。この、自分の苦労について、また時世時節（ときよじせつ）について、頗る（すこぶる）謙虚で何の偏見もない、商家出身の武人だった義兄に向って、

『おっしゃるほどではありませんでした。それに、克巳は転向して参謀本部につとめていました』

とは、たとえこの義兄が既にあらまし承知していることではあっても、口に出して云うにはあまりに苦しい気がした。しかも、そのことを矢張りいちどは口に云うべきだという気が強くしていた……。

「わしには、克巳たちが天皇制をやめて、その後どういう風にやってゆくものなのか、わかりません。共和制には、わしは反対ではありませんが」

「はい」

と答えて、初江は身を硬くした。そして身を硬くひきしめてしまったので、息が苦しくなり、もともと生き帰って来た義兄と出来るだけなごやかに話そうと心から思っていたのに、それが出来なくなってゆきそうな、自分一個の、その成行がいやだった。まして天皇とか天皇制とかという、ほんのことばだけでも、それが誰の口から出るにしても、とにかく出るとすぐに、平静ではいられない、息が苦しくなって来て逆上しそうになる自分も嫌だった。彼女がそうなるということ、そのことこそが、実は天皇制というものの人間に対して及ぼす残虐さをあらわに示しているのであろうが、しかしそれにしても、たとえ職業軍人であり部隊長であったにしても、その人が、思いがけなくあっさりと、何のてらいもなく共和制ということを云うということ、そのことについても初江は、逆に堪えられないものを自分に感じた。克巳等にしても、いったい共和制にするということについてどういう見透しとプランをもっているのであろう……。ひょっとすると、この義兄の方が、事にあたってたじろいだり不必要に激昂したりしない、着実な心をもっているのではなかろうか？——と思わされること、そのこともまた、初江にはどうにも我慢のならぬことであった。

党は、このごろの列車のように、塗りの剝げたつぎはぎだらけの機関車にひかれ、その鑵にも窓ガラスの破れた客車の胴にも猛烈なことばをしるしたビラをはりつけて、摩滅しかけた線路の上を驀進していた。車内には、いや、屋根の上にも石炭車にも連結機の上にも、車外にまでも、非転向者も転向者も乗りあわせて驀進していた。志賀義雄は、天皇なき日本人民共和政府とはその形体においてむしろアメリカ・デモクラシーと本質的に同じところが多い、と云っていた。

けれども、初江は何かしら不安だった。克巳が、転向者であった、戦時中参謀本部から金をもらっていたという負い目を負っているために、人の倍も三倍も働こうという気持はわからないではなかった。が、本当に、底の底からそう思っているのかどうか、初江は不安だった。党本部がまだ成立しない以前に、延安にいる岡野進、すなわち野坂参三が、日本の敗北後にアメリカ帝国主義の日本植民地化の意図があらわれて来たら、人民政府をつくることによって下からの国民的抵抗を組織し、アメリカの植民地化政策と闘う、といっているということを、特高に強要して出させた文書で見たという人があった。あるいはまた、去年の八月十七日に、天皇の法廷で神山茂夫が、日本の降伏はソ聯とアメリカの潜在的対立の矛盾の産物だ、と陳述したということも聞えて来ていた。そして野坂参三の帰国を人々は待ちこがれた。彼は帰って来た。しこりがとれたように思った。が、何かしら不安はのこっていて、その不安を、彼女は、彼女にとっては十五年の長きにわたる弾圧の記憶のせいにしようとした。そしてその根拠を去年の十月二十日に発行された赤旗第一号の、再刊の辞の最終行に求めようとした。その最終の一行は、墨で黒々と抹消されていた。初江はその墨を水にひたした古綿でごしごしこすって、次のような文句を見出した。それは、〝終りに、諸君があらゆる努力をもつて本誌を敵側に渡さぬやうに注意せられんことをおねがひする〟というものだった。

敵側？　敵側とは何だろう？　誰のことだろう？

康子と武夫は、初江がはかばかしく返事をしないので、話題を転じ、親類や知己の安否や疎開先のことなどを話し合っていたが、康子が気をきかしたつもりか、首をかしげて初江に話しかけて来た。

「初江さんね、とても忙しいのよ。組合運動やストライキの経験のある人が少ないでしょう。だから、党本部から方々へオルグになって派遣されるのよ」

と。

初江はかたくなって答えた。

「はい。さいわい近くの細胞の方が留守のとき子供たちを見て下さいますので」

「そうか、党本部があるわけだな……。なるほど変ったな、たしかに。はっはっは」

武夫は静かな声で、静かに笑った。

二階では相変らず菊夫が歩きつづけていた。

「二階であいつ、何をしとるんかな？……ええと、康子、あれ自殺したの、この二階だったかな？」

不意に何を思い出したんだろう、と康子は訝った。彼女の亡夫、外交官だった夫の死を、いまのいま康子は思い出したくなかったのだ。

「いえ、箱根のホテルででした」

「あ、そうだったな。なんだか少し呆けたみたいだな……。いや、こうッと、わしがいうのはだな、戦場でだな、重傷を負ったり病気になったりして死ぬときにな、天皇陛下万歳なんと云うものはひとりもない。たいていは、お母さん、とだ。ところが、自決するようなとき、つまりはきばって死なねばならぬようなときに、大声でではないにしても、その、万歳の方を云うのがほとんどだったな。それから今度は、辛い話だがな、戦犯で死刑になる人だな、この人たちは矢張りそれを云うのだ。わしの知っておった大学出の下士官は、戦犯収容所ではキリスト教になって、神を信じてわたしは死ねます、と云っておった。ところが、いざ刑場へ出て行くとき、天皇陛下万歳と云うて行った。それで、遺書があって、それを見たら、骨が国へ帰ったら仏式で、真宗で葬式をしてくれ、と書いてあった。苦しいことだ、な」

安原武夫は脂気のまったくない額に竪皺を三本も寄せて、じっと自分の足首のあたりを注視していた。

「なにもな、わしは、こういったからとて、わけがわからんなんぞと云おうというのじゃないんだ。またわしは部下をたくさん殺しておる。だから云えた義理ではないかもしれんが、根本的には、ここまで日本を崩して来たものは、ひょっとすると、いまわしが云った、この苦しみにあるんじゃないか、と、戦地でいろいろに考えてみた。だから、真面目なはなしが、何でもかんでも、生死を託せるみたいな天皇様の一枚看板をはずして、共和国になって、生きるも死ぬるも各人各人ということが、いざということにならぬ前から、ほんとにわかるようになるなら、共和国は反対でないんだ、な、初江さんや……」

長い話のおわりで急に呼びかけられて、初江はびくりとした。そして、義兄の話が筋道の通ったものでないだけに、それだけしかし、余程考え抜かれたものであることがわかるような気がした。何か肚にこたえるものがあった。筋道がたとえまったく異なっているにしても、克巳にしても自分自身にしても、この義兄ほどに事を考え抜いているかどうか、初江は何かひやりとしたものを感じた。克巳が旅先から送って来る報告や原稿を、彼女は浄書してはそれぞれ指定された雑誌社や当本部へ届けていたが、その内容は、筋道は立っていても、何かしら重く残るものがなかった。

武夫は何度目かに眼鏡をはずして、ぼんやりあたりを見まわした。そして、

「初江さん、とにかく克巳の奴は」

と云ったなり、ことばをでもさがすみたいに口をつぐんだ。初江は膝に手を置いてかたくなっていた。康子は横目で初江の様子を見、兄がいったい何を云い出すつもりか、と気に懸けた、なにかしら、兄にはバランスのとれていないところがある、と。

「とにかく克巳の奴は、末ッ子で、少々よろよろしますからね、あんたが手綱を」

とまで云いかけて、安原武夫は再びことばを切った。康子の鋭い視線を感じたからであった。いまそれを云ってはいけないの、兄さん、と、右額の一房の白髪の目立つ妹の眼が云っていた。そして初江がまた急に血の気のさして来た面を伏せて何か懸命に我慢しているらしいのにやっ

と気付いた武夫は、そうか、これはいかんかったな、おれはやっぱり呆けとるか、という風にひとりでこっくりうなずいて、庭の方に眼を遣った。戦争はたしかに終った、けれども人々の家のなかには、人の数だけ地雷が伏せてある感じであった。二階ではみしみしと音をさせて菊夫が歩きまわっている。

「ちょっとわたし、二階を見て来ます」

初江はいたたまれなかったのだ。よろよろする、とは、転向についてのことにちがいなかった。初江にとって克巳の転向は、骨身に徹する痛苦であった。しかも意外にも、戦後になって、それは一層痛みと苦しみとをまして来た。党本部が成立して、克巳初江の、夫婦そろって経歴書を提出したとき、初江は克巳のそれが却下されはしないかと、どんなに怖れたことか。――しかも、克巳が初江のひそかな危惧など、まるで気付きもしないらしい様子は、彼女にとっては一層理解しがたいものであった。さいわいに経歴書は二人とも受理され、克巳は全国に細胞を結成するため、家にほとんどいつかないで出歩いていた。去る三月に彼は重要な部署にふりあてられていたのだ。彼女の危惧はまったくの杞憂にすぎなかったのだが、しかし、だからといって安心しきることは、初江には出来なかった。旅先からは報告や原稿を除けば、便りらしいものはほとんどよこさなかった。たまによこしても、それは質において兵隊が戦地からよこすそれと酷似した、ドライなものだった。

彼女は階段の中ほどに腰を下ろして、六つになる立人と三つの民子が玄関先で言葉少なにお飯事をしているのをぼんやり見下ろしていた。
立人が、アメリカの雑誌から切り抜いた、眼の覚めるような紅のトマトジュースの広告をひらひらさせて、

アーカはアンシン
シーロはシンパイ
……………

といううたをうたい、民子がまわらぬ口で真似ていた。アメリカの雑誌は、康子がホテルからもらって来たものだった。豪奢なケーキやビーフステーキなどの広告写真を見ても、立人も民子も、それが食べ物だとは断じて信じようとしなかった。

初江はぼんやり考え込んでいた。

『この家には、考え込んでいる人が二人も三人もいる』と。

たとえば、義姉の康子は康子で考え込み、苦しがっていた。菊夫のことは別としても、義姉自身、新橋ホテルでウェイトレスその他女性の従業員全体のチーフとしての位置にあること自体に苦しがっていた。彼女は、占領軍につとめているということについて、相当多数の日本人がそうであるように、得意になったり、そのために自分までが並の日本人よりも上にいるような気になったりは、まったく出来ないたちだった。康子はそのことを、

『わたしね、普通の民間人でないみたいで、厭なのよ』

と云っていた。終戦聯絡事務局からの招きも、またGHQのGSへ入らないかという誘いも断ったその康子が、民間人でないみたいな気がする、というのであった。がしかし、彼女は独力で夏子のためのペニシリン、闇で買えば十万単位から三十万単位で一本千八百円から三千円もするペニシリンを、次から次へと手に入れなければならなかった。米軍用の女郎屋に出向している井田一作が、何と思ってか、只でやるというのを、きっぱりと拒絶して、自力でホテルのなかの網の目から手に入れていた。夜遅くいくらか酔って帰って来たり、占領軍の禁令を犯してジープでおくられて来たり、またホテルに泊ったりしたときには、そんなことは万々ないと確信していても、初江はおかしげな気がするのを禁ずることが出来なかった。それに、戦時中康子が愛していた伊沢信彦が、康子にとって意外にも公職適否審査委員会という追放の総元締めの委員になり、また伊沢のアメリカ人の妻であるローラが、GHQの戦史部に来ていて、新橋ホテルでのパーティに屢々姿をあらわす……。しかも、それらの辛さのすべてを、夏子のためのペニシリンにかけて忍んでいる、その夏子の若い夫である菊夫はどうか。彼は病人のところへ寄りつきもしなくなっているらしい。そしてどういうわけか、そこのところが初江にはうまく納得出来ないのだったが、康子は母親としての怒りと夏子への同情を、菊夫に対してまともに打ちつけてゆくことがどうにも出来にくいらしい……。

菊夫は、かつて彼の書斎であり寝室であった二階の、八畳と六畳の二間——いまは克巳と初江夫婦、それに立人と民子の二人の子供たちの部屋になっている二間を、うろうろと歩きまわ

り、

『でも義姉さんもおいでですし……か。伯母さんも夏子と同様病気だ。岐阜へ帰ってみろ、伯父さんだっていやになっちまうだろう』

と呟いていた。しかし、どうして女というものはいったい、お母さんもそうだが、ああも生活して行くことばかり気にするんだろう？　とにかく女は、まるで鳥黐（とりもち）みたいに男にべたあッとくっついて来る。そこへ行くとポウコは決して生活しようなどとは云い出さない。ポウコのやってることは、あれは生活なんというべたべたしたものじゃなくて、生きたいように、自由に生きているということじゃないか。それが自由というものだ……。克巳さんだって、生活なんか放り出してやってるじゃないか……。

がしかし、それが自由だ、とまではっきりと云い切ることは、菊夫にも出来なかった。そんな筈のものじゃないだろう、という疑問が、もやもやと、それこそ、鳥黐のようにとりついてくるのである。そして自由ということばを思い浮べると、すぐに寝たきりの、笑うということのほとんどなくなってしまった夏子のことが気に懸かるのである。夏子の膿胸は、もとより結核から併発したものであったからペニシリンだけで治癒する筈のものではなかった。ペニシリンは肋膜腔へ爆発的に侵入していった化膿菌に対してきくだけだった。結核菌そのものを殺すことは望めなかった。そして母は、ペニシリンの代金その他で全くの裸になってしまった。そういう母に対して、菊夫は勿論深く感謝しながら、その感謝の意を表情にさえあらわしたがらぬ自分自身を抱えて、彼は自分自身をまったくもてあつかいかねていたのである。

どうして一体おれはこうなんだろう、とは、菊夫も屢々考えた。重病の妻と子供を、妻の実家である深田家にまかせっきりにして、自分はポウコなどと〝自由〟にやっていることがどうして出来るのか。

菊夫は自分で自分を疑ってはいた。がしかし、彼は彼のいう〝自由〟も、生活ではない〝生きる〟とかということも、すべて単に混乱した世の中の、その混乱に自分をあわせていってい るだけなのだということに気付いてはいなかった、ちょうど、戦争のとき、〝悠久の大義〟とか〝皇道〟とかというものに自分をあわせていって、それでもって自分をではなく、他人を律し、妻の夏子にまで〝悠久の大義〟を押しつけた、それとほとんど何の差もない、本質的には同じだということに気付いてはいなかった。彼は、自分で何かをつくるのではなく、つねに何かに自分をあわせて行こうとしていた。

自己といい、自分というものから何とかして逃亡し、軍隊という集団、あるいは闇マーケットなどにある、あの一種異様な、集団的な景気みたいなもの、そういうものに自分を溶解させることと、そこから来る陶酔だけを愛していたのである。特攻隊からはずされたとき、彼はひどく狼狽した。仕方がないことではあったが、特攻隊の、あの悲しい陶酔から、外の、孤独な、自分だけの孤独に放り出されたとき、菊夫も少しは反省した。が、すぐに終戦が来て、特攻隊から除外された不名誉をとりかえそうとして、ヒステリックな抗戦派に投じ、人一倍ヒステリックになった。あるいはなってみせた。だから彼は、伯父が、ガダルカナル、ブーゲンヴィルなどの激戦場から復員して来ていながら、しかも淡々と、何の誇張もなく戦場での事を語るということにも腹をたてていた。苛立っていた。伯父の話には、彼を昂奮させるようなものは何一つなかった。腑抜けだ、あんな奴が大佐だとか高級将校だとかいって威張っていたから負けたんだ、と思った。あるいは思いたかった。手を背中で組んで、六畳と八畳の、空いたところを彼はうろうろと歩きまわった。六畳の間の本箱には、学生時代に愛読したリルケの詩集や国文学の本がそのまま並べてあった。母が新橋ホテルにいて、この家が国策通信社の寮になっていた戦時中も、また母の手に家がかえされて、克巳初江の一家が来てからも、菊夫の本箱だけはそのままになっていた。が、八畳の方にはアカハタをはじめとして克巳の本や書類がつみあげてある。また、どういうつもりか、戦時中に彼がつとめていた参謀本部発行の濠洲関係の本までが麗々しくおいてあった。そのなかに三冊、克巳の労働運動についての新著があり、その扉のところに、初江に見せつけて冷かしてやりたいようなことが書きつけてあるのを見つけた。

歩きまわるのをやめにして、菊夫は低い窓のかまちに両手をついて狭い庭を見下ろした。隅っこの素掘りの防空壕は、そのままで塵穴になっていた。南瓜がどの木にもまつわりついていた。馬鈴薯の根もとには、初江が朝早く起きて青梅街道をどこまでもどこまでも歩いて捜しに行く馬糞が二つ三つころがっていた。階下では母と伯父がまだ話し込んでいた。

「じゃ、わたし福井さんに聯絡してみます」

「そうだな、早速だが」

福井さんというのは、軍令部で海上護衛を担当していた高級参謀であった。菊夫も戦時中に新橋ホテルで会ったことがあったが、彼は以前の関係を利用して石油会社に入ったが、聯合軍から精油を禁止され、いまはタンクの残滓でポマードや石鹸をつくっているという話を聞いたことがあった。伯父は岐阜へ帰って福井元中佐の世話で小間物屋でもはじめるのか……。

「福井さんもね、本当に気を腐らせていらっしゃるというわけじゃありませんのよ。中華の代表が福井さんのところへやって来て、日本の海軍にゃ駆逐艦が二十八とかに、海防艦が七十だったかしら、とにかく残っていて、これを米、英、ソ、中華の四つで分配するんだが、何をもらったらいいかって相談に来た、と云って嬉しそうにしていらっしゃいましたわ。妙な工合ですわね」

「そうか、じゃ、残った巡洋艦や戦艦なんかで使えるものはまるでないのだな……」

「とにかく、福井さんは、中華の代表にそんな相談をうけたということが嬉しかったらしいの。妙ですわね」

「ははあ……。そういう工合か」

そういう工合もどういう工合もあるものか、と菊夫は思った。霞町の陳さんのところへやって来る日本人の闇商人たちは、まったく不思議なほどにぺこぺこしていた。強談判に来るときには、必ずごろつきか暴力団のようなのを二、三人ひきつれてやって来た。そうでないと口がきけないみたいだった。陳さんは——日本語も英語もペラペラだったので、菊夫やポウコはペラペラさんとかペラさんとか呼んでいたが——このふとったペラさんは、暴力団が来ても平気で、ぬらりくらりと応待し、ときには日本語がわからない風を装ったり、突然英語で喋ってみせたりした。飲食店と土建業に手を出していたが、第三国人の彼が行くと、税務署や都庁などの役所関係のことも、こっちがびっくりするほどすらすらと通ることがあった。まずそんな工合なんだ、莫迦莫迦しい、と菊夫は思った。窓のかまちへ腰掛けようとして部屋裡を向くと、初江が入って来た。

「菊夫さん、あなたは宮内省やめていま何してるの？　お母さんが心配しててよ」

「うん……おれ、いまポンコツ屋をやってるんだ」

「ポンコツ屋？　ポンコツって何？」

「自動車の壊れたのがあるだろう。はじめに来た故障自動車の、故障していない部分品をはずして、二番目に来た車の故障した部分品と換えてやる商売よ。簡単でね。ポンと叩いて部分品をはずして、コツンと別の車にはめこんでやると、完全な車が一台出来るんだ。ポンとコツンで、一丁上り、さ。だから、ポンコツ屋さ」

「まあ」

「壊れた自動車は無限にあるだろ、それから部分品を買うことが第一ないだろ。だからポンコツ屋は無限さ、材料なんか、ほとんどいらないんだ。材料はなおしに来た車そのものなんだから」

　菊夫は窓の框に腰掛けたまま、拳でポンと叩いて足でコツンと蹴りつける真似をしてみせ、立っていって克巳の新著を三冊とり出した。

「義姉さん知ってるのかい？　凄いことが書いてあるよ。読もうか」

「…………」

　初江には何のことかわからなかった。彼女は克巳の新著は読んでいた。それは菊夫にとって、〝凄いこと〟が書いてあるであろうことは云わなくてもわかっている。

「いいかい、読むよ。同志としての熱い愛情と深き尊敬を以てこの書を捧ぐ、我等はともに人民解放の星を……、気障だねえ、四十越していてよくこんなことを書けたもんだね、共産党は違うね、やっぱり」

「なによ、あなた。勝手に本なんかひっぱり出して」

「それから、二冊目、ここに引用して書きつけてある詩はさ、これ、おれのリルケの詩集から盗んだんだろ。それにこの献辞の相手はみんな女だぜ。なかのひとり、敬愛する同志、風登夕子に捧ぐ、っていう、この風登ってのは、おれも知ってるけれど、若い秘書だろ、叔母さんも気をつけないと……」

　初江は菊夫の眼を見詰めながら、ゆっくりと近付いていって本をとりあげた。

「あなたの知ったことじゃないの。それよりあなたはどうして宮内省をやめたのよ」

「やめたっていいだろ、宮内省なんか」

初江は、思わず年甲斐もなく、宮内省のことなどにこだわったことを悔いた。

「共産党へ入りゃいいのか、なら入党しましょうかねえ。禁衛府から脱走して入党した兵隊がいましたよ」

「莫迦なことを……」

「莫迦ですよ、僕は。特攻隊ですからね」

「よしなさいな」といって、ようやく初江は落着きをとり戻した。「よして、ね、そんなことを云うの。自分で自分を傷つけちゃだめよ」

「はいはい。僕が宮内省をやめたのはね、禁衛府が解散になった今年の三月なんだ。禁衛府はね、近衛師団のよりぬき、幹部は全陸軍のよりぬきの将校を集めてつくったんだけど、もう権威がないだろ。だから二重橋に立った歩哨なんかでも夜グウスカ寝てるんだよ。それで古い兵隊を帰してしまって、新たに十八、九の、田舎の純真な少年を県知事に推薦させて募集してさ、昔通りの軍隊教育をやったら、すばらしい、昔の近衛兵に劣らないのが出来ちゃったんだ。皇太后の儀仗隊になって沼津へ行った衛士なんか、海岸で歩哨に立つと、波が肩までかぶって来るんだが、それでも位置を変えようとしないのさ。それを見てて僕は喜んだんだ、一時は。矢張り日本人だと思ってね、古い兵隊達が全然ダメになっても、新しい十八、九の奴等はこんなだと思った」

「まあ、十八、九の若いひとたちが？」

初江は何か空恐ろしくなった。

「そうなんだ。それで、進駐軍の命令で禁衛府が解散になったとき、百五十人ほどの若い衛士が血判状をつくって、我々の手で国体護持をさせてくれって、宮内省へ持ち込んで来たんだ、給料なんか要らないから、っていうのさ。僕はね、それを見ていて、嬉しいような、厭あなような気がしたんだ。だからやめたんだ、だけど、詳しいことは叔母さん、あんたには云わないよ、利用するからね、共産党は」

「それで、あなた、ポンコツ屋になったの？」

「そうさ、儲かるぜ、新円がザークザークさ」

「ぐれちゃだめよ、だけど」

「ぐれてなんかいないよ」

「そんなにお金があるのなら、どうしてペニシリンや何かお母さんにまかせとかないであなたがもって行かないのよ、夏子さんはあなたの奥さんで、それに重態なんでしょう」

まともに、それを云われると菊夫は、矢張り窓のかまちに腰を下ろしていることが出来なかった。立ち上って、部屋裡をぐるぐる歩きまわり出した。それまで立っていた初江が、今度は窓に腰をおろす羽目になった。菊夫は、先刻も恐らく夏子と赤ん坊の洋子のことを考えて、歩いていたのだ……。

「僕ね、叔母さん、実は夏子に離婚を申込んだんだ」

「離婚ですって？」

「ね、叔母さん、頼むからへんに考えないでね」

菊夫は低い、苦痛に堪えた声で云った。それではじめて、初江は、菊夫が他人にはうまく伝えることの出来ない、そして初江や母の康子などにはどうしてもうまく納得出来ないような、いわばまったく別世界に属するかもしれないような苦しみを苦しんでいるらしいことに気付いた。

「聞いてくれる？」

「ええ、じゃ、ね、わたし黙ってる、相槌もうたない。黙ってるから、あなたひとりで云ってみて」

菊夫はかえって黙り込んでしまった。ポケットから、国府津の海岸ででも拾ったかと思われる青と白との小石をとり出して、掌のなかでこすりあわせ、きゅッきゅッという音をたてはじめた。初江は中国から引揚げて来た同志に、北京では老人が後手で胡桃の実をこすりあわせて妙な音をたてながら散歩をする、その散歩のことを白想（パイシャン）という美しいことばで云うという話を聞いたことを思い出した。しかし、菊夫のこの散歩は、そんな悠長なものではなかった。話しにくい、苦しいことを考えるときに、小石をこすりあわせる癖は、恐らく国府津の海岸をひとりで歩きまわっていたときにでもついたのであろう、と初江は推察した。菊夫の掌中で、小石は気味の悪い音をたてていた。がっしりした体格に似合わぬ、細長い頸をうなだれ、背をまるくして菊夫は往復運動をつづけた。瞼を二六時中ぱちぱちさせている、きゅッきゅッと音をたてる、ときどき口許を痙攣させる——何かしら陰惨な、老人めいたものさえうかがわれた。

「何故かっていうとね、結局ね叔母さん、可哀そうだからなんだ」

「どうして、可哀そうだから離婚するって、そんな」

とまで云って、初江は口をつぐんだ。黙っている約束だったのだ。

「そうなんだ、僕なんかね、ろくな人間じゃないんだ。だけど、生きてみたいんだよ。なんやかんや、やってみたいんだ。僕は軍隊、それも特攻隊にいたでしょう」ことばづかいが変った。

初江は、いつでも何々でしょう、ということばづかいを聞かされると、すぐと良家の子女とか子弟とかいうことばを思い浮べた。また叔母さんという呼びかけも、誰それは誰々の叔母にあたるというようなときを除けば、とにかくこれも彼女の育った環境にはないことばづかいだった。

「つまりね、人間を大事にすることの出来ない環境にいて、その環境が僕はね、どういえばいいのかな、僕はね、気にいっていたんだ。そんなところにいるとね、人間を大事にしなくてもいいような理窟というかね、大学生みたいにいえば倫理みたいなものが出来るんだよ。……いや、そうじゃないんだ、そんな古いことなんかじゃないんだ……。たとえば叔母さんも知ってる久野誠君ね、あいつは肺病で兵隊はまぬがれたけど、そして近頃またね、国府津で療養かたがた翻訳の仕事をしてるんだけど、あいつなんか、人をね、何というのかな、うまいこと、結局愛して行けるということなんでしょうね、うまいことやるんです。夏子を毎日見舞に来てくれるんだけど、胸が痛いか、とか、熱はどうだとかってこと、ひとことも言わないのよ。とても自然にうまいこと話してるのよ。ところが僕は、痛いか、とか、熱があるか、とか、そんなことしか云うことないんだ。でなければ……、ね、だけど抱くことも接吻も出来ないでしょう。赤ん坊の洋子にしたって、久野君はうまいことあやすんです。赤ん坊も、久野君にはなれていて、僕は駄目なんです。それに、深田家は大家族で、ごったがえしていて、深田のお爺さんが夏子を溺愛していなかったら、とてもいられたところじゃない。僕はまるでのけ者なんです。夏子までが、ときどき、あなたは特攻隊くずれですからね、なんて、自分は貴族みたいなつもりで、そんなことを云うでしょう。だから僕はいにくいしね……」

それは、夏子が重態でさえなければ、若い夫とその幼な妻との痴話喧嘩のひとつとして、聞き流していいような、他愛のないものでありえたであろう。がしかし、事は夏子の生命にかかわった。

「で、邦子さんといったかしら、ホテルの」

「ポウコ？」

「ええ、そのひとのこと、云ったの？」

「うん、云ったんだ」

「……残酷なことを――。相手は病人よ、あなた」

「僕ね、そこのところがよくわからないんだ。僕、性格破産者っていうんじゃないかと自分で思うんだけど、そういうときね、残酷って気がしないで、正直にうちあけた方がいいって思うんだ」

「正直……？」

「うん。久野にもね、もしそんなことがあったにしても、それを夏子さんに云うとは何事だ、って怒られたけれど、そこのところが、僕には何だかつんぼみたいなところがあるらしくて、うまくわからないんだ。他人のことがね、どうしても……。他人の気持になってみるってことが、出来ないんだ。さっきの伯父さんみたいに職業軍人のくせに、克巳叔父さんのことまでわかるという工合に行かないんだ。叔母さん、僕ね、本当に残酷な人間なのかしら？」

「………」

破壊は、菊夫の髄のズイまで達している、と初江は思った。それは恐らく単に菊夫だけではないであろう。これなら人を殺すことも出来る、残虐行為もまた……。それほどとは初江も思っていなかったのだ。けれども、ここで天皇制云々ということを云い出したら、この人々は逆にもっとむごくなって行くのかもしれない、誰も残酷ともむごいとも思わなくなるような、また思わなくてもいいような、戦時中のあの型を新しく生かして……。

「叔母さん、云ってくれよ、僕は本当に残酷な人間かね？」

「……いえ、菊夫さんは小さいときから心のやさしい人でした」

と、本心からそう思いながら答え、且つ一方では、戦時中、いや菊夫が中学生の頃から、克巳のことを、また彼女自身を『国賊だ、あの赤め！』と、康子の亡夫そっくりのことを云いつづけて来た菊夫を思い浮べていた。

掌のなかで、小石は錆びついた機械のような、苛立たしい音をたてていた。

しかし、心のやさしい人間が、何故そんなにも残酷でありうるか。初江は、ひとつ、云おう、乗り出して行こう、と思った。

「僕が離婚を云い出したのはね、僕自身のつもりでは、僕が僕自身を罰するためなんだ」

「それは、菊夫さん、だけど得手勝手というものよ」

「そうかなあ、やっぱりつんぼの一種かな……。それにね、何も久野誠のことをいうわけじゃないんだけれど、おれなんかみたいなやくざな奴より、久野の方がいいみたいな気が一方でしていてね、だから夏子は、おれみたいに残酷な、戦争や軍隊がさ、いやだいやだと思いながらだって、本当は気にいっていた奴なんかと一緒にいない方がいいと思うんだ」

いつのまにか、また言葉遣いが変っていた。僕がおれに変っていた。

「軍隊が気にいっていたって、あなた士官だったでしょう」

初江は、一種、決心をきめた。粉々に叩き砕いてやろう、と。

「階級的人間観か」

ひらりと菊夫の態度が変った。掌中の小石をポケットにおさめ、箪笥にもたれかかって初江の方をまともに見ていた。箪笥の上には、近頃司法省から奪いかえして来た、克巳と初江の訴訟書類がつみかさねてあった。

「そういう話なら聞かないよ。人間的な話なら聞くけど」

「人間的？」

「そうさ」

「じゃ、あなたの云う階級的人間観は人間的じゃないの？」

「それもそのひとつだろうけど、人間的じゃないさ」

「軍隊みたいな階級的なところにいて、それでいて認めないの」

初江は、まずいな、まずいな、と自分で思っていた。がしかし、人間的ということは、自分が甘えて行くことが出来る、その限りのこと、というみたいな菊夫の受取り方だけは打ち破りたかった。

「なに言ってやがんでえ。認めるも認めねえもあるもんか」それでもうおしまいだった。菊夫は、ちらりと、哀しくあわれな犬のような眼つきで初江を見やり、「濠洲占領とその政策的展開、安原克巳編、参謀本部発行、と来るね」といって本箱代用にしているリンゴ箱から白い表紙の印刷物を抜き出した。

「しかし、ね、菊夫さん……」

初江は窓のかまちから下り、畳の上に正坐した。

「しかし、ね、菊夫さん……」

何と云ったらいいのか。

「なあに？」

「あの……、じゃ、いったい深田のお爺さんはどうなの、どう云ってるの？」

「どうって？　あんなもの、いまとなってみりゃ枢密顧問官でもなんでもないよ、ただの老人だよ。骨に、なめしたような皮だけがはりついているただの老人さ、それ以外の何でもないよ。たまにお客が来ると、早速はかまをはいて出て来るんだよ。要するに、はかまだよ。克巳さんやなんかは、枢密顧問官だ、天皇制だなんて騒いでいるけれど、ただの老人よ。莫迦莫迦しい。夏子を可愛がってくれることだけがめっけものよ」

「だけどあなたは尊敬してたじゃない？」

「それもある。おれが如何に下らない奴かってことを証明するものがね。夏子は、枢密顧問官深田英人の妾の子ですよ、枢密顧問官のね」

菊夫は、すーみつという風にすーという音をへんに長くひっぱった。それを聞いていて初江は背に冷たいものを感じた、いまにこの人は人を殺すようなことを仕出かすにちがいない、と。

「この枢密顧問官だがね。朝に晩に夏子のいる離れ家へ見舞に来るんだ。いやだなあ」

「気が弱いわね、あなたの奥さんじゃないの、そんなにちょいちょい来ないで下さいって云えばいいじゃないの、もしそれが気に入らないのだったら」

「そうはいかないよ。あの枢密顧問官はね、時世が気にいらなくて、第一することがないもんだから、しきりと自叙伝みたいなものをやりたいらしいんだけど、お母さんが終戦後に口喧嘩みたいなことをしたらしくて秘書をやめたもんだから、いつものなれた口述筆記が出来なくて弱ってるんだ。おれ、ちょっとやらされたけど、明治だの大正だの、日本銀行がどうしたとか、莫迦莫迦しい」

初江は、深田英人ははかまである、などと簡単に決定することは出来なかった。しかしとにかく、どこから食いついていったなら、この、心のやさしい、しかも残酷な甥を説得することが出来るのか。

康子が上って来た。

「兄さんは殿下に会いに行くんですって。ですから、もうお出掛けなさるそうなの。わたしも一緒に出ますわ」

「軍状奏上か」武夫は少佐時代に、ある皇族と一緒の部隊にいたことがあった。「ついでに、福井元中佐のところにまわって、小間物屋開業の相談か」

階段の踊り場にいた康子が、眼を見ひらいて菊夫の方へずっと歩いて来た。

菊夫は、さっと身をひるがえして、

「じゃ、さいなら、また来るよ」

と云って階段を下りていった。下から、

「伯父さん、またお目に掛ります」

という声が聞え、

「おう……」

と武夫が答えていた。

初江は、菊夫を何とか説得したいと思うあまり、夏子の方の反応をまったく聞かなかったことを悔いた。これでは、康子に話すについて、菊夫の気持がよくわからないという以外には、うまく伝えることが出来そうもない、と。恐らくは航空隊のときの仲間たちといっしょに、ポンコツ屋をやっていると云ってみても、母親の気持としては一向に安心は出来ないであろう。しかしいったい菊夫の、あの処々方々に断層のある、抜け穴だらけの論理を背後から支えているものは何なのだろうか？　義兄の安原武夫は、康子の話によるとウスノロ部隊長という仇名があったそうであるが、あの義兄はともかく何かしら幸福な常識のようなものに支えられているらしい。しかしいまは武夫や康子が成人したときのような、幸福な大正時代ではない。

通りへ出たところで菊夫は、初江のところへ連絡に来た風登夕子を見つけ、物蔭で彼女が戻って来るのを待ち伏せた。彼女は、髪を短く刈り、男物の背広を着ていた。何かしら、まったく新しい感じが、小肥りにふとった身体から滲み出ていた。その菊夫の前を、母の康子が武夫に、菊夫が扱いにくいという話をしながら通りすぎていった。菊夫は、手近にあらわれる女は、誰かれかまわずに関係した。いやむしろ、関係することに決めていた。彼は、それが何であれ、とにかく手応えのあるものを求めていた。それによって、戦時に流さなかった血をでも流してみたかったのかもしれない……。

康子が着古した黒いスーツを脱ぎ、濃紺の、お仕着せの制服であるワンピースに着更え、胸に番号標(ナンバー)をとりつけながら、ほっ、と溜息をついていた。その日彼女は遅番で、四時から十一時までの勤務だったのだが、土曜日の遅番は何よりも厭だったのだ。が、土曜日を早番にしてくれという要求は、決して容れられなかった。ホテルでは、土曜毎に、一部の米人のことばによればindigenousすなわち土着人とか土民とか呼ばれている日本人の客を招いたパーティが催されるのであった。正式に日本人を招くことは許されていなかったので、パーティは、戦災孤児や浮浪児救済のために〝土着人(インデイジエナス)〟の上流夫人たちが、キモノや細工物などの、米人が喜びそうな土産物(スーヴエニヤ)の即売会を催すという名義で行われていたのだが、敗戦後一年をすぎたこのごろでは、救済は単に名目だけのものになっていた。

皇族や華族や、またその周辺の金持たちの夫人や娘たちが、疎開先から取り戻したけばけばしい衣裳をまとって寄って来た。大部分の、自動車をもたない夫人連はモンペやズボンをはいてやって来、康子たちの控え室を占領して、そこで着更えをしたり化粧をしたりしていた。そして敗戦後一年を過ぎたこのごろは、禁令を犯して占領軍の高級将校の車でおくられて来るものが多くなっていた。はじめの頃は、洋風なドレスやデコルテを着て来た華族夫人などの衣裳を見て、制服しか着ることの出来ない米軍の女士官がヒステリーを起し、土民の女がこんな服をもっている筈がない、PXから盗んだかアメリカから闇で輸入したのだと叫び、つかみかかっていってドレスを引き裂くという騒ぎまで起したことがあった。

通訳として、また西洋のマナーになれない夫人たちにつきそい、何くれとなく世話をする役目の康子と、日本語の出来るローラ・イザワとは、新橋ホテルの土曜パーティになくてはならない人になっていた。皮肉なまわりあわせであった。それは一つの邂逅であった。

背が低く、小肥りにふとっていてダーク・ブラウンの髪を無造作にアップ・スウェプトになでつけただけの、無口なローラは、あまりアメリカ人らしくなかった。フランス系移民の子孫であったが、むしろ何世紀か前に東洋の血が入ったかもしれない東欧か中欧系かと思わせる、質素な、いささかも出しゃばったりしない女であった。眼の窪みもそんなに深くはなく、その色も青や褐色ではなく深々とした黒い色をしていて、顔色もさまで白くはなかった。片隅で静かにしている方が気にいっているらしく、パーティでも何か用がない限り、まるで自分までが新橋ホテルの雇人であるかのように、制服姿の康子と並んで立ち、次々と煙草を吸っていた。日本人の女たちが、とかく日本人だけで固まりがちになっても、別に出て行って踊りなさいとか何か召し上りなさいとかすすめたりもしなかった。総司令部の戦史部に勤めるローラは、資格が民間人(シヴィリアン)だったので服装についての規定をうけてはいなかったが、いつも暗色系統のスーツのままで出席していた。彼女が控え目にしているのは、性質から来ていることは明らかであったが、裏側に司令部内の、複雑な派閥関係があることも目に見えていた。

伊沢信彦とローラの夫婦生活ほどに奇妙なものはなかった。どこをさがしても見当らないほどのものであった。ローラは、一九三一年二月に制定された法律によって伊沢との結婚後も米国国籍を保持し、いまは米国市民として司令部につとめているのであるが、彼女はまたニュー・ヨークの日本領事館に届け出た結婚届によって日本臣民でもあった。けれども、米軍の軍属として、彼女は日本人である夫の伊沢とは、居住をともにすることはもとより、衣食住その他一切の物資を伊沢に与えても、また伊沢から受取ってもならないことになっていた。が、伊沢は外務省や引揚げ関係の役所に強談判をして、ローラを引揚げ者として登録させ、配給は二重取りをしていた。奇妙な引揚げ者もあればあるものであった。伊沢は旧国策通信社を再編した通信社の重要な部署につき、別には司令部からの示唆で公職適否審査委員会の委員に選ばれてはいたが、示唆があったとはいえ、委員会は司令部に属するものではなかった。だからローラは、ジープに夫を乗せることも叶わず、差向いで食事をとってもならないことになっていた。もし一緒に食事をするにしてもローラは米軍のものを食べねばならず、伊沢はそれを食べてはならなかった。伊沢は土産のものを食べねばならない。しかも、きびしく言えば、一緒に食事をする場所もテーブルもあってはならなかったのである。従って夫婦生活は不可能なはずであった。ローラは伊沢の間借りしている田園調布の家へ入ってはならず、伊沢はまたローラの女子独身宿舎の玄関をまたいではいけなかった。また、日本全国にわたって、ホテルや宿屋は、伊沢の入っていいところはローラにとってオーフ・リミットであり、ローラの入っていいところは伊沢にとってオーフ・リミットであった。ローラは、もし妊娠したらどんな罰に処せられることでしょう、と言って笑っていた。男の兵隊たちは日本人のパンパンを買う、そのためには井田一作のつとめている特殊慰安協会が内務省と警視庁の外郭団体として組織されていた。がしかし、それは男の方のことであって、米人である女軍属にそういうまい方法はなかった。また二人とも金がなかった。伊沢は預金を封鎖され、新円は、原則として五百円しか自由にならないことになっていた。社の金をそうそう持ち出すことは出来なかった。それでなくても、新しく生れ出た労働組合は、上層部の動き方について、極度に敏感になっていた。一方、ローラの給料は米軍の軍票でわたされ、それを一定率以上新円に換えること自体が不法であった。また換えてみても、ひと月のうちに四回も熱海や箱根の旅館へこっそり行くには、矢張り足りなかった。しかもそこに行くについても、公務ではないのだから、ジープにも汽車にも同車は出来なかった。がしかし、ときどきローラは敢て同車した。違法行為を犯してＭＰとトラブルを起し、点数を適当に減らしておかないと、つまり勤務成績が上乗だと、早く米国へ帰されてしまうかもしれない。早く帰国することは一般の米兵にとって喜ばしいことであろうが、ローラにとってありがたいことではなかった。また、米国籍を放棄して、純粋に日本人として伊沢とともに居住することも不可能だった。それを願い出れば、許可されるより先に帰国命令が出るであろうことは目に見えていた。占領軍は、司令部の監督と権限外の米国人の存在を好まなかった。日本語の出来るローラは、戦時中、日本問題についての専門家を養成する、カリフォルニア州モントレーの民事問題訓練所の語学教師をし、同時に日本の婦人問題を研究していたのであるが、戦後になっていざ占領業務開始となると、どの国の軍人もがそうであるように、マッカーサーの司令部はこれらの専門家たちに牛耳られ、且つ容喙されることを嫌い、また専門家の世話になることによって軍人の行政能力についての無能さ加減を告白する結果になることをも嫌い、バターン・ボーイズといわれる側近だけで占領を強行しようとした。モントレー出身の専門家たちは重要なポストにつけなかったか、あるいは、第一、大部分の卒業生は日本へ来もしないということになっていた。フィリッピンのゲリラ部隊のボスが天皇、国会、裁判所、行政機構全体の監督者になり、食料品会社の広告主任が教育、宗教、言論、文化機構一般の支配者の位置につき、自動車新聞の編輯者だった男が広汎な経済、科学機構全体の責任者となった。ローラたちのボスは、飛行機組立工場の監督だった男であった。が、それらの一切にもかかわらず、占領軍は眼覚しい仕事をしていた。そしてローラ自身は、戦史部で日本側文献のカードをつくって退屈な日々を送っていた。もっと働ける部門へ転出したいという願いは、いつも却下された。勢い込んで日本へ来は来たけれども、埃くさい図書館の片隅へ放り込まれ、従って司令部内の派閥闘争の外へ放り出され、誰からも忘れられているような有様だった。だから、ローラのようなモントレー系統、あるいは閥のないものは、余計者だったのだ。帰国命令で帰って、そしてもう一度、軍と何の関係もなく、単に伊沢の妻として入国することも、不可能だった。何故なら日本はマッカーサーの占領している国であって、独立国ではなかった。

それらのことを、ローラは黒い眼をくるくるうごかしながらあけすけに康子に語り、フランス人風に肩をすぼめてみせて云ったものだった。

「わたしたちは、金網越しの、夫婦です」

と。

伊沢と康子の戦時中の関係も、ローラは伊沢のことばの端々からうすうす察しているらしかった。五階の、二人が戦時中に隣り合って住んでいた部屋の前を偶然に、ローラといっしょに通りがかったことがあった。

「これが、あなたのお部屋、こっちが、わたしの夫の部屋でした。そうでしたわね？」

と云われたとき、康子は、このちまちまとして三十いくつとはとても思えない、子供っぽいところのあるローラの横にいて、出来るものなら失神してその場から消えたい思いに責められた。

「ここで、あなたがたは、平和工作をしました。警察が、あなたを、いじめました」

出来るものなら失神してその場から姿を消したい——とは思うものの、一方で、康子は、

（菊夫と夏子及び邦子とのことを思いあわせると、あるいは康子もと云うべきであったかもしれなかったが）——たとえ彼女が伊沢とローラが知り合うよりずっと以前、十数年前から伊沢

を知っていたとはいうものの、それでもとにかく、ローラに対しては、姦通という怖ろしいひびきをもったことばで云うべきはずの、伊沢との関係のことを、ローラと面と向っていても、それほど恥じてはいない自分の心を不可解な、謎のようなものとして、いくらかの距離をおいて眺めていた。どうしてそういうことが出来るのか、罪咎のない、清潔な白人と相対していると、どうしても眼を伏せたくなって来るのだが、いったん離れると罪悪感は途端に薄くなるのであった。戦後の世の中に漂っているなにかが、正常な倫理感を蔽っていた。

ローラは昼食のときか夕刻にホテルへ訪ねて来て康子を誘い出し、伊沢のことを中心にして日本人の心の動き方についての質問をした。あなたは親友です、伊沢さんが相談しなさいと云います、と云っていたが、答えに窮することが屡々だった。そして、最も窮するのは、矢張り戦争責任についてのことであった。それは、ある程度伊沢の敗戦直後の想像と合致していた。

「石射さん、答えて下さい。いいですか、戦争がありました、日米両方とも人は不幸でした、伊沢さんもあなたも、米国と戦いました、伊沢さんもあなたも、これでは日本は不幸になると知っていました、それで戦争を止めようと努力しました、わたしはそれでたいへんよかったと思います、幸福です、それから戦争が終りました、日本の人は不幸になりました、仕方がありません、けれども、伊沢さんは、わたしに遠慮します、何故でしょう？　わたしは司令部にいます、けれども伊沢の妻です、どうしてわたしに遠慮するのでしょうか？　もう一度云います、戦争がありました、不幸でした、が戦争は終りました、早く終るように伊沢もあなたも努力しわたし、警察と戦いました。伊沢はいま、民主化のためにパージの仕事をしています、わたしはそれを誇りに思います、では何故伊沢はわたしに遠慮するのでしょうか。態度が二重三重で、わたしにはうまくわかりません、説明して下さい」

ローラと二人で日比谷公園や浜離宮のあとを歩きまわりながら、ローラは何度かこんな質問をした。ローラの考え方の中心には、人間であることの幸福(ハッピネス)、というものが確乎として動かぬ位置をしめていた。そしてそのことが、どうしても康子にはうまくのみこめなかったのだ。彼女は、自分たちの育った大正時代には、たしかに幸福という思想があったように思う。昭和に入って長い長い、十数年にもわたる戦争で虐殺されたものは、この、幸福という思想だったのだろうか。彼女はちらりと考えた、では菊夫の考えの中心にある、あの、のみこみにくいものは何なんだろうか、このごろ流行の薄手な自由とかいうものにすぎないのだろうか。ローラといっしょにいると、毛を挘られた裸の鳥のような、その鳥肌だった魂を見る思いをした。

あるとき康子はこんな風に云ってみた。

「ではローラさん、あなたは日本人の妻として、日本の臣民として、今度の戦争についてギルティ(罪)がある、ギルティだと思いますか?」

ローラは臣民ということばを、聞きちがえたか、あるいは意識的にか、市民となおして云った。

「そうは思いません。市民としてわたしは何も責任がありません、投票したこともありません。

伊沢はギルティではありません、責任はありますが。責任とギルティとは同じではありません。だから、わたしが云うのです、戦争は終りました、と、ね、康子さん」

二人で歩くとき、ローラは、いつでも片手で康子の肩を抱いた。ローラは康子よりも十ほど若かったが、それにしても康子には日本語ででも英語ででも、どうしてもローラにうまく納得させることが出来なかった。浜離宮跡で、アメリカの船以外の大きな船の見えない海を眺めながら、ローラがいっとき激しく歔欷(きょき)したことがあった。

「伊沢さんはわたしを愛しています。それは疑いません。あなたはわたしよりたくさん伊沢さんを知っていて、愛しました。そのことをわたしは怒っています。しかし、それは云いません。我慢します。普通のアメリカ人だったら我慢しませんけれども。伊沢さんはわたしを愛していても、わたしと仲良くしません。区別します。何かしら、変です。それではわたしは、たとえ愛してくれていても、パンパンのようです」

浜離宮跡は、パンパンの巣の一つであった。彼女らはじろじろとローラと康子を見遣ってはうろついていた。

責任とギルティとは、市民と臣民ほど違うことであった。しかも日本の臣民は、英国臣民(ブリティッシュ・サブジェクト)ともまったく違うものであった。

康子は、自分にその資格は全くないとは思いながらも、伊沢の、はっきりしない、もっとひどいことばで云えば、でれでれした態度を、腹立たしいものに思った。しかし、責任のある地位にありながら、はっきりしない、でれでれした男は、何も伊沢だけには限らなかった。

「参りましょう」

と云って立ち上り、公園と焼跡の町の夕闇を、ローラは肩にまわした手でかたく康子を抱きしめて歩いていった。あまり白くはないけれども滑らかな頬の皮膚を康子のくぼんだ頬におしつけたまま、硬い表情でローラは歩いていった。そこに、康子は、日本へ来て半年になる、ローラの絶望を、感じなければならなかった。

絶望しているのはローラだけではなかった。

アルコールに弱く、且つなれていない日本の夫人たちは、ときにとんでもない景色をくりひろげてくれた。米人たちは、土着人(インデイジエナス)たちの位階とか貴族の称号とかというものを、本心のところは冗談半分にすぎないのだが、外面ではともかくも尊重してくれた。男爵夫人(バロネス)とか、伯爵夫人(カウンテス)とかと呼ばれて、女たちは奇妙な、奥歯にもののはさまったような喜びをあらわしていた。それは見ていて気持の悪くなるようなものであった。勿論、なかにはさりげなく、巧みに泳いで一通りの義理を果しておしまいにする、賢く、つつましやかなひともいた。が、そういうひとは、一回か二回顔を出して、誘い出した夫人に義理をすましたと思われる時分には、もう二度と出席しなかった。常連の大部分は、上流階級に特有な、そして庶民には決して見られない、特有の卑しさいやらしさを十二分に発揮してくれた。夫人たちは、お互いに日本人だけで片隅にかたまってしまってはいけないということを充分に意識した上で、しかもなお一つか二つのテーブルにかたまる。そのかたまりかたが、公卿出身の華族、譜代及び大名出身の華族がわかれるような工合になってお互いに対抗意識をもやし、皇族と爵位のない財閥の夫人たちは、二つのグループのあいだでうろうろする。そのために、高級将校の夫人連は、彼女等を敵視し、夫がそのどちらかへ近づいて行ったり、ダンスに誘ったりするとあらわに顔をしかめてみせる、すると日本人の夫人たちは、二、三人つれだって、高級将校の夫人たちの方へ用もないのに示威的に泳いで行って、何々大佐夫人とか、何々代将夫人とかに異様な英語で話しかけ、両者話が通じなくなると康子を呼びつけて、何々伯爵夫人はこう云っていますと伝えて下さい、と強要する。もし康子がその際第三人称で彼女はこれこれしかじかのことを云っている、という風に通訳をすると、彼女sheではなくて、某々侯爵夫人、あるいは某々子爵夫人がかくかくしかじかのことを伝えるようにと云っている、という風に人称を第三人称ではなく、称号で云うようにせよ、と云う。

当然、風儀はみだれていた。康子は、しまいには仕方のないことだという風にあきらめていた。正当な父母から生れた、正統の長男が皇位や大名の位をつぐことがむしろ珍しいくらいな首長をもつ、そういう華族たちであった。しかも、これらの夫人たちの夫は、パーティでは歓迎されなかった。アメリカ人の男たちは、むしろ的確に見抜いていたのだ。何をしても大丈夫だ、という風に。上流階級は、米人のことばによれば、面子(フェイス)が大切だったし、それに新聞に米人関係のスキャンダルが出ることはありえなかった。

これらの夫人たちのなかのスターは、浮須伯爵夫人であった。戦時中、上海の謀略機関にいたという彼女の夫は、戦争末期に、内地でダイヤや白金を供出値段の倍ほどの値段で買い集め、上海へもっていって売ろうとして安東で逮捕され、白金事件と云われる事件を惹き起し、華族の称号は剝奪され、礼遇も停止されていた。従って伯爵の称号は正式にはない筈だったが、それでも何でも浮須伯爵夫人は、夫が戦時中に逮捕されたということまで売り物にしていた。軍閥の戦争に抵抗したというのである。他の夫人からの告げ口で、事実を知っていた米人たちは笑っていた。彼女は、けばけばしい、日本舞踊の舞台でしか見られぬような衣裳を着て、内閣書記官長の自動車を使ってパーティへあらわれた。浮須邸の裏屋敷がその官長の家で、毎晩風呂に入れてやっているから、というのが、内閣という番号(ナンバー)のついた車に乗ることの出来る理由であるらしかった。戦争末期に逮捕された夫の弟は、陸海軍石油委員会につとめていて、福井中佐の知人であり、いまはいっしょにポマードや石鹼をつくっていたので康子も知っていた。兄の伯爵の方は、敗戦後に保釈になったが、訴訟の方がどうなったのか康子は知らなかった。浮須伯爵は刑務所で疥癬をうつされ、夫人は夫に一切近寄らないという噂をほかならぬ米人から聞かされていた。

常連の大人たちは、米人の将校やジャーナリストによって一人のこらず仇名をつけられていた。身体つきの細い、しかも、たとえばローラなどよりも鼻の高い浮須夫人は、どうやら西洋人好きのする顔であるらしく人気があった。従っていくつも仇名があった。そのなかに一つ、マダム・フォールというのがあった。夫人はこのフォールということばを〝秋〟の意に解して得意になっていた。が、実はけばけばしい和服を着て来て、マルティニなどという男向きの強いカクテルを飲んで一両度ホールで転倒したことからつけられた名であった。転倒とは、もっと不名誉な意味をもっていたのであるが、夫人は実のところをうすうす知りながらも意に介しなかった。五人の子供を一人前にしなければならぬ。夫はまったくの無能力だから、というのが彼女の〝エクスキューズ〟であった。そして、彼女が毎日風呂に入れてやっているという書記官長の意をうけて、可成り政治的な動きをしているという話を伊沢から聞いたとき、康子は改めて三十四、五かと思われる浮須伯爵夫人の、細い、米人に云われてはじめて感じたような、どことなく、色っぽいというより猥褻な感じの身体を上から下まで見直した。夫人の相手は、追放担当のユダヤ系米人であった。ローラの語るところによると、米人の女たちも黙ってはいなかった。日本人の女をつくった既婚の男たちの家庭へ、彼女たちはしきりに警告の手紙を送った。密告をした。占領下にあるとは、一面では誰に何を密告されるかわからぬということであった。伊沢はまた、資格審査委員会は、むしろ日本人自体からの司令部への投書によって尻をひっぱたかれているとも云っていた。

新橋ホテルには、総司令部関係の少佐以上の将校と、日本管理に発言権をもつ各国の外交官及び佐官以上の将校が泊っていたのであるが、司令部関係者と各国を代表する人々とは、日本管理についてもそうであるように、ホテルの運営や管理についても意見が一致しなかった。同国人同士でありながら、ある将校夫人は別の将校夫人と同じ食堂に入らないと云ったり、またピアノの管理一つにしても、各国とも主張を異にした。ソヴェト人は酔っ払ってピアノを弾く、あれでは壊れてしまう、使わせてはならない、いや、帝国ホテルのピアノの方がいい、我々はもっといいピアノを持つべきである、とか、部屋で日本人の女と食事をして悪いと誰が決めたか、あの部屋のカーテンはこの部屋のカーテンより良い、とりかえろ、装飾一つにしても意見はわかれた。ロビイの、バンド用の舞台の背景に、赤い巨大な鳥居がとりつけてあったが、それをめぐって、日本人が神聖なものと認めているものを舞台にとりつけ、その下でダンス音楽をやることは適当ではない、日本管理の精神に反するものである、いや、神道（シントウ）イズムは否定されたのであるからかまわぬ、ホテルの日本人側の支配人及び石射康子は何と思うか、ロビイは広いだけで設備が悪い、それに外交団の宿舎としては密談をしなければならぬことがある筈だから、ロビイは仕切って両側に小さい部屋をつくるべきである、小さな部屋が出来ると、米国からＶＩＰ（ヴエリ・インポータント・パーソン）（要人）が来た、歓迎晩餐会をやるのに狭すぎる、ではあの小部屋をとり払ってしまえ、絨毯を変えろ、残飯は、現在某キリスト教団の慈善設備に払下げているが、これは別の某々施設にもやるべきである、室内温度が高すぎる、いや室内で裸でいてもいい程度の温度が適当である、いやそれでは咽喉を害する、何についても意見が異なる、そして模様変えをする、そのたび毎に莫大な費用がかかった。費用の一切は、日本人民の税金から支払われた。

恐るべき浪費、徒費であった。

戦時中に伊沢や康子がいた五階は、各国の外交団によって占められていたが、各国間の対立は、四六年秋頃から次第に露骨さをましていった。ある代表の部屋から、録音機（テープレコーダー）の集音器が出て来た。それは戦時中、日本の軍部が据えつけたものであるとの説明が与えられた。が、日本には録音器はあっても、テープレコーダーなどという便利なものはなかったのである。康子は脅迫され証言を強いられた。たしかに、憲兵隊が五階の海軍軍令部の部屋に録音器を仕掛けたことがあった。けれども、それは日本側の内輪のことであり、それに戦時中のことである。彼女は事後にテープレコーダーを据えつけられた某代表に、自分の証言は脅迫され強いられてしたものであった、そのことを含んでおいてほしい、嘘を云ったことを許してほしい、と涙を流して告白した。髪に白いもののまじった、若くはない日本女性の涙を見て、某国の代表は、よく云ってくれた、内々にする、と云ってかえって慰めてくれさえしたが、国際政治はホテルのロビイで、食堂で、部屋部屋はもとより廊下ででも、底深い凄味のある音をたてていた。五階は、従来とも一種の〝感じ〟をもっていたところであったが、テープレコーダー事件以来、基調低音は舞台の下、奈落の底から楽屋へまでむっくりと頭をもち上げて来た。康子は、自分の責任のある女の従業員全体に、決してお客の噂をしてはいけない、云ったことやったことの真似をしてもいけない、それがどんなに危険なことになるかを納得させようと努力した。勿論、それはホテル従業員としての最低限のエチケットであったが、控え室はいつでも噂と身振り演芸会であり、ボーイたちは何かというと畜生めとか、猥褻なこととかを云った。トタン張りのバー・リュミエールからホテルの洗濯部にもどって来たノベチャンこと野辺地少年は、控え室の、年若い従業員一座の人気者であった。喜劇役者を志すノベチャンは、伊沢の忠言をいれて英語の勉強をし、各国人の身振りを研究していた。五階付のウェイトレスから、食料その他の物品仕入れの事務に転出したポウコは、兵隊たちと組み霞町の陳さん宅を基地として闇と横流しに専念していた。彼女はもう相当な闇成金と云ってもいいらしかった。ポウコから都合してもらったペニシリンやヴィタミン剤その他の借金は、数万円に達している筈であった。が、そういうポウコ、鹿野邦子についても、康子には矢張りどうにもうまくのみこめないものがあった。大掛りな闇をやりながら、それでいてなお、ポウコは深夜に地下のボイラー室でたつ洋モクの市にも矢張り手を出しているのである。そんなけちな、おかいこやすみれの市に首をつっこむ必要などない筈なのに、とにかくなにかがあるならば、それが何であれ決して見逃しはしないのであった。長い吸いかけをおかいこと呼び、口紅のついたモクはすみれといわれていた。地下室では、時間をきめて闇や横流しの市が立った。故障したボイラーは、闇物資の倉庫になり、物資は、石炭の灰を捨てに行くトラックで、灰まぶしになって市中へ流れて行った。この市で喜び勇んでいる少年や少女たちに、闇横流しもそうであるが、ホテル内に、次第に時限爆弾か機雷のように数をまして行く機密らしいものに気をつけなさい、と云い、それを納得させることはなかなかむずかしかった。例えば、五階の誰それが部屋にいるか、と訊かれる、見に行って来て、います、あるいは、いませんと返事をする、すると訊いた方は、そうか、と云うだけで、では退いてよろしい、と云う。後で、五階の誰それに、某々があなたの在否を訊ねました、と云うと、某々が顔色をかえた——こういう場合に、いったいどうすればいいか……。

控え室で制服に着更え、番号札（ナンバー）を胸につけたところへ浮須伯爵夫人が侵入して来て、

「今晩ね、あの皇族さんと、ほら、このあいだのあの背の高いアメさん、テーラーとかいうゼネラルをとりもってよ、ね、石射さん」

と、他の従業員がいるにも拘らず甲高い声で云った。康子は冷汗をかく思いで夫人を部屋から押し出した。

「あの殿下ね、来年二月に臣籍降下しなきゃならないくちだから、何かね、相談事があるらしいの」

珍しいことではなかった。相談事の仲介や通訳はなるべく断っていたが、米人から申しつけられる場合は、断りきれなかった。追放問題で、無理無体な論理を押し通そうとする、伊沢の云う〝右翼〟乃至保守派の〝転向〟を見せつけられる、また、大陸で対ソ謀略や対中共謀略をやっていた特務機関員が司令部の対間諜班員に情報を売り込みに来る、またあるときは、ひょいと弟の克巳が他の党員と一緒にやって来る。また、用もないのに、ただ煙草を吸いたい一心でぼんやりと米人を訪ねて来る男。

伊沢が屢々やって来た。康子はなるべく会わないようにしていたが、清潔な、金具も何も磨

きたてられたホテル全体に漂っている、暗い、毒によごれたような重苦しい雰囲気のなかにいると、次第に、会わないでいるということ、そういう建前の意味がいつとなく薄れて行くような気がするのであった。

ロビイより奥へは入れない伊沢が、けばけばしく安っぽい壁絵やバンド席の赤い鳥居などを眺めて、

「変ったね、金ピカピカになったね」

と云ったとき、康子は、不意に胸を衝かれる思いをしたことがあった。

『あの頃は一生懸命だった!』

と思うのである。特高だった井田一作と戦って、一生懸命にやったのだ。それにひきくらべれば、廃墟に金ピカピカの民主主義という看板がたっただけで、実態は毒によごれてゆくというだけのことに、ときとして見えないではない移り変りが際立って感じられたのであった。

華美な振袖を着た浮須伯爵夫人と別れて康子は夕食用のパンを入れた弁当をもち、従業員及び貨物用のエレヴェーターに乗った。従業員は屋上に仮設された木造の小屋で食事をとることになっていた。ホテルで米人その他に出される豪奢な皿の数々は、残飯にいたるまで日本人とは何の関係もないものだったのだ。残飯は、キリスト教関係の慈善団体であると称するものが、争って奪っていった。バーのバーテンは、夜遅くなると外へ出て行ってマーケットのかすとり焼酎に酔って来た。

エレヴェーターの戸のしまる一瞬、そろそろ集まって来ていた日本人の女たちの服装を眺め、戸がしまってから、眼底にのこった色彩の残像が、ホテルの装飾同様にけばけばしく俗悪なのに康子はぎょっとした。今まで気付かなかったのが不思議なほどであった。着物は、悉く戦前のものであったが、戦前から日本人の趣味はこうまで落ちてしまっていたのか、と思うと、何かがっかりさせられ、米軍放出の玉蜀黍のざらざらした粉でつくったパンをみな食べ切れなかった。女たちは、そういうものを着込み長い袖をひるがえして思い切り大胆に振舞っているつもりであったが、実態は、なれている筈のない政治的取引にまきこまれ、姦通だなどとはほとんど思わずに米人に身をまかせたりする異様な青春を生きているわけであった。なかには、物資とひきかえに妻の乱行を黙認している夫まであった。

ホテルで見る華美で露骨な景色、外にくりひろげられている飢えと飢えていながらもなおいそがしく動きまわらなければ死にいたる、いそがしい景色のなかにいて、康子はときどき、兄の武夫が、復員して来て云った、

『康子、おれはな、どうやら本心は死にたいと思っとるらしいんだ』

ということばを想い出した。と同時に、潮来の宿屋にいた狂人のお婆さんと、武夫の云った、懐中電燈で自分の顔を照らして見せていたお婆さんの、二つの影像が、心の奥底の、暗い、寒い虚無に浮び上ってくる。

それは、人生とは動くことだ、と確信している初江や克巳とも、また動くことの意味は違う

にしても、鹿野邦子や菊夫などとも際立った対照をなすものであった。

鹿野邦子たちの闇屋仲間のなかで、菊夫が『おい、キク！』という風に呼ばれてい、重態の夏子とは無理無体に協議離婚をしてしまったとか、また久野誠から、それとは別に、菊夫が来年四月に大学へ戻ってやり直しをしたいと云っていると聞いても、どういうものかさして心を動かさなくなっていた。

克巳と初江の運動を長いあいだじっと背後から見守って来ることが出来たのも、ひょっとすると、二つのお婆さんの顔を浮び上らせてくれるような、そういう心の底の底にある虚無感のせいなのかもしれなかった。伊沢とのことも、またローラに対してもそれほど心を動かさないですんでいることも、あるいは……。

一九四六年が暮れ、飢えと厳しい寒気のなかでゼネラル・ストライキ計画のなかへ克巳も初江もが飛び込んで行き、高円寺の家はほとんど近所の細胞の人の手でまかなわれ、子供の立人と民子が母親よりも留守の細胞の人になついているかに思われた頃、康子は箱根仙石原ゴルフ・リンクのクラブ・ハウスが接収され、そこで要員をもとめているという話を聞き、強談判(こわだんぱん)をしてその方へ移った。

仙石原は、芒(すすき)しか生えぬ荒涼たる火山灰地であった。

第三章

一九四七年一月——

井田一作は黒いオーヴァーの襟を立て駱駝の襟巻に頤を埋めて、ゆるい勾配の砂利道を踏んで行った。猫背の彼がこの大名屋敷に似た堂々たる樫の門をくぐり、軍隊の衛兵詰所のような門番小屋で米軍憲兵(エム・ピー)に証明書を調べてもらって、そしてざくざくと小砂利を踏み、正確に十二時になると出る洋食のことばかり考えながら歩くのは、これで三度目だった。いや、正確に云えば四度目だったが、最初のとき、何の為ともわからぬ呼出し状をもって来たときには、実に昼食のことを思うどころではなかったのだ。兵隊靴で踏んで行く砂利の一つ一つが、まるで鋭利な、云えば針の山をでものぼって行くような気がしたものだった。途中で二度も三度も門のところに立っているMPをこわごわ振りかえっても見た。そして小山ほどもあろうかと思われる巨大なつつじの植え込みの蔭から、ごそごそと六尺棒をもった日本人の番人(ガード)が出て来たりすると、しんからぎょっとした。それは、巡査というものが恐かった幼少時代を除いては、彼にとってほとんど生れてはじめての経験であった。井田一作は、かつての特高刑事として、植え込みの蔭から（自分自身が）ぬっと出て来たことは何度もあったが、ぬっと出て来られたことは一度もなかったのだ。それに、たとえぬっと出て来られたとしても、必ず他に聯絡すべき同僚が配置され、彼自身も武装している筈であった。けれども、そのとき井田一作はまる腰で、その家のなかへ入ったが最後、いったいどんなことになるのか、戦犯に指名された連中のように、横浜刑務所や大森の、かつて俘虜収容所だったところか巣鴨監獄へでも放り込まれるようなことになるのか、それともそれよりももっと悪いことが起るのか、皆目見当がつかなかったのだ。いずれにしてもよいことを想像することは出来なかった。

本郷のその家へ出頭しろという英文タイプでうった召喚状をうけとったのは、去年の暮の二十八日であった。出て来いというその日は、三十日付となっていた。彼はそのとき特殊慰安協会で米軍から来た麻病用のダイヤジンやペニシリン、梅毒用のマハルゾールなどの高価な薬品の仕分けをやっていたのだ。召喚状は実に簡単なもので、召喚の理由などは一つも書いてなかった。それに呼び出した米軍の機関名も、GだとかZだとかという謎のような、略字だか何だかわからぬもので、同僚のなかに見当をつけ得るものはいなかった。厚手の洋紙をもった手が少し慄えた。さてはペニシリンを手に入れるや否や早速闇に流したのがばれたかな、と思ってみたが、それならそれで二日もあいだをおいて召喚するなどというまどろこしいことではなくて、すぐに逮捕と来る筈だろう。こんなときに石射康子が相談にのってくれるといいのだがなあ、と考えたが、彼女は井田一作がただでやるというペニシリンさえ受取ろうとしなかった。

ひとりであれこれ考えてみても仕方がなかった。あれこれというのは、つまりは特高時代のことである。要するに負けたんだ、だからおれは特高精神に輝く刑事ではなくなり、今日は葭町の将校用女郎屋、明日は向島の下士官兵用の女郎屋という風に歩きまわらねばならなくなったのだ……。実は、そのおかげで十月四日の特高追放令にひっかからなかったのだったが。

彼は、ジープに乗って来た二世の伝令兵がもって来た、薄気味の悪い一枚の紙をもって内務省へ駈けつけ警視庁へも行ってみた。また追放されて警察関係の印刷物を一手に引受けて結構うまくやっている、かつての特高課長も訪問してみたが、誰にも事情はわからなかった。それに、相手はどれもこれも彼に対して冷たい眼しか見せなかった。なかにはいい気味だ、といわぬばかりに、「ほほう、とうとう井田さんもいかれますかな」というものさえあった。

彼は憤然として、

「いかれますたあ」この非国民め、とつけ加えたかったが、「何て挨拶だい」とだけにとどめて出て来たのだった。彼は、それを問題にしてくれる他人に対してだけは、追放になった人こそ愛国者だったんですよ、という風に云っていた。

だから暮の三十日の朝、強制疎開で壊された跡に建てたバラックを出るとき、ペニシリンの闇で得た五千円ほどの金を出して、

「ひょっとすると当分帰らぬかもしれんが、心配せんと待っとれや」

と云って、お正月だというのに、などとぶつぶつ云う妻を後にのこして来たのであった。

その日、彼はこわごわ砂利道を踏んで歩きながら、恐さもさりながら、この屋敷の広大なのに一驚しなければならなかった。砂利道の一方は様々な常緑樹で外界と遮断するようなかたちになってい、反対側、つまりは邸宅が建っているらしい方は二丈ほどの高さの崖になっていて、つつじや沈丁花などの大木といいたいほどの大きな花樹が植え込んであり、道は半円形にぐるりとまわっていた。そしてこの砂利道そのものが小一丁はたっぷりあり、半円形にまわり切ると、まるで公園の広場のような空地があり、そのまんなかに三抱えもあろうかと思われる公孫樹（いちょう）の巨木がそびえ、その背景に、井田一作はすぐと焼け落ちる前の司法省や参謀本部などを聯想したのだったが、明治風な、三階建赤煉瓦の洋館が物々しくかまえていた。鹿鳴館風とでもいうのであろうか。玄関の、青銅かと思われる青錆びた屋根は二本の白い大理石の柱で支えられ、左右両翼には窓がずらりと並んでいた。そして建物も公園のような庭もしんと静まりかえっているのだ。ただ、屋根からはあたたかそうな煙が出ていた。井田一作は首相官邸へもその他の大臣官邸へも何度も出入りしたことがあったが、個人の家としては、これほどの家へ来たことはかつて一度もなかった。いったいこれは何様（なにさま）のお屋敷であろう、と考えて、彼は自分が相当程度に動転しているらしいことを知った。

この古めかしい洋館は、財閥の筆頭だったY男爵家のものだったのだ。彼は公孫樹の蔭にかくれて背後に人のいないのをたしかめてから、改めて眺めなおした。屋根上には、無電用のアンテナが二重三重に張ってあり、洋館の左横には、古びた書院風なつくりの、これまた広大な日本家屋が別にあるらしかった。Y財閥は、西南戦役以来、戦争毎に肥って来た財閥であることは井田一作も知っていた。儲けやがったな、と彼も思ったが、いまは米軍に接収されてしまいやがっていい気味だ、とまず思う余裕はなかった。その家へ入って行って、それからいったいどういうことになるのか、彼にはわからなかったからである。

門のところや植え込みの蔭などには、武装した番兵や六尺棒をもった番人（ガード）がいたが、洋館の車寄せにも玄関の内側にも、人ッ子ひとりいなかった。がらんとしていて、玄関の三段ほどの、これも大理石の階段の奥、広間の正面の壁には不気味なほどに大きな鏡がはめこんであって、その鏡の両脇に各々小さなドアーがあり、更にその左右に廻り階段があった。だから、正面の鏡の上に左右から廻って上っている二つの階段の落ち合う踊場があることになる。その踊場に、椅子が何脚か置いてあって、その一つに、日本人らしい男が——ということは服装のみじめさ、階級章をはぎとった将校服を着た男がいたからわかったのだが——いたので、井田一作は、何と云ったらよいものか、と戸惑いながらも、とにかく、

「今日は……」

と声をかけてみた、正面の鏡にうつった己れの姿を気にしながら。

が、男はひとことも答えてくれなかった。

階段を上ったものかどうか、鏡を気にしながら、井田一作はぬいで手にもった戦闘帽をオーヴァーのポケットに押し込み、左右を眺めまわしてみた。薄暗い、冷たい感じの建物であった。

木材は、紅に近い色のチーク材で、渋い木目が見てとれたが、妙に埃くさいような匂いがし、人間が住む家とも、住まない、例えば官庁や会社などとも違う、何か異様に人を脅かす西洋のなかへ突然入り込んだような気がした。

彼が立ちすくんでいると、しばらくして右翼の方の廊下の第一番目のドアーがあき、二世の兵隊が出て来た。それは彼に召喚状をもって来た若い兵隊であった。まるぽちゃの、日本人というよりは支那人のような、いや支那人というよりは、日本人でも支那人でも朝鮮人でもない、背の低い東洋人、といった感じであった。それが、厚ぼったい唇を動かして、

「あなたは六分早く来ました。あそこで呼び出しがあるまで待っていて下さい」

と云って、階段上の踊場を指さした。その指が、百姓のようにひどく節くれだっていたのを、井田一作は覚えている。階段に足をかけると、二階の方の階段を踏む音がして、彼の先客が呼び出されて、更に階段を三階へと上って行った。

そこで、井田一作は、たっぷり二時間、十一時から一時まで待たされたのであった。そのあいだも、何人もの米国の軍人が階段を通ったので、彼はぺこぺこと頭を下げ、無言のまま召喚状をつき出して見せたが、彼等は一通り読み下すと、自分の課ではないからもう少し待っていた方がよかろう、というらしいことを早口で云い、にこっと愛想よく笑ってみせるだけであった。彼等はたいへん親切で、しかもたいへん素気なかった。そのとき彼は不思議なことに気付いた。米国人に対して頭を下げて何かを云おうとすると、自然と口辺がニヤニヤとゆるむので

ある。これはいかん、と彼は思った、これは犯人が刑事に向ってやるあのニヤニヤ笑いとそっくりだ、と。

彼が待たされたのは、結局タイプの間違い、1とうつべきところをかさねて11とうったのであろうということになったのだったが、しかしそれは疑わしかった。何故なら、11の先にちゃんと*a.m.*（午前）とつけ加えてあったのだから。その説明を聞いたとき、井田一作は、商売柄、これは心理的な脅迫の一種だな、と考えた。何故なら、正一時に呼び出されて行ってみると、将校たちはすべて親切で、開口一番、昼食をとったか、と聞かれたからである。一時に呼び出したものとすれば、昼食云々と問われることはなかったであろう。彼が否と答えると温いコーヒーとサンドイッチをとってくれた。がしかし、入っていったその部屋で、その日何度目だったか、彼はぎょっとしなければならなかった。

はじめにつれ込まれた部屋は、古びた、三、四十畳敷くらいのサロン風な部屋で、煖炉には太い薪がくべられ、その煖炉の上には、矢張り大きな鏡がついてい、鏡にはナポレオンの姿の見える大きな戦争画がうつっていた。窓からは、この東京のまんなかに、こんなに広いものが、とびっくりするほどに広い芝生の庭が見え、芝生の奥には樹立があって、そのなかに、下男小屋か執事や秘書などの、井田一作のことばで云えば官舎にあたるものが、四、五軒黒い瓦屋根を見せていた。その窓を背にして、斜めに物凄く巨大なデスク、ナポレオンかルイ十何世とでもいうような人が使っていたような、浮彫りのいっぱいついた机が置いてあって、そこに勲章も何もつけていない、GI服を着た中年の士官が坐っていた。一目見て井田一作は、ナチスのゲーリング元帥を聯想した。赤ら顔の堂々とした容姿の男が、書類を読んでいた。彼をこの部屋へつれ込んだ背の高い額のせまい兵隊が「ゼネラル」と呼びかけて、井田一作とその「ゼネラル」とを交互に眺めて何か話し込んだ。ゼネラルは、うなずくと二重顎になる顔をあげ、「ミスター・イーダ」と案に相違した細い、可愛らしい声を出した。井田一作には、彼が何を云っているのかさっぱりわからなかった。が、彼もわかりましたという風にこっくりをしてから背の高い方を見た。

「わかりましたか。では、これから火曜と金曜、十時から三時までここへ来ます。昼食を出します。ひと月、三千百円です。よろしいです。では、こっちへ来ます」

と宣告された。

そして、こっちへ来ます、と云われてつれて行かれた三階の部屋——その部屋にも煖炉と鏡があった。その部屋へつれ込まれて彼はまたぎょっとしたのだ。

何故、ぎょっとしたか。そこに、彼が半生かかって丹精して来た、そして空襲のひどくなったあの四月に入ってからは長野県の、松代大本営と云われる、本土決戦用の天皇の隠れ場所だという地下壕に近い村の、豪農の蔵に疎開させてあった、一切の特高調書が、去年四月に彼が縄をかけたそのときと、そっくりそのままの恰好で積み重ねてあったのだ。彼は、終戦直後から、かつての上司に対して、あれをとりかえすか処分するかしなければいけないと口を酸くして云っていたのだ。共産党に利用されても困るし、いずれにしても困ることしかあの書類からは出来しない筈だった。少なくともここ当分の間は。

それが、ちゃんと、早くもここに来ているのだ。井田一作は観念しかけた。が、しかし、一週二回で三千百円をおれにくれるといま云わなかったか？

「あなたはこれを整理します。わたくしたちがこれを翻訳します。あなたはそのとき疑いに答えます。これに署名しなさい。向うの方は、火曜金曜休みです」

出された一枚の紙は、はっきり読みとれなかったが、宣誓書であるらしかった。契約書も辞令もくれなかったが、宣誓書だけはとられた。そして向うの方とは、特殊慰安協会のことらしく、それを一週に二日休むのは了解済みという意であるらしかった。

背の高い兵隊が出て行き、彼はたったひとりとり残されて縄を解きにかかった。大部数の調書は、少数の破れたものを除けばほとんど完全に揃っていた。彼はにやりとした。何か腹の底から、にやりにやりと、声のない笑いを、限りもなく、にやりにやりと笑い続けたいような気がした。バンドもゆるめて、ゆっくりと笑ってみたくなった。

恐れることなどちっともなかったのだ。尤も、誰かが云っていたように、米軍は民主的人物を判断する規準の一つとして、政治犯思想犯としての入獄経歴を挙げているということは聞いていたが、それとて、もしこのおれがこの書類を握っている限りでは、どうにでもなるかもしれぬではないか。

窓から見下ろすと、日本人たちが、芋虫のようにローラーをひっぱって庭の片隅にあるテニスコートをならしていた。それを、井田一作は、にやりにやりしながら、腕組みをして見下ろしていた。そして彼は、恐らく米軍の各部局は、競争してこうした書類を求めて日本中さがしまわっているのだろう、と推察した。いかに米軍の事務が迅速で、何事もその場でてきぱき即決するとはいうものの、軍や官僚につきものの派閥抗争が全くないということはありえまい、と。

とにかくここだ、ここへ――この機関がどんなものであれ――とにかくここへべっちゃりとへばりつくことだ……。

正式に仕事について二度目の日に、彼は階段でばったりと伊沢信彦に出会った。たしかに彼はあわてた、いささか、あわてた。が、すぐに、そんなにあわてることは、もうないのだ、と気付いて、

「やあ――」

と、えらそうに声に出して云ってみて、それからはじめて本式にあわてた。ここに勤めているということを、外部の人に知られてはならない、と云い渡されてあったからであった。だから、あわてて、

「あなたもですか?」

とつけ加えた。それは、あなたもここへつとめているのか、という意味と、あなたも呼び出

されて来たのか、という意味をかねた問いであった。

が、伊沢信彦は、空襲時の火傷の痕のいまだに生々しい左の頰に手をあてて、

「いや」

と云ったきり、不愉快そうに顔をしかめて三階へ直接上っていった。直接上って行くところを見ると、あいつはおれたちなみの召喚状で呼び出されて来たのではないらしい、と、井田一作はいささかねたましく思って、そっと彼のあとをつけてみた。

伊沢は、例のゲーリング元帥に似たブレンナーという少将のいる部屋のドアーをノックしていた。井田一作の知ったところによると、このブレンナー少将は、マッカーサー元帥の側近中の側近で、簡単に会うことなど出来る筈のない人なのであった。彼も、後にも先にも、はじめての時ただ一回顔を見たきりだったのだ。背の高い秘書が出て来て二人は二、三押し問答らしいことをやっていた。その秘書がひっこむと、井田一作の驚いたことには、今度はブレンナー少将自身が廊下へ出て来て、そこで立話をはじめたのである。

井田一作の推察はあたっていた。伊沢信彦は召喚状などをもって来たのではなかった。彼が、井田一作に出会って不愉快な顔をしたのは、こういう男がこういう機関にいるということ自体不快だったのは勿論だが、それ以上に、正式の召喚状なしで呼び出されるということが、不愉快だったのだ。秘書が彼の田園調布の家へ電話をかけて来て、ちょっと来い、ボスが何日の何

時に会いたいと云っている、と云う。仕事があるから行けない、と返事をする。では何日の何時がいいか、と云う、仕方なく何日何時と定め、満員の電車で揉みぬかれ重い足をひきずってここまで来る。ドアーをノックする、秘書が出て来て、すまんがボスは会う約束(アポイントメント)がなかったと云っている、君は君のイニシャティヴで自発的に来たにすぎない、と云う。憤然として帰ろうとすると、ちょっと待て、と云う。そこではじめてボスのブレンナー少将が立って来て、廊下で立話である。

廊下とは、要するに道路と同じものである。そこでかわされたどんな会話も、要するにはないしにすぎない。がしかし、占領者と被占領者のあいだに、特に政治関係の問題が会話の主題であるとき、ただのはなしというものはありえない。そして、正式には、廊下での立話は、口頭の命令というものさえ形成しはしない。しかし、命令口調でもって、権力の裏付けをもって語られた命令を命令として実行せず、サボタージュしてしまうことは困難なことである。占領下にあっては、それはその人の地位にかかわる……。

要するに、廊下の立話といい、口頭による命令口調のはなし（オーラル・ステートメント）といい、それらすべては、盲判(めくらばん)というもののありえない国の、証拠というものを残さないための、簡易な手段であった。しかも、そういうときに限って話題にのぼるのは、そのときどきにもっとも重要且つ決定的な人あるいは事柄についてであった。政治という、この世でもっとも曖昧なものに従事する人々にとって、もっとも恐れなければならぬものは、書かれた証拠文書以外になかった。伊沢の妻のローラが、総司令部の戦史部にいて、毎日あくびをして暮らさねばならなかったのも、司令部の各部局や各班が、自分の手柄になること以外は、一切書かれた証拠を残そうとしない、なるべく湮滅してしまおうとするからであった。日本側の政府官僚も、このての手段でさんざん悩まされた。口頭で、自分は総司令官、あるいは何々部局長の名に於てこれこれのことを命ずる、と云われて政府へ帰る。すると日本側の大臣は、命令書あるいは指令（ディレクティヴ）がどこにあるか、と云う。いや口頭でした、と答える、口頭ででは話にならぬ、と云う。そこでもう一度司令部へとってかえし、先刻の指令を書類にしてくれと云うと、そんなことは命令しなかった、と云われる。その間の反応を見るためにも、この手段は屢々使われた。

伊沢信彦がはじめてブレンナー少将に呼び出されたのは、そして不気味な印象をうけたのは、前年の五月二十日のことであった。

鳩山一郎が、伊沢信彦等の資格審査委員会をとび越して、突然総司令部直接の命令で追放され、幣原内閣が総辞職後一ヵ月を経ても、まだ吉田内閣が成立しえないでいる、半無政府状態のような日々がつづいていた。食料の遅欠配は五月十三日についに宮城への大衆デモをひき起し、伊沢が呼び出された日の前日には、宮城前広場で〝食糧メーデー〟と呼ばれる集会が催され、廿五万人もの大衆が参加した。そこで〝わが日本の元首にして統治権の総攬者たる天皇陛下に謹んで申しあげます、私達勤労人民の大部分は、今日では三度の飯を満足に食べてはをりません〃〃人民の総意をお汲みとりの上、最高権力者たる陛下において適切な御処置をお願ひ致します〃という、民主人民政府を樹立しようという決議とは奇妙に矛盾するような上奏文が、飯米獲得人民大会の名で可決されていた。

ブレンナー少将は、廊下に出て来て、一枚のタイプした紙をつき出し、伊沢にこれを読め、と云った。文面は次のようなものであった。

飯米獲得人民大会に参加した廿五万人の大衆は、決して狩り出されて集まったのではない。半無政府的な主食管理のもとで一週間も十日も配給がなく、死ぬか生きるかに追ひつめられて、この半無政府状態を、このままにしておけば死ぬほかないから集まったのだ。「半無政府」のかはりに「人民の政府」をつくるために集まったのだ。廿五万人が胸につけた「保守反動政府絶対反対、民主人民政府をつくらう」のマークは全国の飢ゑてゐる人々の強い政治意志の表現である。

この標語は、胸から胸へ口から口へ、全国にひろがつて行くであらう。女も子供も、みんなこれを覚えるだらう。

この一見、小さなマークが、おそらくは日本政治史の上に、大きな足跡を残すに相違ないのだ。

民主人民政府は必ず樹立されるであらう。

秩序と力と赤裸々な感情——これが民主人民政府をつくらうといふ意志に結集した。それは巌をも貫くであらう。

読み下していって伊沢は、この文面が、アカハタや何かではなくて、その日のA新聞、戦後いっせいに左翼化していった大新聞のなかでも、最も保守的なところに踏みとどまっているA新聞の、無署名の短評記事であることに気付いた。彼もまた今朝これを読みながら、A新聞までがここまで踏み切ったか、いよいよ革命は必至かな、と感慨にふけったのであった。読み了ってから、

『それで?』

という風に、眼鼻だちの大ぶりなブレンナー少将の顔を見上げた。

「どう思うか?」

と幅のあるバスで訊ねて来た。

一瞬伊沢は戸惑った、いったいそんなことを聞くためにこのおれをここまで呼び出したのだろうか?

「この記事は占領軍の検閲を経ている。問題があるならば、あなたが新聞課なり検閲の責任者にかけあわれたらよかろう。従って自分が個人的にどう思うかということなどは、あなたにとって興味のあることであるとは思えない」

と伊沢は一歩退いてから答えた。

「それはそうである。しかし自分はこの傾向は危険であると思う。ところで昼食を一緒にしよう」

食事は何もかも鑵詰の味がした。けれども、その味は、伊沢に何かしら人心地をとりもどさせるような効果があった。米人と話しているとはじめて自分が人間であったことを思い出すというような、そういう効果があった。そして食事中には、前記の記事の話はひとことも出なかった。何のために呼び出されたのか、しまいにはわけがわからなくなった。二人は、戦前戦中のことを語り合った。一九三六年から四一年まで、伊沢がアメリカにいた頃のことをブレンナー少将が聞き、お互いにその頃の思い出を語るというだけのことであった。ブレンナー少将は、一九三五年から三八年まで、陸軍の留学生としてハイデルベルヒ大学で共産主義とナチズムを勉強していた、と云った。

伊沢は狐につままれたような思いを抱いて社に帰った。が、帰る途中、A社に寄ってこの短評記事の筆者に、ブレンナー少将が、〝危険な傾向だ〟と云っていた旨を、つたえないでいることは出来なかった。食事中の会話は、まったく政治的な意味をもたなかったが、彼をA社に寄らせる効果だけは、たしかにあったのだ。

その、初老くらいの年頃の筆者は、面をしかめて、

「そいつはいかんな」

と一言云ったきりだったが、その効果もまたすぐにあらわれた。午後遅く、〝暴民デモを許さず〟というマッカーサー元帥の声明書が発表され、そのあくる日、A新聞の短評欄には、〝たしかに行き過ぎのあったことは認めざるを得ない〟という記事が出、巌をも貫く筈の民主人民政府への結集した意志のことなどは、それ以後まったく扱わなくなった。二日後に、吉田内閣が成立した。伊沢は妙に憂鬱だった。何かに踊らされているような気がした。あの記事は、ブレンナー少将の、七寸はたっぷりあると思われた広い肩と、ナイフやフォークをもつ指にまで生えていた、赤い毛などとともに、伊沢に忘れることの出来ない、つよい印象を与えた。また、〝それはいかんな〟と云った伊沢と同年輩の、初老の記者のしかめ面をも忘れ難いものにした。彼は、前記の記事を切り抜いて何度も何度も読みかえしてみた。〝民主人民政府は必ず樹立されるであらう……。〟それは、伊沢もが青年時代に夢見たことではなかったか。またそれは樹立されたかもしれなかったのだ。

「しかし、もういかん……」

第二の転向がはじまっている、と伊沢は考えていた。戦後第一の転向は、軍国主義から民主主義へのそれであった。そして、いまは第二の、米軍のいいなり次第ということになるそれへ……。民主人民政府は、しかめ面の記者の云うように、〝必ず〟ではなくて、決して、樹立されはしなかった。〝巌をも貫く〟筈の意志の前に、巌のようにがっちりしたものが立ちはだかった。〝人民〟も〝標語〟も、要するに〝行き過ぎ〟ということになった。

転向ということ——これには追放問題がからんで伊沢信彦も困りぬいていた。まず第一に、自分自身の、戦時中の言動がある、それが公職追放を招くほどのものではなく、またそういう地位になったという、ほとんど偶然だけにさいわいされて、いま彼は、人を追放する委員会に位置をもっている。がしかし、ひそかに考えれば、空恐ろしくなるような胸騒ぎがする……。しかも、転向は、何も日本人だけのことではなかった。ある日の食事中、ブレンナー少将は、目立って左翼的な通信を本国へ送り、鳩山追放に一役買ったと思われる米人記者のことを話題にし、かつてこの記者は君の通信社で働いたことがある筈だ、と云った。その通りであった。当時支那事変中、その米人記者は国策通信社の上海支局で英文顧問をしていたことがあった。当時彼は日本の侵略政策に、少なくとも反対ではなかったように思われた。また、占領軍の新聞課長の通訳をしている二世は、戦時中も日本にいてナチス・ドイツの通信社であるトランスオツエアン社で働いていた男であった。毒に汚れたような濁った空気は、あらゆるところに漂っていた。

公職資格適否審査委員会の同僚たちも、みながみな釈然とせぬものを胸にもっていた。委員会の仕事が、まったく無報酬であることだけが、唯一の慰めであった。あるものは東大の名誉教授という地位を失うまいとして、そのためにこの委員を引受けた、とあけすけに語った。またある者は、日本銀行の理事とか、選挙管理委員長とかにする、あるいはなれるという見込みがつくと、特定の人の審査についての意見ががらりと変ったりもした。伊沢自身、追放担当の民政局長に呼び出され、君自身のイニシャティヴで誰それを追放せよ、という風に口頭で命ぜられ、それは不可能だ、というと、では君がかつてアメリカにいたときワシントンから送った電文全部を審査し、君自身を追放する、と脅かされ、ブレンナー少将を通じてとりなしてもらったりしたことがあった。民政局は急進的(ラジカル)に一切の軍国主義守旧主義的傾向の人を追放しようとした、そしてブレンナー少将の機関は、それをある程度でチェックしようとし、民政局に対抗して、井田一作などを使って後日のために着々と書類や文献を整備し何かを計画していた。

戦時中に軍に対してまともに抵抗することが出来なかったとほとんど同じほどに、占領軍に真正面から抵抗することは出来なかった。抵抗しようとすると、日本側、特に左翼から占領軍の指令をサボタージュし、保守反動勢力や軍国主義を温存しようとしているという抗議が来、司令部の民政局へは密告書が行った。従って、占領軍内のある機関の意向を変更させるためには、同じ占領軍の別の機関を動かすという方法をとらざるをえなかった。戦時中に陸軍を動かすためには海軍をつつき、海軍を動かすためには陸軍を、という、あの操作をまたくりかえさねばならなかった。そしてそれが動かし得るということは、権力の下請けをしているような、あるいは御殿女中式の、奇妙な快感をさえ与えた。新聞や雑誌では、戦争協力と抵抗の問題が論じつづけられていた。が、伊沢は次第に節操ということについての感覚を失って行きつつあった。

『おれはかつてどんな思想のためにも血を流したこともなければ、どんな犠牲も払ったことがない……。要するにするりするりとやって来たのだ……』

という風に、まったく気落ちしてしまうこともあった。けれども、そうかと云ってひとつの思想のために十八年も獄につながれたり、異国に亡命流浪の旅をした人を、心底では尊敬していても、彼等が現実に――伊沢は〝のさばる〟という無神経なことばを平気で使っていたが――のさばり出すと、逆に十八年も獄にいたり外国へ亡命したりしていたものに何がわかるか、と反撥したくなったりする。

殊に、康子の弟の安原克巳などが、一廉の抵抗者だったようなことを云って全国をまわってあるいているという話を聞くと、

「ふふん」

と鼻先で笑いたくなって来る。奴は、戦時中参謀本部につとめていたじゃないか、えらそうな口をきけるような柄じゃない筈だ、と。そういう伊沢自身についても、中傷的な密告が総司令部の民政局やブレンナー少将の機関や、また委員会の他の委員のところへ少なからず送られて来た。さいわいにして、彼は海外局の次長であり、戦時中に全国を講演して歩いたにしても、証拠となるべき著書はなく、雑誌に執筆した文章も、アメリカのあなどるべからざる実力を説いたものが大部分で、いまとなっては彼に先見の明があったことを証明することになるようなものだけであった。それに、戦時中深田枢密顧問官等と和平運動もしたではないか、またもうひとつ、何といっても妻のローラが米国人であって総司令部にいるということは、この際、ほ

とんど絶対の強味であった。委員会で彼は追放の枠を厳格にあてはめてゆくことを主張していた。そうすることは、内心の忸怩(じくじ)たるものを押しのけるためにも必要なことであった。

ある日、派手な和服を着た浮須伯爵夫人が伊沢に会いに編輯局へやって来た。眼のまわりに黝(くろ)ずんだ隈のある夫人は、どことなく芸者か、いわゆる玄人(くろうと)風なものを聯想させた。長い袖をひらひらさせ、細身な身体中に何かびらびらしたものをくっつけた魚のような感じであった。訪問を知らせに来た給仕の話によると、二世の通訳をつれて、内閣の自動車で乗りつけた、ということだった。

「あなた、三木さんを追放しちゃ駄目よ、ね？　あの方、ボーダーライン・ケースでもめてるんでしょう？」

伊沢はよく動く薄い唇を眺めていた。唇にまで、ビラビラが生えているみたいだ……。

「ボーダーラインの人はなるべく助けなけりゃ、政治も経済も素人ばかりになって、下剋上で下から突き上げられて革命になっちまうわよ」

境界線(ボーダーライン)すれすれのところで問題になっている三木喬平という代議士は、内務省にいた、戦時中のいわゆる革新官僚といわれた若手の、井田一作などの上役にあたる男であった。

「革命になっちゃいけませんか？」

と伊沢はからかってみる。

「まあ、あなたなんかも首をちょん切られるわよ。とにかく」と云って、浮須夫人は傍でかしこまっている二世の方を眼で示して「ここのボスが三木を助けろ、と云っているのよ」

「審査委員会は日本政府に属するんで、民政局の追放担当者に隷属しているのではありませんよ」

「そんなこと云われなくったってわかってるわよ。じゃ、わたし忙しいからこれで失礼しますわ」

びらびらをひるがえして浮須夫人はさっさと出て行く。

これに似たことが毎日のようにつづいた。民政局の追放担当者へ提出する英文の陳述書ほど奇怪なものはなかった。右翼色の極めて強かった〝革新官僚〟ということばはrevolutionary bureaucratすなわち革命的官吏という風に翻訳されてあった。再審査を求める官僚も政治家も実業家も教師も、すべては生れてからこの方、ずっと民主的人物であった、という風に、白を黒、黒を白として云いつくろうことに専心していた。そしてその白と黒とのあいだから、人を腐らせる濛気（もうき）が湧き出して誰もが誰もを信じなくなって行く。誰もが誰もを、心底では、所詮お前も同じ穴のむじなだ、という風に思う。

「自分の経歴を英語になおしてみると、他人事のような気がするね」

と云って、愉快そうに笑うものもいた。

が、追放された人々の大部分は、陰鬱な、陰にこもったような表情をしていた。死ぬまで公職にはつけなくなった、と信じている人も非常に多かった。戦争になれば戦争は永遠に続くと思い、占領されれば占領は永遠に続くと思う……。

またあるとき浮須伯爵夫人は——その頃もう華族というものはなくなっていたのだが、奇妙なことに占領軍の高官たちは、自分たちに近づいて来る華族や皇族を、依然としてその称号で呼びつづけた——浮須伯爵同道でやって来て、

「主人がね、あそこへ入れたら、と云うの。この夏、軽井沢で会ったのよ、うちの主人もハイデルベルヒ大学にいたことがあるのよ」

と云った。

あそことは、ブレンナー少将の機関のことであった。青白い額に神経質そうな竪皺をよせた元伯爵は、いかにもいま軽井沢から出て来たという風にゴルフ用のニッカーズボンをはき、編上靴をはいていた。妙に妻に遠慮しているみたいで、どもりがちに、

「ええ、ええ、そう出来れば、と思っているんです。英語はあまり得意でもありませんが、ブレンナーさんはドイツ語もよく出来ますから」

伊沢は、きょろきょろとよく動く元伯爵の眼を見ていた。この男は妻がユダヤ人の追放担当者、メレディスというシヴィリアンとうまくやっていることも知らないで、と思っていたのだ、それとも、細君の行状は承知の上のことかな、と。

しかし、それにしても政治の危険さというものにまったく無智なことは驚くべきものがあった。

「奥さん、御存知でもありましょうが、メレディスさんの民政局と、ブレンナー少将のところとは、対立して勢力争いがあります。それで、あなたがメレディスさんと、それから御主人がブレンナー少将と、何と申しますか、とにかく、その、よろしくやって行かれるということは、ちょっとしたことでもありましょうが、安全なことじゃないと思いますね」

「二股かけちゃいけないってこと?」

「まあ、そうです」

「じゃ、やめようかしら。あなた、どう?」

「そうだな——。じゃ、やめようか」

伊沢はこんな二人を玄関までおくっていって、つくづく、いったいこの連中は、徳川時代や明治時代の、苛烈な藩閥闘争の記憶を失ってしまったのか、政治的な感覚までが、明治以来の天皇制の庇護の下で鈍ってしまったのか、と考えた。しかし浮須伯爵の弟の方は、福井元中佐といっしょに石油会社を再建しようとして懸命になっていた。賠償指定をうけてからも、何とかして積出しを延ばさせようとて賠償使節団に女を抱かせたり、酒席に土俵をつくって角力を呼んで見せたり、司令部籠抜け事件というものまで起して他人の工場の権利を横取りしたりもしていた。とにかく生き生きと活動していた。が、兄の当主は、はやりことばでいえば、まったく〝虚脱〟していた。

廊下で夫人は伊沢の袖をひっぱって、

「それからね、あなたの奥さま」と云って片眼をつぶってみせる、「ローラさん、戦史部をやめてブレンナーさんの機関へ移るらしいわよ。ローラさんにはお世話になりました、あぶれて尾羽打枯らした軍人さんたちを大分戦史部へ入れて頂きましたから、よろしく申上げておいて下さい。どう？　早耳でしょう、わたし……」

玄関に出て、アメリカ人風に握手をして別れるとき、夫人が、ひょいと思い出した、という風に云った。

「だけど、あの石射康子さんて、何していらっしゃるのかしら。箱根なんかにくすぶっていて、外交官の未亡人なんですから、いまをさかんに活躍出来る筈なのに」

伊沢は、ぎくりとした。この女は、女衒(ぜげん)か玄人筋の女のように、人の世話をしたり、ちくりちくり人を刺すことが出来る。華族の当主にあってしかるべき技術が、細君の方にある。

「まあ、各人はおのおの自由をもつ、ですから」

とごまかし、

「そうね、各人はおのおの自由ね、ほほほ」

と夫人が皮肉な笑いを洩らして階段の下で待っている夫の方を蔑むように見下ろしたりしたので、漸くその場を切り抜けることが出来た。

切り抜けることは出来た。が、もうひとり、まともにその眼を見ることの出来ない人物が玄関の石段下にいた。石射菊夫であった。

浮須夫妻が、内閣、というナンバーのついた、米軍のそれに比べると、ごつくて車台の高い車にのって行くのを低い石段の上から見送ってから、石段を下りて菊夫の肩に手をおいた。石段の上で、彼は相変らず海軍の三種軍装を着たままの菊夫を、まるでよれよれになった、しかもふさぎ込んだ狼、いや狼ほどに逞しくはない――野良犬みたいだな、と思って見下ろしていたのであった。

そして菊夫は、石段の上に立っている、いささかくたびれて来てはいるがちゃんと折目のついたアメリカ製のズボンに中間色の背広を着、新しいワイシャツに（恐らくはローラさんにPXで買ってもらったのだろう）、黄色の地にインクをぶちまけたようなアメリカ風なネクタイまできちんとしめた伊沢信彦を見上げて、矢張り来ない方がよかったかな、と思っていた、アメリカ人みたいで（要するに半分アメリカ人なのだ、戦後、半分アメリカ人になったのだろう……）、現実に来てみると（彼はこれまで何度か旧国策通信社、改め新日本通信社のまわりをうろついたのだ）、矢張り話しにくく、窮屈な感じであった。菊夫は何とかしていまの生活から抜け出したかったのだ……。

「どうしてますか？　元気？」

「ええ……」

「ちょっとお入りなさい。外じゃ話も出来ない。もっとも、もう少しすると僕は委員会へ行かなけりゃならないから、あまりゆっくりとは話せないけれど」

二階の理事室へ行くまでのあいだ、伊沢は近頃来た康子からの手紙を思い出していた。石射康子は新橋ホテルをやめて箱根仙石原のゴルフ・リンクにあるクラブ・ハウス兼ホテルの副支配人のような仕事につくまでの心境を次のように書いていた。

『世の中は恐ろしいほどのいきほひで変つてゆきます。昨日の大臣大将は、戦犯にされて裁かれ追放されてゐますし、弟の克巳や初江も自由に活躍出来るやうになり、いまは大きなゼネ・スト計画のなかで二人ともいそがしく立働いてゐます。けれども、わたしには、底の底では何一つ変らないのではないか、といふ思ひがしてなりません。自分がいつたいどういふ世界に生れて来たのだつたかを、わたしは箱根の山にとりかこまれた、この荒涼とした自然のなかで考へてゐます。こんなことでは遠からず死ぬのだらうと思ひますが、貴郎とのことも、イタリーでのこと以来を静かにふりかへつてみてゐます、もう二十年にならうかといふおつきあひのことを。また、人と人とのつきあひが、窮極的にはどういふものに結晶するものか、と。……

菊夫と夏子は別れてしまひました。菊夫の仕打ちは無慙とも何とも云ひ様のないものです、が、わたしには菊夫の気持も、それから、先日山を下りて国府津へ夏子さんを見舞に行つたのですが、重態の夏子さんの気持云々も妙ですが、とにかく夏子さんの気持もよくわかりませんでした。夏子さんは、あたしは絶対主義者だ、と云ふのです、またもうぢき死ぬのだけれど、とにかくあたしは、何かあるものが汚れたり欠けたり形がくづれてしまつたりすると、もういやなんです、ですから菊夫さんがあんな風になつたのなら、もう別れていいんです、などと云つてゐました。菊夫にも夏子さんにも、我慢するといふことがまつたく抜けてゐるやうに思へます。わたしにはよくわからない気持です。これが〝戦後〟といふものなのでせうか。云々……』と。

またブレンナー少将とローラなどの一行がゴルフに来たこと、後から到着した日本人の旧軍人たちをまじえて何か会議をやっていったらしいことなども書いてあり、ローラと仲良く暮してくれるように、とむすんであったのだが、伊沢は、旧軍人たちとブレンナー少将との会議のことなどを手紙に書いては危険だ、司令部の郵便物検閲から何か事がもち上らないとは限らない、内部抗争がはげしいのだから、と折返し警告してやったことも思い出した。彼はそういうことにだけ、よく気がついた。だから、康子の手紙に漂っている、沈んだ、陰気な調子には、一切気付かなかった。

軍服姿の菊夫は、伊沢に戦時中の様々なことや、菊夫の母、康子との、新橋ホテルでの生活のことを思い出させた。康子とのことは伊沢にとって戦争そのものをさえ意味した筈であった。彼は国防色をした一切のものを嫌忌していた、但し米軍のそれは別として……。

「お母さんからこのあいだ手紙をもらったけれど、あなたのことを頼む、と書いてありました」

それは嘘だった。頼むなどとはまったく書いてなかったのだ。

た。

「そうですか」

菊夫の首筋は黒く汚れていた。それは、伊沢に街頭に立っている多くの夜の女(パンパン)を思い出させた。

菊夫は、母の手紙のことを言う伊沢の声に何か冷たい硬いものを感じた。伊沢の眼差しは菊夫が何か面倒な相談事をもって来たのではないかと警戒している。

「お母さんは、まるで仙石原の隠者みたいな心境のようですね」

これがいったい、戦時中ずっと母を愛してくれて、しまいには自分も母の愛を祝福しようと思うにいたった、あの伊沢信彦だったのだろうか？　まるで他人事のような口調ではないか。戦争が伊沢の責任ではなかったと同様に、母とのことについても伊沢には何の責任もないというわけなのだろうか、と菊夫は疑った。しばらく黙っていてから、

「母は僕のことを怒っているだろうと思うんです」

と云ってみた。

「いや、ちっとも怒ってはいない、ただ、わからない、って書いてありましたよ」

「ええ。……僕にもわからないんです」

「そりゃ困りましたね、自分で自分が……」

突然菊夫がぎらりと眼を光らせた。

「でも、自分で自分のことがよくわかっている人なんか、いるものでしょうか？」

「うむ……」

伊沢はことばを失った。

彼自身、康子との愛情のこと、すなわち彼にとって戦時中の人生のいとなみ、戦争の核心にあった筈のもの、これの始末が果してついているのかどうか、歴史が、歴史的な時間が流れて、敗戦とか終戦とかと一応決定されたというだけの、それだけの時世の流れを認め、それに従っているだけで、それで人生、生活の方も一応片がついた、としているだけのことではないのか。何事も何物も片はついていない。『底の底では何一つ変っていない』……?

「僕、いまのポンコツ屋や闇屋をやめたいと思っているんです」

「それがいい」伊沢はほっとしたように云った、これでこの方は片がつく、がしかし、それはそれでまったく片のつかぬものが次第に多く堆積して行くことと同じではないか。「それで、もう一度学校へもどったらどうです。この社も、復員して来たり引揚げて来たりする人で、とても新しい社員はとれないんですよ、だから、一、二年して世の中が落着いて新進気鋭の人が必要になるまで……」

「わかりました。そうします」

突然話を打切って菊夫が椅子から立った。そんな予防線をはらなくてもいいんです、そんなことを云いに来たんではないんです、とは咽喉もとまで出かかったが、それは抑えた。

正直云って、伊沢は面喰った。たしかに自分は忙しいからあまり長く話せないとは云った。

しかし、何を話したろう？　母のこと、自分で自分のことがわかるかという話、それにポンコツ屋をやめたいという話、それだけだ。彼は菊夫の、結膜炎でも病んでいるのか赤い毛細管の浮き出た大きな眼を見上げた。

この青年の心のなかには、何かカチンとした、動かない、あるいは自分でも動かせないで弱っているような、結石みたいなものがある。あらゆる栄養物を、この結石が吸いとってしまって、心の中の結石はますます硬く大きくなるばかりで、栄養が身体にまわらない……。そして彼と対比してみれば自分は、ふやけた流動物みたいではないか。

伊沢は突然この青年と話込んでみたい気持に駆られた。本来ならば、自分にもこのくらいの子供があっても不思議ではないのだ、それに菊夫はほかならぬ康子の子供だ……。

「君ね、僕はこれから委員会へ出て、それから夜のニュース解説の準備をし、そいつが終るのが夜の九時半だ、だから十時に、ひさしぶりだ、例のポウコちゃんのリュミエールで待っててくれないか、酒でも飲んで話そうや……」

菊夫は黙ったまま、こっくりをひとつして出て行った。姿が消えてから、伊沢はしまった、と思った。ポンコツ屋や闇屋をやめたいというのだから、ひょっとすると鹿野邦子とも別れたいというのではなかったろうか。そのことを相談に来たのではなかったのか。

伊沢は火傷の痕に手をやり、机の上に肱をついた。そうして二分ほどぼんやりしていてから、立ち上って来客用のソファへ移った。ソファは破れて、中身がはみ出していた。

別れるとか、別れたいとかということは、誰のことにしても考えたくないことだったのだ。彼は、心底で自分がローラと別れたいと思っていることを、とうから気付いてはいたが、なるべくそれは伏せておくことにしていた。ほじくり出さないようにしていた。ローラと別れることは、同時に米軍の物資が入らなくなることであり、またその支持をも失うことになるだろう。

戦後の世の中には、結婚もそうだが、離婚沙汰も多かったので、彼は自分の気持までを他人事のように、ぎりぎりの痛みのところから少し引き離しておくように努力していたのだ。そして、その技術はいつのまにか身につけていた。だから、いつだったか、彼の部下の一人が、

「女房の奴から、平和条約が出来たら別れる、と宣言されましたよ」

と云って苦笑していたのをひょいと思い出し、何とか自分の方のことも、まぎらしてしまおうとした。が、いま、それは何故かしら叶わなかった。彼は康子の手紙を引出しからとり出し、すぐにまたおさめて引出しをばたんと音たててしめた。

何故ローラと別れたいのか？

どうしても対等に、おれ、お前で相対してゆく気持になれないからだ……。ローラの方が、アメリカの女によくある、たとえば教師(ティーチャー)タイプの、かさかさに乾上(ひあが)ったような女であれば、まだしもいいのだろう……。しかし、ローラは、何とはなしに卑下したようなおれの気持をときほぐそうと努力をする。その努力が、それが厭なのだ、それがたまらない。それは、おれ自身

の卑下した感じ、自己嫌悪の逆の反映だから……。

何故おれは卑下した感じをもつのか？

康子が仙石原へ姿を消す前に、彼に会いに来て云ったことがあった。

「ローラさんはね、何故あなたがいつまでも戦争のことを気にするのかわからない、たとえ不正義の戦争でも、戦いがはじまった以上は協力するのがあたりまえだ、そうでなければ徹底的に反抗するか、とにかくどっちか二つに一つしかない。が人間は弱いものだ、だから自分はあなたが戦争に協力したからといって、ちっとも不思議とも何とも思わない。それで、とにかく、お互いに不幸だった戦争は終った、だからこれから幸福にやって行こう。あなたが顔に火傷をしたことは気の毒だった、が、そのことも自分はそうひどく気にしない。また、あなたの告白したわたしとのことも、忘れる。何故なら、自分にも過失がなかったわけではないから、とこう云っていらっしゃるのよ……」

と。

そして康子が最後につけ加えた。

「でもね、わたしにはあなたの、努力して自分自身を克服してゆかないといっしょにやって行けないという気持、それはわかります。ローラさんみたいに、すかっとわりきれていないのですから、わたしたち日本人は、戦争について、ね」

と、康子にはそれがわかる、おれの、おれたちの気持の屈折がわかる。が、ローラには……。

ソファから立ち上った部屋を前後に歩き出すと、背後に、多量のもつれにもつれた毛糸をひっぱっているような気がした。右の壁にぶつかってくるりとまわり、今度は左方の壁の前までゆく、と、足に毛糸がまつわりつき、足がもつれてひっくりかえりそうになる。

委員会から帰って来てもまだ彼はローラとのことを考えていた。一つのことを長く考え詰めることなどは、伊沢にとってはあまり例のないことであった。

さっきの菊夫君は夏子さんと別れた……。ポウコからも逃れようとしているのかもしれない。そして、康子の弟の克巳と初江夫婦は、これも克巳君が発展しすぎるので——その噂は伊沢の耳にも届いていた——初江さんが怒っている、夫婦仲にひびが入っている、という。そしておれは、おれ自身は、終戦とともに康子と別れた、しかも終戦後一年と五カ月、ローラと再会してからでは八カ月目のいま、ローラから逃げ出したくなっている。誰もかれも、どいつもこいつも逃げ出して何処へ行くのか。何処まで逃げ出して、何処から再建をはじめようというのか。それとも、本気で再建しようなどとは、誰も思ってはいないのかもしれない……。彼の眼には、仙石原の枯れた芝生と芒の原が浮び上る。そこにぽつんと、ひとつの黒い影がある。康子はむかしの出家人(しゅっけびと)のように、社会から逃亡してしまった、と伊沢は考えてみた、むかしはむかしだが、いま、この戦後に社会から逃亡するとなると、進駐軍の世話になることになるのかな、と考えてみて、彼自身いささかぎょっとした。が、伊沢はそんな反省はすぐに忘れてしまうことが出来た。彼の考えは、すぐにローラの方へ移っていった。

ローラが戦史部からブレンナー少将のいるところへ移る。恐らくそれはブレンナー少将自身のはからいであろう。少将の機関は、並の司令部の機関よりも自由に振舞う権限があるらしかった。日本人と交通が自由だったのだ。ローラとのより自由な往来を餌にしてブレンナーはおれを釣ろうとしているのではないか。

電話のベルが鳴った。安原克巳からであった。ちょっと話したいことがあるからもう一時間ほどして行く、と云う。電話をきっかけにして、伊沢はカバンから委員会関係の書類を取り出し、一通り調べてから署名し印を押した。きょうの委員会では、三木喬平は追放令に該当せず、ということになった。浮須夫人の、びらびらの生えた細身の身体を思い出す。書類を再びカバンに収め、今度は、原稿を書き出す、夜の放送のためのものであった。三十分ほどかかって書き上げ、ボーイを呼んで司令部の検閲課へもって行かせる。標題は「米ソ対立の現状」。

安原克巳との約束の時間まで、もう十五分ある。地下室の食堂へ行く。すいとんと雑炊を一杯ずつすすり込む。その間、ブレンナー機関で、ローラと二人でビフテキを食べることを空想する……。それを想像しながら、彼は、おれには何か足りないものがある、どかーッと抜けたものがある、と考える。それは、そのときどきの現象だけを追いかけて年をとるジャーナリストが、五十近くになるまでに大抵二、三度は襲われる、この職業に特有の虚無感でもあったろう、しかし果してそれだけか?

広い編輯局の一隅では、机を片づけてダンスの講習会が開かれていた。若い記者たちはもとより、中年、初老の連中も軍隊靴をはいたまま、十七、八の女の子を相手にして柔道でもやるような工合に、お互いの肩と肩をつかまえあって、ぞろりぞろりと動いていた。それは、この社だけでなく、近頃はどの事務所や官庁や工場へ行っても、昼休みやひけた後などによく見られる風景であった。おれにはああいうものがない、ああいうものが——、と考えながら伊沢はしばらくそのぞろりぞろりと動く人々を眺めていた。ああいうもの——それはダンスのことではなかった。

彼はアメリカの二世というものを、特にアメリカを笠にきて威張る二世を心から軽蔑していた。彼は知っていたのである、日本で威張るような二世は、米本国にあっては、逆に自分が日本人の二世であるということに、何ともいえず不味な、砂を嚙むようなコンプレックスをもち、酒場の隅っこなどでうじうじしているのが多いことを。

しかし、と彼は考えながら理事室へ戻って行った。ダンスをやっている連中と、いまふと思いついた二世たちのことと、いったいどういう関係があるのか? 戦時中のことを、さらりと忘れてダンスをやる——いや、ダンスをやっている連中とて忘れてなどいる筈がない——しかし、いつまでもうじうじと、大して値打のあるものでもなさそうなコンプレックスを抱いて生きて、からりと割り切れたローラに不愉快で重たい印象を与えるということも莫迦らしいことではないか。だが、何等かのコンプレックスなしにアメリカ人に接することは、余程若い、いまの十代の人々でもない限り、不可能なことではなかろうか。では、そのコンプレックスは、何故思想といわれるもの、そう呼ばれていいほどのものにどうして高まらないのか。

　彼は、いまのこの混乱期が、根もとのところで、歴史の上で、果してどれだけの意味をもつか、またそもそも歴史になりうるものかどうかを、疑いたい気持がした。マッカーサー元帥は、機会あるごとに、荘重な、米人の間ではScapineseと呼ばれている独特の文章で、我々は歴史的大事業を完成した、と述べていた。スキャピニーズとは、聯合国最高司令官の略語であるSCAPをもじったものであった。混乱も大事業も、要するにいまのところ波頭が高いという、ただそれだけのことだとしたら……？　それを思うと伊沢信彦はぞっとした。波頭の底の方、日本の深淵に、では誰が測鉛を下ろしているか。

　歴史的大事業、それはそうに違いはなかった。伊沢が首をつっこんでいるのも、たしかにその歴史的大事業の一部であった。外面では——たしかにその通りだ……。それが内心にまで及ぶには、時間がかかるであろうことは、誰しも異論のないところであろう。そして、ローラの云う〝戦争は終った、人々は幸福になるべきである〟という理論も正しい、が、それはおれのものではない。おれは、おれたちは、理論という構造的なものだけでとらえられ、それでもって実現し得るような幸福の芽をもっていない、そういう風な歴史の進み方をするところにはいないのだ。歴史というよりも、宿命といった方がぴたりと来るような、そんなところで生きているのだ。（もしそうなら、その日本の宿命のようなものをぶち壊して、何故歴史をそのなかから引出せないのか——。）

だからおれは、それがローラのようなアメリカ人であれ、また克巳や初江さんのような共産主義者であれ、とにかく歴史というものを信じ得る人々に対して、またまたそこでコンプレックスを感じなければならなくなる。それまでは、何の気もなく読みすごしていた〝底の底では何一つ変らないのではないか、といふ思ひがしてなりません〟という康子の手紙の文句が、新しい、そして重い意味をもって心に蘇って来た。日本の敗戦によっておれは、このおれは果して変ったかどうか？　人気ない、仙石原の夜の闇のなかで、いったい康子は何を見詰めているのであろうか？

彼が青年時代から天皇制を、たとえ戦争中に、天皇の御稜威の下などということばを使って演説をしはしたものの、それでもなおひそかに、生理的なまでに毛嫌いして来たのは、それが絶対面をするからであった。しかし、夏子は、義母の康子に「自分は絶対主義者だ」と云ったというが、天皇などは別として、何等かの意味で絶対なものに触れないでいて、物と人、あるいは人と人との相対関係だけから思想が、何等かの結晶が生れ出るとは思われない……。

ローラは、

「あなたの憂鬱が晴れるように、わたしは毎日神様に祈っています」

と云った。

ローラは神様に祈るであろう、しかし、おれに神様はない。彼はローラの愛を感じていた。それは彼をつつみ込み、彼に注ぎかけられている。しかし、彼の方からは……。

自分は、ローラを愛していない。それは決定的な事実だ。

しかも、そうはっきりと思いきめても、さしてローラに悪いという気もせず、そう考えている自分自身さえが何か気遠いもののように思われる、そういう自分自身を、伊沢は呆然と眺めていた。彼はローラからもらったワイシャツもネクタイもぬぎすてたかった。が、現実にぬぎすてはしなかった。

安原克巳は、いや安原克巳も、といった方がいいかもしれないが、矢張り追放関係のことでやって来たのであった。着くずれてポケットなどもだらりと垂れさがった背広の上着を着、ハンチングもしみだらけだった。が、国防色のズボンには、ちゃんと折目がついていた。

「君、すごくいそがしいんだろう？　ゼネ・ストは、君、……行くかね？」

うまく行くかね、と云うべきところを、うまくという形容をぬかしてしまったのは、ブレンナー機関での米人たちの議論を聞いたせいであった。ゼネ・ストや混乱は、占領軍の面子にかかわる、というのである。日本民主化は成功している成功しているという宣伝の手前がある、いや、ゼネ・ストが行われるということこそ民主化したことの一つの証拠ではないか、とそういう議論を横で聞いたことがあった。

「そのことで来たんじゃないんだ。実はね、党員で一人追放されたんで、控訴状をもって来たんだ。本人が肺病で寝てるもんでね。頼むよ。じゃ」

と云うと、ぬいで机の上においていたハンチングをかぶると、さっさと安原克巳は出て行きかけた。ハンチングの下からのぞいている髪には白いものがまじっていた。

「おい、おい、ちょっと待てよ」

と伊沢は克巳の背中へ呼びかけた。共産党員ならば天下御免であるとでもいうような無礼さ加減が気に食わなかった。が、考えてみれば控訴状をもって来るというだけの目的で来たのなら、ぶっきらぼうでも何でも、かまわないわけだった。

「君はだいぶ発展してるという情報が頻々と入って来るぞ、気をつけた方がいいぜ」

と話を切りかえると、ドアーのところでくるりと振りかえって、

「司令部とのことかね?」

克巳が云ったので、伊沢はいささか驚いた。

「司令部?」

「何でもないさ、話のわかる奴がいるから話をするだけさ」

伊沢には何のことかよくわからなかった。では党内で安原克巳の司令部との交渉、関係が問題になってでもいるのかな?

「そうじゃないさ、女のことだよ」

「女? おかしなことを云いますね。僕にだって秘書の一人や二人はいます。デマをとばされるんで困るな」

克巳は別に困ったような様子も見せなかった。そしてドアーのところから戻って来て、伊沢

の机の横の椅子に、はじめて腰を下ろした。

「困るな、実際、デマばかりだよ、井田一作の野郎が米軍のどこかへ潜り込んで、それでおれたちの調書を基礎にして何かやってるらしいんだ」

「ははあ……」

伊沢はあそこで何度か出会った井田一作の猫背と銀縁の眼鏡とを思い出した。

「どこへいったいあの犬の野郎が潜り込んでいるのか、米軍の知り合いに調べてもらっているんだけど、よくわからないんだ。あなたも気をつけてみていて、わかったら教えてくれませんか、じゃ」

伊沢が、井田一作は……、と口に出そうとしたとき、安原克巳はさっと立ち上って今度は本当に出て行ってしまった。そして彼は、宣誓書などは出していないが、あそこで起ったことや会った人のことを外部に洩してはいけない、と彼に申し渡した、ブレンナーの赤い大きな鼻や、毛むくじゃらな、蜂に刺されでもしたようにふくれ上った手を思い出した。動物的なまでに力の強そうな手であった。張り出した分厚い胸は、それだけで威を帯びていた。それは何かを待伏せている蜘蛛を思わせた。廊下に出た安原克巳の、軽くびっこをひくらしい足音を聞きながら、伊沢は克巳についてのもう一つの噂を思い出した。彼が終戦直前に、疎開先の松本をぬけ出して、京都で捕(つか)まった。そのとき彼は、参謀本部嘱託の身分証明書をもっていてハルビンへ行くつもりだった、というのだ。証明書は身分のそれで公用旅行証明書ではなかったので逮捕されたのだ。それで、旅行目的はというと、近衛公爵が全権となってソヴェトへ和平仲介を依頼に行くということを知った旧社会大衆党や無産党の、戦時中は産業報国会などにいた幹部たちが、おれたちも和平への努力をしたのだという実績を稼いでおこうとて、ハルビンまで行ってそこで憲兵隊に一応つかまろう、そうしておけば戦後に箔がつく——そういう話があると聞き込んだ安原克巳が、戦後のためのそんな箔を近衛一派や旧社大党や無産党の連中などだけで独占されたのではたまったものではない、と率先して出掛けて行き、それで京都で押えられたのだ……、そういう噂があった。真偽のほどは、伊沢のまわりのものは誰も知らなかった。初江さんにも長く会っていない。が、事実のところは、恐らく獄中にいて内外の事情に通じていなかった首脳部に対して、戦後、情報を提供し得たという、また、ハルビン行きの計画が事実だとすると、そういう風に政治的な動きが出来るということ、その辺のところから一躍主要な役につきえたのであろう、と伊沢は推察していた。克巳とは戦後になってはじめて、康子に紹介されて会ったのであったが、彼は一九四六年中は週に何度も伊沢のところへやって来て内外の情報を訊ねた。しかも、ブレンナーの機関は、安原克巳が何を訊ねに来たかを伊沢に訊ねた。機関の将校やシヴィリアンたちも、共産主義者たちの動きを別して重大なこととは思っていないように見えた、表面的には。しかしそうした無表情さは、実は待伏せしている蜘蛛のそれのようなものではないだろうか？　伊沢は、新聞に出ている以上のことを告げないようにしていた。彼は、ぼんやりと、何かを感じていた、暗黙のうちに、一つの劇にも似たものが、進行しはじめているのではないかという感じ。それはまだほんの感じにすぎなかったが……。

克巳のもって来た控訴状は、なみの控訴状とは少し違っていた。罫紙をとじた、その表紙に、大きな文字で『節操について』と墨書し、その下に署名がしてあった。

節操について——この六つの文字、とりわけはじめの二語は、人を脅かすものをもっていた。

再審査を求める、この控訴状が来るであろうことは、委員会の誰もが期待していたことであった。

再審提訴者は共産党員で、産業別労働組合会議の幹部であった。問題になっているのは、戦時中に書かれた、近代中国の歴史を叙した著書で、その後半の、中国共産党の動きについての論調がいけないということになったのであった。中国に於ける民主主義発展の一環としての中国共産党を不当に誹謗している、彼等は大東亜共栄圏建設の要因とはなりえない、としているところが、戦後の著者の、共産主義者としての言動と照応せず、委員会は『右の主張は同人戦後の言動と比較するに節操を欠如せるものと認められる』と判決したのであった。審査のとき伊沢は反対票を投じた。彼は、それじゃいったい『節操』というのは、戦時中軍国主義的であったものは戦後にも軍国主義者として振舞うべきだということか、と反論したのであった。転向の問題は戦前戦時中のそれとは逆の、逆光線で照らし出されていた。この要保護観察者であった著者が、中国共産党を、誹謗したのは、恐らく殊更そうしなければ戦争に非協力だとして処罰されるからそうしたのだろうと推察された。が、委員会は多数でこの提訴者を追放した。

では委員会は一貫して『節操』を保って来た共産主義者を擁護しようとしているのかというと、そうではなかった。この提訴者の追放の裏側には、共産党に打撃を加えようという政治的な圧力が加わって来ていることは明らかであった。

すべてが、少なくとも伊沢信彦の周辺では、曖昧模糊としていた。思想も節操も屈折に屈折を重ね、一人一人の人間たちは、プリズムででもあるかのように複雑な光芒を放っていた。ボーイが検閲済みの放送原稿をもって来た。各所に朱線が入っていてDELETE（削除）というゴム印が押してある。米ソ対立についての、ソヴェト側の必然性についてのごく常識的なところまで、はっきり削除されていた。しばらく以前までは、シベリアに抑留されている同胞のことにちょっと触れても、聯合国を誹謗するものとして同じ司令部は削除を命じたものだったのだが。

午後十一時。

鹿野邦子は五階のルーム・サーヴィスを終えて屋上の宿直用の小屋へ上って行き、寒風に吹きさらされた小屋で一通り今夜の地下室での闇の相場をたしかめ、再び一階へ下りてホールへ入っていった。テーブルの上には逆立ちをした椅子が積まれ、楽士たちの陣取る壇の上には、赤い鳥居を背にして駝鳥の死骸のようなバスが寝かされ、ジュラルミン製の楽譜スタンドは疲れ果ててささくれだった神経のように十二、三本も突き立っていた。その奥に、黒い蔽いをかけられたピアノが死んでいる。また黒い大きな、鍵のかかる箱がおいてある。小さな楽器や楽譜類が入れてあるのだ。まるで棺桶みたいだ、と邦子は思った。彼女は、あたりの匂いを嗅いで歩く。ホールからロビイへ出て、フロント・デスクの様子をうかがう。フロントで会議みたいなことしていたら、今夜は危いとせねばならない。追放された刑事が保安係長になって入って来て以来、品物の持出しがむずかしくなって来たのだ。

フロントの様子は、別におかしくなかった。酔っぱらった水兵が入って来てホテルに泊めろ、と云っている。ここは佐官以上でないとだめだ、と断られている。背の高い水兵は、はげしいピッチングに揺られているかのように、前後に身体をゆすぶっている。

水兵は怒って船を、いやホテルをとび出して行った。邦子はフロントへ行って明日の予定表を見せてもらい、お休みなさいを云う。引きかえして着更えをし裏出口のところへ行ってタイムレコーダーをがちゃんとやって門番に目くばせをし、地下室へ下り、洗濯部の裏側にある小さなドアーのなかへ身をかくす。なかは真暗だ。手さぐりで米軍用の懐中電燈をつかみとり、前方を照らす。背の低いトンネルである。このトンネルは、ホテルの左側の通りの向側に立っている三階建のビルディングに通じている。そのビルには、新橋ホテルの本当の所有者である社長が来て事務をとっているのである。社長や重役、すなわちホテル運営の実務に携わらぬものは、一切、接収中はホテルへ入ってはならないことになっていた。社長や重役は日本政府とだけしか交渉出来なかった。だから、従業員たちはそういう社長や重役を莫迦にしていた。そしてこのトンネルは、ホテルのスチームをそのビルへ送るためのパイプや専用の電話線などを通すためのものであったが、占領軍はそのビルへスチームを送ることを許さず、そのためのボイラーはいつも冷えきっていて、闇物資の貯蔵庫になっていた。鹿野邦子はトンネルのなかほどで、ひょいと手をあげてパイプの上にのっけてあったコカコラを十本とりおろす。トンネルから出ると、そこに若い男が待っている。男は洗濯部員のノベ公で、

「ハンバーグ用だよ、五ポンド」

と低い声で云って挽肉を入れた飯盒を渡す、邦子はコカコラの束をわたす。

コカコラなどは腹の足しにならない。闇で売ってもどうにもなるものではない。がしかし、コカコラはホテルでの一種の法定通貨になっていた。何故なら、客たちはホテル内だけで通用する購入券をもっていて、部屋へ飲食物をもって来させるときに限り、その券を使用する。そこでルーム・サーヴィスのウェイトレスたちはこの券を誤魔化して貯めておき、客が注文したということにしてバーからコカコラをもち出す、うまく行けばウイスキーの券を盗む。が何といってもコカコラがよかった。アメリカ人は、邦子の意見によればコカコラ中毒だった、何本飲んだかを覚えているものは少ない。このコカコラが、パン焼き部員、洗濯部員、機械工、ボイラーマン、クロークのガール、水道係等々の手を経ていって、タバコや石鹸や肉や卵や靴墨や白パンやその他もろもろの物に千変万化する。そしてコカコラはと云えば、最後は、アメリカのものなら何でもありがたくて仕方のない、奇妙な日本人が、高い金を出して空き腹に流し

込むことになる……。

邦子は三階建ビルを出て、

「またか」

と呟く。ホテルの外は停電だった。日本中どこでも米軍の接収している建物だけが、あかあかと幸福そうな燈火をつけている。ホテルでも電圧が落ちると、何かの機械を動かして、無理にも、電気をひっぱりつける、あるいは吸い上げる。邦子は、電流といわれるように電気は電線をつたって流れて来るものだと思っていたが、ひっぱりつけたりポンプを使うみたいに吸い上げたりすることの出来るものであるらしかった。米軍の燈火と食べ物と乗り物は、幸福の象徴であった。

邦子は飯盒片手に、鋪装のこわれた道をどんどん歩いて行く。彼女のバーであるリュミエールは、烏森の焼けた小学校のコンクリート塀にさしかけたトタン小屋から、迷路さながらの新橋マーケットのなかへ移動していた。集団的に迷路のなかに根をはらないと自衛出来ないからである。迷路の入口や、その角々に警戒に出ている兄さんたちに、いちいち挨拶をする。その途中でぱっと電気がついた。

店には、菊夫はいなくて、髪をのばしかけの市岡ヘンちゃんがいた。この、つい近頃南方から復員して来た男は、前にはギャッちゃんと呼ばれていた。しかし、それではあまり可哀そうだというので、ヘンちゃんということになったのであった。マラリヤ持ちで、夜中に屢々ギャッギャッと叫ぶからであった。この青白い、料理のうまい男には、夜中にそう叫ばねばならぬ理由があるらしかった。彼は、ある日浮浪者同然の姿で木挽町のポンコツ工場の前を通りかかり、菊夫たちが自動車の修繕をしているのを見掛けると、物も云わずにつかつかと入って来て、黙って働き出してしまったのだ。追い出しても追い出してもやって来た。三日目に、市岡三郎という名前もわかり、正式に雇われた。自動車部隊にいたことがあるということだった。マレー作戦に参加したことがあるらしく、ある日、ポツンと、

「おれは、殺人許可証をふところにしてシンガポールをうろついたもんだ……」

と云ったことがあったが、その他のことは身許のことも何も云わない。

「誰もいないんだ。おれだけいるんだ」

としか云わない。その、おれだけいるんだ、ということばのひびきは、何か暗澹としたものを聞く人に感じさせた。市岡はまた、いつでも無精髭をはやしている。剃れ、と云って剃刀をわたしても、まだらにしか剃って来ない。どうしてだ、と菊夫が聞くと、

「さっぱりと剃るとな、髭のない、毛のない中国さんを思い出すからな」

といった。

そのときから菊夫は、彼の夜の叫び声が、中国人と何か関係のあること、恐らくはその生死とかかわりのあることであろうと推察していた。昼間は木挽町でポンコツ屋をやり、夜は二人で、ポウコが遅番のときはポウコの来るまで、早番のときは一緒に十二時過ぎまでカストリ焼

酎の相手をし、バーテンをやり板前に似たことをやり、その後市岡は木挽町の工場へ帰って寝、菊夫とポウコはこのマーケットの二階で寝たり、あるいは交替で霞町の陳さんの家へ戻ったりしていた。

ポウコが入って行くと、市岡は、いつも瞼を、たとえば強すぎる日の光を避けるとでもいうように日除けのように下げているのだが、珍しくその日除けを上げて、眼で二階を示した。客は二人しかいなかった。二人とも新聞記者らしく、しきりにゼネ・ストを論じていた。

「キクの奴、アメ公のもの着た紳士と話している」

と市岡が小声で云ったのを聞き流して、荒削りの板壁に五寸釘でぶっつけた垂直の梯子を、飯盒をもったまま上って行った。この長屋のようなマーケットの二階の部屋は、いざ手入れというときの用意に、板壁の両方に戸がついていて、その戸をあければ左右の隣りの店だけではなく、二階全体貫通出来るようになっていて、三軒に一つずつ外へ通じる階段が仕込んであった。右の端から襲われれば左へ逃げる。左の端からなら右へ、中央からならば左右へ……。しかし、そんなことは滅多になかった。警察は、第三国人名義のものに対しては無力だったのだ。上蓋(あげぶた)を押しあげて、ポウコが顔だけを、ぴょこん、という風につき出した。すばしこくって、手の届く範囲にあるものなら、たとえそれが吸い殻の闇であろうとも、何にでも臆せずに首をつっこんで行くポウコであったが、まるい顔にはいつも何かにびっくりしたような表情を浮べていた。

「あら、伊沢先生、珍しいッ！」

荒蓆を二枚重ねてしいただけの板の間に、伊沢と菊夫が焼酎をなかにおき、干烏賊のてんぷらを肴にして話し込んでいた。伊沢は茶のあたたかくて軽そうなオーヴァーを着たまま、菊夫は海軍の士官用外套を着たままだった。金ボタンが一つとれ、もう一つは糸の先にだらりとぶら下っていた。伊沢は板壁によりかかり、菊夫は垢で汚れたカヴァーも何もかけてない、むき出しの赤い布団によりかかっていた。布団の上には、このごろ創刊されたリーダーズ・ダイジェストの日本語版が二、三冊、放り出してあった。

ポウコは、ふと不安になった。何の相談をしているのだろう？

「いまね、ハンバーグつくって上げる。これこれ、今日の戦利品！」

飯盒をもち上げて見せてから、ひょこっと顔をひっこめた。そのびっくりしたようなポウコの顔に、菊夫は何かしら険のようなもの、けわしいものの影を読みとった。無理もないのだ、そうなるべき理由がある。

「それで……」

と伊沢はポウコのまるまっちい顔が中断した話の続きを催促した。

「ですから、僕はどうしても戦争から恢復しきれないんだと思うんです。もしかしたら永久に駄目かもしれないです。むしろ恢復する必要なんか果してあるのかどうか、疑っているんです。むしろあの経験を深めていって向う側へつきぬけることの方が大切じゃないか、向う側に何があるかわかりませんけれど」

「そりゃ恢復は容易じゃないさ、僕等にしても……」

「いや、それは根本的に違うと思うんです。あなたや僕の母なんかにとっては、今度の戦争というやつは、突発事件じゃなかった、と思うのです。たとえ突発的だったとしても、それはベエトオヴェンの音楽みたいに……」一瞬菊夫はことばを切った。彼は一昨年、十九年の十二月に母や夏子やポウコなどといっしょに行った日比谷での第九シンフォニイ演奏会のときのことを思い出した。あのとき、彼は土浦航空隊から休暇で帰京していたのだ、そして夏子は派手な和服を着て来た、既に彼女は彼の妻だった。その夜、二人は新橋ホテルの母の部屋に泊り、彼女が妊娠していること、すなわち、いま夏子が引取って深田家で育ててもらっている洋子が腹にいることを告げたのであった。菊夫はぐっと頤をひき、焼酎のために艶の出た額に皺を寄せた。

「ベエトオヴェン?……」

と再び催促して伊沢はちょっと後悔した。菊夫が、伊沢にはうまく捉えきれないような苦痛に耐えていて、殆ど告白に近い話をしているのに、それを母の康子に代って、というつもりがあるにしても、催促をする自分の心根に、何か無慙で卑しいものを感じたからであった。

「ええ……。あなたがたにとっては、あの音楽みたいに、長いことかかって低音部なんかで、それこそ満洲事変以来歴史的に準備に準備をかさねた挙句、爆発し突発したものだったんでしょうけれど、僕等には、まったく余裕も準備もなにもなしで、途端に自殺用の短刀をつきつけられたようなものだったんです」

「なるほど、わかるように思いますよ」

きょうの午後、伊沢は菊夫の心のなかには、何か硬い結石のようなものがある、と感じた。では、戦争は、菊夫にとっては、戦時、という異常な〝時間〟ではなくて、それは腎臓結石などの、あの硬度の高い石のようなものなのか。それが腹のなかでごろついて、いまだに血を流させている……。

「それでいて、戦争ってものは、学生だったときも、それから海軍航空へ入ってからもそうでしたけれど、結局僕にとっては仮の生活だったんです。これが本物なんだ、これで本当に死ぬんだと何度思い定めようとしても、仮にこうやっているだけなんだ、と思う気持が消えはしないんです。病人が、いまのおれの病気は仮のものなんだ、なおったら別のおれだぞ、と思ってるようなものでしょうか。本当の生活を――、生きたい一心だったんです」

「しかし、戦争は終った……」

「ええ、それで弱っちまったんです。ハ、ハ、ハ」菊夫は弱く笑った。「それに、兵隊ってのは、士官でもそうだけれど、勇気とか決心とか云われたって結局、自分自身で何かを決定するようなものじゃないんです。命令です。そして目標とか未来とかは、本当は死のほかにはありはしない。それは目標も未来もないってことなんです、それがないことが自然になっちゃったんです。僕は何も好きこのんで――いや、そうじゃない、だから好きこのんで闇屋になりポンコツ屋になりマーケットの飲み屋の手伝いをしているんです。こんなものは、明日知れぬ仕事なんです。手当り次第に、今日闇の食料品を扱うかと思えば、明日はゴム長を扱う。鍋釜を扱う、ガソリンを扱う。ポウコだってそうなんです、あれは僕の戦争なのです、その延長なんです」

伊沢は何とかしてこの若者の結ぼれた心をほぐしてやりたかった。それで、

「延長戦か」

と口に出してみた。すると菊夫がきっとなって身を起した。が、やがて、〝矢張りわからないんだなァ〟という風に顔をそむけた。

しばらく沈黙がつづいた。

「ですから、お母さんや夏子が、すぐに家庭っていうんですか、人生っていうんですか、とにかくずっと続いているものをそのまま続けて行こうとしか考えていないらしいのが、僕にはむしろ不思議だったんです」

「しかし、君のお母さんはそうでもないようだよ。その証拠には、急に仙石原なんかへ行ってしまったじゃないか」

菊夫は顔をあげて、じっと伊沢の眼を見詰め、ずばりと云い放った。

「それは、伊沢さん、あなたのせいだと思います」

伊沢は銃剣ででも突き刺されたように思った、胸から背中へかけて熱く鋭い鉄片が突き抜け

る。菊夫はしかし、にっこりと笑っていた。眼にいささかの悪意もなかった。

「うむ……」

そのひとの息子を前にして、その息子の母を想うということは、何か心が逆立ちするような、自然と頭が重く前へ下って来るような感じであった。

菊夫は、戦後一年半近くなろうとしている今日、いまだに戦争と戦っていた。彼は、あるいは永遠にその戦いを戦いつづけてゆかねばならぬ、そこから出ることは出来ぬのかもしれない。そして伊沢は、戦争を早く片づけようとしていた。では、片づけて、そして何処へ行こうというのか。ローラのところへ、再びアメリカへか。いや、それは不可能だ。現にここに、菊夫がいる。民主化、追放などと、波頭は高い。が、菊夫をはじめとして、波の下には何百千万という、戦争について、いささかも片のついていない人々がいる。しかも、その人々のなかから、反抗の美徳を軸にして自らを組織した労働者たちが出て来ている。ゼネ・ストをやろうとしている。伊沢は、何か自分がそういう日本の現実からはぐらかされているように思う。

彼は自分を、刀の鞘(さや)のように思い做(な)すことにきめた。中身のない鞘だ。自惚れて云えば、複数の自分たちの時代という鞘のなかから、別の時代が抜けて出て行くのだ、と。では、戦後になって自分から抜けて行った重いものは何か。それこそが戦争そのものなのか。それが抜けてしまったからこそ、波頭に浮き上ってあっぷあっぷやっていられるのかもしれぬ。しかも、菊夫は、複数の菊夫たちは、理不尽に奪われ破壊された青春について、まだすっかり憤怒を爆発させ切ることが出来ないほどに、それほどに奪われ破壊されているらしい。しかも、あの戦争とこの荒廃をもたらした張本人たちは、米国をはじめとする聯合国に奪われている。

彼等の怒りは、彼等のもっとも身近な、愛といたわりをもって接すべきはらからに向って行かざるをえないらしい。それは、一応は、わからぬことはない。が、しかし——。

「僕の母やあなたがたリベラリストは、なるほど戦争に抵抗された……」

「リベラリスト?」

と思わず伊沢は聞きなおした。

「ええ、そうです」

伊沢は終戦直前に、オールド・リベラリストといわれていた大学の総長や教授たちを歴訪して和平への努力を要請してあるいたときのことを思い出す。そのときある大学総長は、和平運動に足をつっこんだ伊沢をほとんど国賊というに近いことばで罵り、社に帰って来てから伊沢は、これらのリベラリストのことをナチスをもじってナリブだ、ナショナル・リベラリストどもだと罵倒したことがあった。そのリベラリストのなかへ、菊夫によっていま彼も組み込まれている。

「なるほど……」

とうなずかざるをえなかった。

「ところが、僕たちは、そのリベラリストたちによって教えられて来た筈ですが、厭だ厭だとこそ思え、戦争というものには抵抗すべきものだとは、まったく、まったく考えもしなかったんです。あの戦争に反対し抵抗した人だって損得ずくでしたんじゃないと思うんですが、僕らが献身的にやったんだってもちろん損得じゃなかったんです」――《しかし、と菊夫の話を聞きながら伊沢は思うのだ、あのときの深田顧問官をはじめとする上層部の和平運動は、果して損得ずくでなかったと云い切れるかどうか、もし本当に損得ずくでないとしたら、国体護持なんかではなくて、ああいう戦争を起し得べき国体、国家構造の変革をこそ和平運動は追求すべきでなかったのか……。そこに初江さんなどとも結び得べき契機があった筈だ。けれど克巳等の獄外にいた人々は何をしていたか、何が出来て何が出来なかったか……。民衆にその準備がなかったということは口実にはなるまい。しかし、その民衆はどうだったか。これらのすべては結果論というものではあるだろう。がしかし、もういっぺんしかしだ、果して結果論が、それはむしろ未来論である筈であろう、論理的には……。》

菊夫は次第に声を低めていった。

「それを戦後になってから、当時の指導者に欺されていたとか何とか云うのは、少なくとも自分自身に対して誠実じゃないっていうか、とにかく自分に対して礼儀を欠いたことだろうと思うんです。だからといって、なにも僕は、あれがよい戦争だったなんと云うのじゃないんです」

「わかりますよ」

伊沢は、わかりますよ、と、菊夫のことばに承認を与えながら、実はこの若者から自分自身の気持をも説明してもらっているような気が、一方でしていた。菊夫のことばを、そっくりそのままローラに話したとしても、恐らくローラは論理的には了解するであろう。がしかし、論理の筋と構造以外のもの、その日本の底にある前後左右に錯雑した根のようなものは、到底つたわりはしない……。

菊夫の若々しい顔は、一歩しりぞいて、錯雑した根のなかに身をおき、そこで自分をととのえようとしているものの持つ、ある種の静謐と、同時にその裏側にある苛立たしさをたたえていた。「伊沢さんなんかは、汽車の中や町角で白衣の人たちが立っているのを見られると、いやな気持がなさるでしょう。けれども、僕は、もう汽車の中へも町角へも決して姿を見せなくなってしまった連中のことを、あの白衣を見ると思い出すんです」

これじゃ、いったい菊夫君はちっともぐれてなんかいないじゃないか、立派なものじゃないか、と伊沢は考えていた、もっともこの立派さ、この真剣さは、ひょっとして、導き方と世の中の雰囲気如何によっては左右両様の、もうひとつのファシズムの温床にならぬとも限らないが……。

「…………」

「僕の云うのはです、死んだ者たちの死に意義あらしめよ、なんて云い方が厭なのです、死んでしまった、戦死者、特攻隊の連中、つまりいまじゃもう過去ですわね、その過去に――なにぶん僕たちの過去は戦争一本なのですからね、その過去に信頼することが出来なくて、何といいますか、信頼するに足るものをおのおのが見つけ出すことが出来ないでいて、それでいったいどうして未来を見つけ出すというか、未来を信用することが出来るのでしょうか、と云うことなんです」

　菊夫は、ひょいと手をのばして焼酎のコップをとった。もともとあまりいけるくちではないようだったが、一杯目のコップは半分以上ものこっていた。つられて伊沢もコップに手を出した。彼の三杯目のコップはからだった。菊夫が部屋の隅の上蓋をまくりあげて、

「酎(ちゅう)一杯」

　という。

　下からうまそうな肉の匂いといっしょに、

「ハイよ、ハンバーグもいますぐよ」

　とポウコが声をかえした。

「ときに君ね」と伊沢は話題を変えた。「深田さんはどうしておいでかね。一九四五年ちゅうは、もし万一戦犯にあげられたら証人になってくれって、何度も何度もくどいほど頼まれたんだが」

「ええ、僕は夏子と去年の六月に別れて以来会っていないんですが、米軍のうけはいいらしいですよ。平和主義者だったということで」

「なるほど、なるほど。じゃ、御元気なわけだね」

「ええ、回想録を書いておいでのようです。僕の母が秘書をやめてしまったことの理由がまだ納得出来ないらしいんです。君のお母さんは君よりももっとアプレ・ゲールだよ、なんて云ってました」

「まず、酎をお先に」

といって下からポウコがコップを突き出したのを受取りながら、菊夫は、しかしおれはいま、何だかてれくさい演説をやったみたいだったが、これと同じ話を、同じほど率直に母や克巳さんや初江さんに何故云えないんだろう、何故あの人たちに向うと急に反撥したくなるんだろう、と考えていた。友人の久野誠に対してだってそうなんだ。身近な人たちに対すると、まるでおれはおれ自身が絶縁体か何かのようなものに思われて来る。愛情のこもった電流をぴんぴんはじきかえしたくなる。そして不幸になりたくて仕方がなくなる。ときには、幸福そうな米軍家屋の前をうろつく乞食にでもなってやろうかという、奇怪な気持になることさえある。

「ところで君のいまの話はよくわかった。僕からお母さんにも伝えようよ。しかし、もうひとつ聞きたいことがあるんだ」

「夏子のことでしょう」

伊沢はびっくりした。洞察力が極端に鋭敏になっている。伊沢のそれのように流砂のなかでもがいたりはしていない。

と、ポウコが湯気のたつ、うまそうなハンバーグステーキの皿三つをのせた盆をもって上って来た。彼女は梯子の下で二人の会話に耳を傾けていたのだ。上って来ると、いきなり、「それなのよ、あたしね、菊夫さんに云ってるのよ、もういっぺん夏子さんのところへお帰りなさい、帰って看護してあげなさいって、ね、このごろそう云ってるのよ」

菊夫はいささかもあわてず、一言一言区切りをつけ、落着いた声で云った。

「君は、そう云って、いる」

「なんですって、へえ、君は、そう云って、いる――、そんな返事ってないでしょう」

伊沢は、先刻から〝なるほど、なるほど〟とばかり云っているのだが、ポウコの痛走った応酬にも、

「なるほど」

と答えないわけにはいかなかった、いささかの微笑を浮べて。

「僕がなぜ重病人である夏子に、ポウコ、君とのことを話したり、おまけに離婚までしてしまったのか。瀕死の病人なんだから、死と毎日闘っているのだから、床の傍に二六時中つきそって看護し、慰め励ましてこそやるべき筈なのに、なぜあんなむごい真似をしたか、出来たか?」菊夫は自分の心に灼熱した活字で刻印された文字をでも読むような口調で、話し出した。

伊沢はその朗読口調に近い話し振りをば、ははあ、これはやっぱり海軍航空中尉だわい、と思って聞いていた。

「それを説明するのはね、僕にもむずかしいんだ、きっとね、一言云えば云った分だけ嘘をついたことになる。そしてその嘘を沢山にかさねて行けば、それだけで一つの論理の筋道のたった、他人にも納得してもらえるかもしれない、僕にもやりきれぬような構造のある、理由というか、ひとつのシステムが出来るかもしれないんだ」

「あたしはね」鹿野邦子が、弧を描いた、半円の眉をきっとつりあげた。いつもびっくりしたような、まる顔のポウコは、怒り出すと妙に顔の輪郭がゆるんでいってはれぼったく見えて来る。顔が、怒ったりなんかするのには不向きに出来ているみたいな工合であった。「あたしはそんな理由だの理窟だの、聞きたくもないわ。そんなものある筈ないんだもん」

邦子は口の端から唾液をとばした。突然菊夫は、それまで身をもたせかけていた赤い汚れた布団から背中をもぎはなした。いまとしては気色の悪いことを思い出したからであった。この女は昂奮して来ると、唾液にしろ何にしろ分泌がひどくさかんになるんだ、という……。

「いまね、伊沢さんの前ではっきり云ってあげましょか。伊沢さんだって他人じゃないんだもん、戦争中は新橋ホテルでいっしょにすごしたんだし、だいいちあんたのお母さんの、ええと、困ったな、そのさ、お母さんの愛人じゃないの。だからさ、あんたがね、特攻隊から復員して来て、そしてさ、はっきり云っちまうよ。夏子さんを抱いてよ、それでよ、何もかも忘れたかったんだろ。ところが、夏子さんは重病で抱けなかったんだ、それだけさ」

伊沢は咳払いでもしようかと思った。が、赤裸にひんむかれた筈の菊夫は、瞳孔をひらききったみたいにしてぼんやりと、むき出しの屋根裏と板壁の合するあたりを眺めていた。

「ね、伊沢さん、それだけさ。性慾よ。肉体主義だわよ。あたしとやりたかったのさ」

伊沢は何かぞッとした。口のなかでもぐもぐやっていたハンバーグステーキを吐き出したくなった。邦子の口からニクタイシュギと云われると、ぷりぷりした弾力のあるポウコの若い身体がズボンやブラウスをめりめりとひき破って出て来るような気がする。どうもこれは性慾も何もかもむき出しの時節だ、と思う。彼は、この、若い二人の対決の場から逃げ出したくなる。半分逃げ腰で、戦争中に読んだ方丈記に、京都の餓死者の数を鴨長明が数えてあるく不気味なところがあったのを思い出す。一瞬彼にはこの二人が、生気潑剌とした死骸のように思われる。いやしかし、何といってもポウコは別だろう……。だが菊夫は、伊沢の常識をもってすれば、どう考えても最後のことばとしかうけとれぬものを、邦子から投げつけられた筈だったが、相変らずぼんやりと屋根裏と板壁のあわせめのところを眺めている。つられて伊沢も眼をあげて見た。隣りの店の方から五寸釘の太いやつが、ぐさっと突き出ている。ポウコは死骸じゃない。しかし菊夫は、どうにも背中から肩に、何かの死骸、ひょっとすると、特攻隊であった彼自身の死骸をかついであるいているのかもしれない。ぐたりと重い、何にでもまつわりつく、眼に見えぬ死骸。戦争中に、若い人たちが、生きることを、無理無体に思いあきらめ、各々が親にも恋人にもかくして、孤独地獄のなかでぐいと扼殺した自分自身。何のために扼殺したのか、いまとなってみれば正気の沙汰とも思われぬ狂信的な天皇信仰者、極端な国体主義者として自分を無理にも統一し、そして戦死するために、正気の自分を、青春を殺したのだ。恐らくは彼等の〝青春〟という名のついていた筈の、この死骸を、戦後の今日、菊夫はかついでまわっている……。いちど扼殺したものを生きかえらせることは、出来ないことであるだろう。この重い重い肩の荷は、目に見えぬだけにどこかの海か河へうっちゃり、波に水の流れに流してしまうことも、出来ないことであるだろう。病気の夏子と、人生をひとつづきのものとしておだやかに暮して行く筈のものは、実は現在の菊夫ではなくて、彼の背に、冷たく、重くのしかかりおぶさりかかっている、この眼に見えぬ死骸だったのではないか……。特攻隊出の強盗や、人殺したち——彼等の強盗諸君が真に盗み出したかったものは、恐らくはひそかに、自分の手で絞め殺した自分自身の青春であり、また現在の人殺し諸君が真に殺したいものは、かつて自分の青春を扼殺した、そのときの自分自身ではなかったのか。かつての〝扼殺者〟である自分自身を、もういちど絞め殺して、そうして少年時代の、幼年時代の自分のいのちを盗み出し、そうしてひとつづきのものとしての本当の人生を生きたいという……。

まだ充分に生きてはいなかった若い人々が、天皇の名において突きつけられた殺人許可証を手にして、中国や南方に押し込んで行く以前に、あるいはそれと同時に、彼等は彼等自身の青春を殺戮したのではなかったか。もしそうとするならば、現在の彼等は、かつて絞め殺した彼等自身の、また死んでいった戦友たちの、そのおのおのの青春の、いわば遺言執行人のようなものなのか……。

特攻隊で、出撃命令をうけた日の夜も、菊夫はこんな風にぼんやり天井を眺めていたのかもしれない。そんなとき彼の眼に夏子は、恐らく中国人のいう〝天〟というに近いものとして映っていたかもしれない。が、現実の夏子は結核地獄でもがいていた。

菊夫はゆっくりと視線を下におろして来て、頤をひき、

「邦子の云った通りです。ずるい、どこかぬけぬけとしたもののある、図々しい、自分をわざと宿無しにしたがっている、牡犬みたいなものです。この牡犬を絞め殺したい」

「ははは　ッ」甲高い、尻上りな声でポウコが笑う、「牡犬とは、云ったわね。この人ったら、ね、あたしもう四回もおろしたのよ。男女同権じゃないわね、ひどいよ、女は。まあね、しかし仕方がないじゃん、負けたんじゃからね、とにかくさ、あたしは、このひととずうっといっしょに暮すことなんかないんだからさ、どうやらね、新しい恋人があるらしいんじゃ、まあいいじゃん、いのちあってのものだねじゃんか。あたし、店をしめて来るわ。今夜ね、市岡ヘンちゃんも呼んで宴会やりましょ。伊沢さん、まだいいでしょ」

鹿野邦子が立って上蓋をひきあげると、先刻から聞えていた酔っぱらいの、童謡風な合唱が菊夫と伊沢が沈黙している、その空間に、爆発するようにあふれた。《りんご可愛いや、可愛いやりんご……赤いりんごに唇よせて……》

うたは、まるで各人おのおの青春を正視するに耐えないので、戦争中のことはひと思いに飛び越して、せめて幼童の頃まででも戻りたいとでもいうような、切なく、しかも浅はかな郷愁

た。それはどんな議論をも拍子の抜けたものに変質させるていのものだった。

うしろむきになって梯子を下りてゆく際、邦子が板のところに尻をぶっつけて、くくくっとひとりで笑い、やがて上蓋をとじた。伊沢は呆れたように、半ば口をあけてポウコの大きな尻を眺めていた。

「じゃ菊夫君、君はポウコとも別れるんだね」

「ええ、このごろの僕の生活は、ポンコツ屋もそうですけれど、まるで蛇が自分のしっぽを食べているようなもので、もう厭なんです。ポンコツ屋は、壊れた自動車で壊れた自動車を修繕するんです。簡単に云いますとね、たとえばAって車の部分品A'が故障している、それでBって車から部分品A'をとって——とってと云ったって盗んでですが——Aにつける。ところがB自体はB'が駄目、だからBをなおすには第三の車Cから部分品A'、B'と二つ盗らなければならなくなる。車Cをなおすためには、DからA'、B'、C'、と少なくとも三つの部品をとらなければならないでしょう。これがだんだん進行してX、Yまで来るというと、しまいには全然故障のない車Zを、まるごと一台盗んで来なければならなくなる。これじゃ、方式としては戦争中とまるでおんなじです、精神的に……」

「うむ」

占領軍の車泥棒が流行(はや)るわけだな、と伊沢は思う。

「ポウコとのことだってそうなんです。ポウコは、僕と生活する気なんかまるでないんです。

いまの暮し方が面白くて仕方がない。生活という地味な、持続的なものをしたくなくて、それでいて暮しが面白くて仕方がないってのは、これは戦争で苦しくはあっても昂奮して暮すという、たとえば戦争中の僕なんかと同じなんです。戦後、戦後っていうけれど、僕には、やけに精神的にだけ昂奮していたみたいなあの戦争が、いまになって社会的に現実化して来ているだけだというように見えるんです。そこから僕は出たいんです」

「そこから出て、しかしどこへ行くね？」

と口に出して云ってから、伊沢は云わなければよかった、と後悔した。そんなことを訊ねる資格が自分にあるかどうか？

「ええ、はっきりはわかりません。けれど、僕には、克巳さんや初江さんのやってること、それなりに立派だと思うんです」

「ええ？　なんだって？」

この男までが共産党になるのか、やれやれ、と伊沢は思った。しかし、この当の菊夫はつい先頃まで、叔父にあたる安原克巳や初江のことを口を極めて罵っていたのではなかったか。

「僕は共産党になるなんて云ってるんじゃないんです」この人はおれの云うことをちっとも聞いていない、看板だけで物を見ている、と菊夫は思った。「克巳さんも一度転向して、いっぺん死んでる筈だと思うんです。でもいまは」

「いや、克巳君がそれほど立派かどうか」

「それも知ってます」

彼は去年の五月、安原武夫大佐が復員して来た日に、二階で初江さんと口論し、克巳の新著の扉のところに、歯の浮くような甘ったるい、風登夕子への献辞がしるしてあったことを思い出していた。また、ときどき高円寺へ帰ると、そこでくりひろげられている夫婦喧嘩が、共産主義とは何の関係もないものであったことも承知していた。彼はそこに、滑稽と云えば滑稽な、がしかし我慢して踏んでゆかねばならぬ一歩一歩の生活というもの、その我慢がたまりたまって人間のばねに転化して行く有様を看取っていた。そして克巳の、長い戦争中の我慢によればねが、いま奇妙な、曖昧な方向へはじけて行っているらしいということも承知していた。彼が克巳初江夫婦のことを云ったのは、そういう気持からであった。おれもまた、戦争中のおれ自身のあり様について、我慢に我慢をかさねていま生きているのだ、と彼は考えていた。だが、おれの我慢は、どうみてもろくな方向へ利いて行かない。ポウコ、男背広を着た風登夕子など、つまりは女とか闇とかポンコツ屋とか、そういうろくでもない方向に利くだけなのだ……。

「まあその話はよそう、おっとっと」と云って伊沢は右膝をもち上げた。コップをとり落したのだ。菊夫は、顔には出ないが伊沢さんは相当酔っているな、と思った。さっきから何度も自分で上蓋をあげては焼酎を注文していた。そして菊夫は、ほとんど飲んでいなかった。

「ま、君は大体立ち直ったらしい、しっかりやってくれよ、な」

「何が立ち直ったって？」

邦子と市岡三郎が上って来た。ありったけの、しかし海辺の漂着物のような御馳走をもって上って来た。

その夜、伊沢と市岡は前後不覚に酔いつぶれた。邦子は一時過ぎにホテルへ帰って行った。菊夫は冷然と、二人が酔ってゆく、その推移を眺めていた。そして、戦時中に和平運動をやった伊沢が、荒蓆の上にごろりと横になって火傷のあとを撫で、涙をぼろぼろこぼしながら、《ああ、あの顔で……天皇陛下万歳と……》という軍歌をうたうのを、複雑な感慨をもちながら、冷然と、眺めていた、この人は、死ぬことなんぞ考えたこともなさそうだ、かえるべき根柢がない、と考えながら。伊沢がいびきをかきはじめると、市岡三郎が、

「おれは、黙っていられねえんだ……」

と謎のような前置きをして、背を弓なりに曲げ、瞼のとばりを深くおろして涎を垂れ流しながら、大陸で中国の俘虜を撲殺したときのことを語り出し、

「おれはもうじき死ぬんだ」

と云った。

その市岡もが眠ってしまうと、菊夫は階下へおり、引き戸をあけて外へ出て長くかかって嘔吐した。

迷路の、ぬかるみの細道は凍てついていた。

放っておけば（しかし誰がとめられよう）、市岡は死ぬだろう。死から蘇えるためにも人は

死なねばならぬとは何と奇妙なことだろう。菊夫も邦子もポンコツ屋の仲間たちも、誰一人市岡の身許を知らない。その誰もが、市岡は、やって来たときと同じようにある日忽然といなくなるだろう、と暗黙のうちに、感じていた。市岡の死は、既に彼のうち側に居据わって近寄る人々に対して電波にも似たものを放っていた。

夜空には、硬い透明な石が、いくつもいくつも青白く光っていた。

彼は夏子のことを考え、洋子のことを考えた。あのとき、深田のお爺さんが『お前は人殺しだ』と云った……。彼はまた、いまの自分よりは星々に近い筈の、箱根の山にいる母の康子のことを考えた。母もいつかは死ぬだろう……。彼が無慙に捨て去った夏子は、遠からず死ぬだろう。彼は、自分があたかも殺人者ででもあるかのように、人の死を悼む気持がほとんどないらしいということを確認した。

けれども、

『どんなことが起っても失望するな』

という叫びを、いけ図々しいという内心の囁きなしに、どこへどうして置き、それを崩れないものに建てて行くことが出来るか。宗教ならば、それを愛によって、というだろう。初江さんならば、団結によって、というだろう。母は？　そしておれは何によって、何にすがって？

迷路の端れまで歩いて出てみた。夜の女たちが、焚火を囲んでいた。火も、女の群れも、よろけて歩く酔っぱらいも、彼の眼には凍りついているように思われた。

彼は、う、う、と呻きながら歩いていた。昭和二十二年一月、いまは誰にとっても徹底的な時なのだ。菊夫が再び二階へ戻ったとき、ＭＰをまじえた警官隊がこの一劃を包囲しかかっていた。

第四章

前の晩に、夏子と話し込んで夜更しをした康子が、ローラからの電話で起されたのは、午前七時頃であった。ローラは、昂奮したらしい声で、はじめは日本語で、ついで英語にかえって、伊沢と菊夫が、しばらくしてからは邦子もが米軍の自動車泥棒の嫌疑で逮捕された、仙石原ホテルへ電話をかけたら、宮の下のフジ・ホテルへ下りているといい、フジ・ホテルへかけたら国府津の深田邸へ夏子を見舞に行っているというから、そっちへかけなおしたのだ、と云った。

「伊沢さんも？　自動車泥棒ですって？」

と、愕いた康子が英語で訊きなおした。事を英語になおして云った方が、気が落着くと思ったからだった。

「イエス、だけど伊沢サンは菊夫と邦子のところへ酔ってとまっていただけで、その誤解はすぐとけたから何でもなかったけれど……」

菊夫はどうしても釈放してくれない、というのであった。既に釈放された伊沢は、菊夫の心に、これまでにもまして傷がつくことを怖れて、早朝、誤解がとけるとすぐにローラに電話をかけて、菊夫が石射康子の息子であることを説明し、ブレンナー少将か井田一作の影響（インフルエンス）を行使してほしい旨、頼んだのであった。放っておくと、MPの方へ、米軍の軍事法廷へもってゆかれ、沖縄で三年間の重労働ということになりかねない、とにかく菊夫はポンコツ屋をやっているにはいるけれども、米軍の自動車を盗むことにかかわったことは絶対にない、と云い切っている、自動車泥棒団は別にいる、別働隊ということになっているらしい……。

ローラも、いくらか落着いたのか日本語に戻って、

「わたし、云いにくいことでしたけれど、ゼネラル・ブレンナーがいま起きて来ましたから、そのこと、話しました。そしたら、井田さんは命令で田舎へ行っていて、今日の九時過ぎにはここへ帰って来る、と云いました。ですから、井田さんが帰って来ましたら、わたしもいっしょにポリスのヘッドクォーターへ行ってさしあげましょうと思っています。あなたもおいでなさい。ゼネラル・ブレンナーは、MPのヘッドクォーターへ電話して、日本側のポリスにまかせろ、と云いました。……今夜、箱根へはわたしがお送りします」

康子はいそいで準備をして深田邸をとび出した。出際に、夏子の寝ている離屋へ行ってみた。外から雨戸をあけると、

「だぁれ？」

という弱い声がして、つづいてはげしく咳き込んだ。

「あのね……」とは云ったものの、少しためらった。が、仕方がない、と思い定めて、「菊夫

が自動車泥棒で警視庁へつかまったというの、信じられないことだけれど」

「それで、お義母さま、東京へおいでになるの？」

「ええ」

「仕方がないわね、菊夫さん、気が狂っている」

そうだ、落ちるところまで落ちたのだ、警視庁の、冷たいコンクリートの床に足の裏をつけてみたら、わかることもあるだろう、と思われた。

咳にさえぎられながら、静脈の透けて見える青白い額に皺をよせて、夏子はとぎれとぎれに云った。

「ゆうべもお話ししましたようにね、いま、わたしはちっとも菊夫さんを恨んでなんかいないし、邦子さんも悪いなんて、思っていないの。菊夫さんは、素直な、いい人なんだけど、特攻隊へ行って、ちょうど手拭をしぼったみたいに、なにかを、しぼり出さされて、自分でもねじまげて、その捩りが、もどらなくなっちゃったの。わたしが元気だったらよかったのだけれど。みんな、仕方がなかったのよ。嘆いても嘆いてもね、かえらないほどの、それほどひどいことってものは、そのなかに慰めがね、やっぱり用意してあるものよ。わたしには、わかっているの……。そんな風にね、菊夫さんに云っといて、ね」

「ええ」

「戦争なのよ、戦争があったのよ。大東亜戦争って、数えてみれば、たった三年半のことなんだけれど……」

床のなかから、細い手を出して来て、白い、骨だけのような指で顔を蔽って、夏子は咳きあげた。

咳いていないときの、安静にしているときの夏子は、康子に蜾蠃少女（すがるおとめ）という古語を想い出させた。それは似我蜂（じがばち）のように腰細くなよなよした少女という意であった。戦後、康子はどういうわけかと自分でもあやしみながらも、本といえば日本の古い書物しか読まなくなっていた。

少女は、しかし、咳きながらも、眼だけは異様に光らせていた。

「戦争があったのよ、ね。わたしが死ぬまでに、もういっぺん菊夫さんに会いたいって、そう云っといて下さい、ね。菊夫さんが泥棒だなんて」

「ええ……、じゃ行って来ますよ」

街道へ出たところで、朝の散歩に海辺へ出ていた深田老人とばったり出会った。老人は太いステッキをもち、黒いもんぺをはいていた。

「おや、もう?」

「はい、ちょっと東京へ参ります」

「東京へ? 今夜のことは、忘れていないでしょうね」

「はあ?」

と聞きなおして、康子ははっとした。そして、と返事をしなおした。そうだ、今日は一月三十一日だったのだ。

「では、今晩、箱根でまた」

と云って、老人は前後を見定めてからすたすたと東海道の通りを横断して行った。箱根や熱海から帰る米軍の高級車が後から後から傍若無人な高速度で東京へむけて疾走していた。

一月三十一日、今晩箱根宮の下のフジ・ホテルへ深田元枢密顧問官ほか三人ほどの、もとの高位の軍人や宮中に近い重臣が、米国の戦犯裁判の検事の役にある人とブレンナー少将の二人に招かれていて、康子が深田老人とローラの推薦で通訳として出席することになっていた。

そのことを、康子はきれいさっぱりと忘れていたのである。いま先刻(さつき)、ローラが電話をかけて来たときにさえ、思い出さなかった。

それを忘れていたということ——戦犯裁判の検事が、深田顧問官ほか当然戦争責任の一端をになうべき日本側の元高官を招待するということは、政治的には恐らく大きな意味をもつであろうとは、ローラや深田老人に告げられなくても、康子にもわかっていたのだが、そのことを忘れていたということは、康子のいまの関心するものが那辺(どこ)にあって、那辺にないかを物語っていた。

老人は通りを横切って、両側に蜜柑の木の植わった石段を上っていった。そのしゃんとした背中を、康子はうとましいものを見るような気持でしばらく眺めていた。明治以来の日本を、ここまですがれ果てるまでにもって来て、しかもいま米人の高官との会合を、子供のように喜び、待ちこがれている……。昨夜、深田老人は、戦前に宮様をまじえてグルー米国大使と歓談したときの日録をもち出し、今夜のための話題の用意をしていた。

国府津駅について、康子は何か凄然たるものを肌に感じた。駅の内外には、新聞紙に黒や赤の墨をぶっつけたようなビラが無数にはりつけてあった。ホームに上って眺めると、向う側の機関区事務所の屋根には赤旗が掲げられ、大きなスローガンがはり出してあり、黒い帽子の上に鉢巻をした人や、腕章をつけた駅員などがいそがしげに出入りしていた。

そうだ、明日から、今夜の夜半零時からゼネ・ストに入るのだ……。

駅の、ずっと先の方で、三十人ほどの、和服にもんぺ姿の女も七、八人まじえた一隊の若者たちが二列横隊に並び、軍隊風に番号をかけていた。兵隊服を着たのもいれば、鉄道の制服を着たのもいる。恐らく、この若者たちも明日のゼネ・ストに何か関係のある人々なのであろう。五分ほどして入って来た満員列車は、その腹に、白い大きな紙をぴったりと糊づけにされ、康子のぶらさがった箱には打・倒・という巨大な文字がしるしてあった。この列車はどこから仕立てられて来たのか康子は知らなかったが、込みようからいって近距離の通勤列車ではないらしかった。日本の、遠い遠いところから、列車は激烈な文字を腹に掲げて、日本の町や村を貫いて走って来たのだ。

そうだ、ゼネ・ストだ、と康子は思った。そしてふと、もしこれが戦時中であってくれたなら、というものが、ちらりと頭を掠めていった。もしこのゼネ・ストが、現在の占領中の日本ではなくて、戦時中のことであってくれたら、一時に労働者や指導者の血が夥しく流れたであろうけれども、戦争はその時に中止されたであろうに……。全国の鉄道が止まり、電話電信が止まれば、その時に戦争は存在しなくなるのだ。電話のことをふと考えると、いまさっきの電話のことが再び頭に浮び上った。伊沢自身が電話をかけないで、ローラがかけて来たというのは、もう一部ゼネ・ストに入っていて、全逓の組合が電話を切ってしまったか、電話管理に入っているから、米軍関係でないと通じないせいだろうか。いや、いやそんなことはあるまい、もしそうだとすれば、列車も来る筈がなく、ホームでさっき飲んだ水、水道さえもがとまる筈ではないか！　彼女は朝御飯を食べないでとび出して来たことを思い出した。お腹が空いていた。新橋か東京駅で、浮浪者から外食券の闇買いをして雑炊を食べるにしても、十一時半までは外食券食堂もしまっている。ゼネ・ストだとすれば外食券食堂は……？　不意に彼女は、先刻の東海道、米軍の車ばかりが高速度で疾走していった、あの光景を思い出した。国民生活の機能が、一時に停止し、走ったり動いたりするものは米軍のそれだけになり、そして生活を停止した人々が街頭に出る……。

この空想は康子に、かつて北イタリーで、またパリーで見た公共事業をはじめとするゼネラル・ストライキのときのことを思い出させた。警官隊や軍隊との、激しい街頭の闘いを思い出させた。部分的には、ストライキに入った組織労働者に対して未組織の労働者が喧嘩を吹っかけるということもあった。が、ストライキをやっている労働者と、街に出た人々とのあいだには、不自然に歪んだ、しかも冷たいような、ぎごちないものは感じられなかった。熱狂的ではないにしても、静かな連帯意識のようなものが、底の方で、互に通いあっていると思われた。けれども、いまここではどうか。康子は、人々の身の隙をみつけては、デッキから車内へと少しずつにじり込んでいった。乗りあわせている鉄道員のあるものは、ストはどうかね、と問われて、妙に怒ったような、ぎくしゃくした答えしかしない。

「おめえら官公吏がストをかけてさ、それで国民生活をどうすっだかよ」

外からでも明らかに藷を入れたと見て誤りのない大きな袋の上に腰を下ろした担ぎ屋が云った。と、三十前ほどの年恰好の鉄道員が、

「ストをぶたねえでどうして食える。六百円でどうして食える。おめえら闇屋はな、新円の枠の外か知らんが、おれたちゃその枠の外へ出られねえんだ」

「なに云やがる、おれだけが闇屋かよ、おめえら鉄道員だって、うちへ帰れゃ百姓じゃねえか、そんで、汽車つかって大闇をやってやがるぞ、おら、ちゃんと知っとっぞ」

云い合いは次第に熱していった。けれども、底の方には、何か冷たいもの、それがどんなものであれ、これまで戦時中から通しての日本になかったような、新しく異常なものに対しては強く反撥するような心理が、どろりと、しかし時あらばという姿勢で身構えている。

康子は立ったまま眼をつぶった。彼女自身にしても、信じがたい気持がのこっていたのだ。

その根本は、何故戦争中に日本から戦争を叩き出すために起ってくれなかったのか、今頃になって……という気持と、もう一つは戦中戦後を通じて、あの横柄で無礼だった官公吏を中心としたこのゼネ・ストが、本当に日本に一大変革をもたらすとすれば、この後はいったいどんなことになるのかという、そういう不安を消すことが出来ない点にあった。

ガラスのない窓からは、冷たい風が遠慮会釈なく吹き込み、窓際に席を占めて寒風をまともにうけている老婆は、防空頭巾に青黒い顔を包み、暗く眼を伏せていた。沿線の松並木は、すがれた日本を象徴するかのように、数えてみると五本や六本ではなく、十何本もあかく枯れ死んでいた。

平塚を過ぎた頃、五、六人の鉄道員らしい若い人たちが乗り込んで来て、

「皆さん、三人掛けをいたしましょう」

と声をかけ、次から次へと整理していった。重い荷物は網棚へ上げてくれた。この青年たちは、先刻国府津駅で番号をかけて整列していた人たちであった。と、なかに一人、着物にモンペ姿の、十八、九の少女が甲高い声で、

「皆さま！」

と呼びかけた。

「皆さま。日本は、豊葦原瑞穂ノ国といわれているほどお米のたくさんとれる国の筈でしたが、このごろは米どころか諸も食べられません。どうしてでしょうか。わたしたち日本の労働者は、

食糧その他の物資を、現在の無能で反動的な政府の管理にまかせておくことが出来ません。この政府を倒すために、二月一日、今日の夜なかの十二時を期してゼネ・ストに突入いたします」

康子は眼をつぶって聞いていた。心臓がどきどきして来た。この少女の声が、こんな若い声が、あんなことを云う！　少女の演説が終ったとき、康子は眼をひらいた。そして、一隊の若者たちが、なおも三人掛けをさせ荷物を棚にあげたりして近くまで来たとき、ふと思いついて彼女はいま演説をした少女の袖をひっぱってみた。

「御苦労さまです。あなたも、鉄道の方のかたなの？」

「いえ、そうじゃないんです」と、モンペに男物の破れた地下足袋をはいた少女がぽっと赤くなって答えた。「わたし、埼玉の方のね、東洋時計の上尾工場から来てるんです。このゼネ・ストを闘わないとね、もう賃金じゃ食べて行けないんです。一時、汽車も電車も工場もとめてね、そしてわたしたちの手で生産を管理して行くという風にしないと、とてももう生きて行けないんです。だからね、汽車も何も止めるの、小母さん、わかってね。無茶しようなんていうんじゃないのよ。日本ぶっ壊そうなんていうんじゃないのよ……」

お下げの髪を二つに分けた少女の声は、しまいの方は泣き声になっていた。恐らく、途中でまぜっかえしたり、半畳を入れたりすることなしに、眼をじっと見詰めて聞いてくれる、中年以上のひとに出会うことなどは稀なのか、と思われた。

「ね、泣いたりしないで、しっかりやってね」

と励ますと、少女は却って声まで出して泣き出しそうにし、そのまま顔をそむけて次の車へいそいで行った。

康子には、もう一つ聞きたいことがあった。本当に、断固として列車を止めるのか？　と。けれども、鉄道員だけではなくて、東洋時計の上尾工場などという、康子の聞いたこともないところの労働者までが参加して来ていることに、彼女はこのゼネ・スト計画の底の深さを感じさせられた。康子は、過ぐる十二月十二日に、ストライキ中の労働者がＭＰと警官隊と暴力団の三者連合した暴力によって虐殺されたという、アゲオ・ケースとして知られている、日本労働史上はじめての事件が起っていたことを知らなかった。

ところで、実は彼女自身もまたホテルの組合員だったのだ。新橋ホテル、箱根宮の下のフジ・ホテル、仙石原ゴルフ・リンクにあるクラブ・ハウスの三つの接収されたホテルは、新橋ホテル株式会社経営のチェイン・ホテルになっていたので、この三つは聯合して一つの組合をつくっていた。が、康子が驚いたことには、その組合員には部長や課長、係長などの役付きまでが含まれていて、委員長には次の異動では重役に昇格するだろうという噂のある人がなっていた。フジ・ホテルで結成大会があったとき、仙石原から出かけて行った康子は、部課長も入るという、そんな組合なんてあるものじゃない、と反対したけれども、

「とにかく、そういうことになっとるんだ！」

という、わけのわからぬことで無理無体に納得させられたことがあった。彼女は、反対をしたとき、かつて亡夫とローマやパリーでホテル住いをしていた際にストライキがあった、そのときのことを説明した。西洋では、組合というものは、会社単位で組織するものではなくて、会社の外で横断的に職種別に組織されるものなのだ、会社のなかに組合があるのではなくて、会社の外に、たとえばウェイトレスならウェイトレスで、全ホテル、全料理店のウェイトレスが横断的に団結し、コックはコックで、ホテル外で団結する、そういう筈のものだ、会社内で、上から下まで一括して入るのなら、それじゃ労働組合ではなくて従業員の親睦会みたいなものだ、と云ってみても、誰も理解しなかった。会社の外で（ということは社会のなかで、ということだ）団結して会社に対立するのが組合だ、と云ってみても、誰もが、ポカンとしているだけだった。また名前にしても、新橋ホテル従業員組合となるべき筈のものではなくて、全日本の、全ホテル、全料理店の、ウェイトレスの組合、コック組合、ボイラーマンの組合という風になるべきものだ、と云ってみはしたものの、コックたちは闇料理屋のコックといっしょになるなんて厭なこった、おれたちは進駐軍ホテルのコックなんだからな、と云い、

「とにかく、やっぱり、会社は会社でかたまった方がいいわさ。国鉄だって駅長や助役も組合に入っているし、学校だって校長も教頭も入ってるわさ」

といって押し切られた。

それにちがいはなかったのだ、いち早く全国組織をつくり上げた海員組合の委員長は、三井

汽船の重役、社長をつとめた男であった。

そういう従業員組合に入って、康子は何かしら軍隊に入ったような気がしたことだった。心を落ちつかせるために、康子は手提袋のなかから文庫本の歎異鈔をとり出して読みはじめた。

が、しかし、列車が横浜駅を過ぎて京浜の、焼野原に、ぽつんぽつんと残っている工場の、ガラスのない窓からつき出されている数々の赤旗を見ると、自動車泥棒の嫌疑でつかまって、ローラや、またあのいとわしい井田一作の世話になりそうになっている菊夫のことが、ひとしお情けなくなっていった。彼女は、きっぱりと心をきめていた。たとえローラの世話にはなっても、断じて井田一作の手はわずらわせまい、と。夏子のために井田一作がただで呉れるというペニシリンさえ、かたくなに断って来たのだ、いまさらなにを、あの冷血動物か猛禽類のような、小さい眼をした井田一作に……。

井田一作は、一月二十日に、ブレンナー少将の直接命令で東京を出発して、ほとんど全関東及び信州の、リストにのっている人物中の主な者の動静をしらべ上げた。リストは、云うまでもなく、戦前戦時中から特高が苦心してつくりあげたものによっていた。ブレンナー機関からの証明書を出すと、各地の軍政部がジープを出してくれたので助かった。そして二十六日に、彼は安原克巳が茨城県の水戸へ来ているということを聞きつけ、川口から急行した。そこでねばりにねばって、三十日の夜、ついに彼は狙っていたものを入手した。

それは、仙花紙にガリ版で刷った一片の紙切れであった。

午前八時、井田一作をのせたジープはゆるい勾配の砂利を嚙んでいた。彼はほとんど一睡もしていなかった。何故なら、水戸から高速度でとばして来たので、居眠りをすればジープから振り落されたであろうから。彼は妙に昂奮していた。そして眉をしかめていた。ジープで存分にゆすぶられ、痔が切れて出血していることがわかっていたからである。尻の下がベトつくのだ。鹿鳴館風なブレンナー機関の玄関前にとまると、井田一作は、玉乗りでもしているような、おかしな足さばきでよろよろと階段を上って行き、直接三階のブレンナー少将の部屋へ行き、副官の一人に紙切れを渡した。

赤茶けた髪の毛が、額の半ば以上を占領している、額のせまい背の高い副官は、にっと笑って受取り、たどたどしい口調で読みはじめた。

「エート、ファースト、イチ、県共闘は、ケンキョウトウは何?」

「ストライキです」

「ハン? よろしい。県共闘は、二・一ストライキ後、交通、運輸……ウンユとは何? ハン? ウンユと交通は同じです?」

「運輸は……貨物です」

「カモツ? ハン? 交通、運輸、通信が杜絶するとともに、吉田政府は打倒され、県の行政機能はマヒしてしまうと判断する……、マヒは何？」

「マヒは、ええと、しびれる、です」

「アア、ソウ。2、従って県共闘は、県政についての責任を自ら引受けざるをえなくなるし、又引受けることに決定する」狭い額に深い皺が刻み込まれた。「3、県共闘は、この未経験の難しい課題を担当するのであるから、全官公庁共闘の指令の有無にかかわらず、二月二日にはストライキ体制を一時休止して、平常業務へ復帰指令を出す。これはストライキ闘争を中止することではなく、以下の任務を果すためである……」


副官は、つと電話をとってブレンナー少将を呼び出し、すぐ来てほしい、と伝えた。井田一作は立っているのが辛くてならなかった。せめて脱脂綿でも手に入れて尻へあてなければ、下手すると血が股引（ももひき）を通してズボンにまで浸み出て来るかもしれない。痔の奴めが梅の花のように充血して肛門の外側へ盛り上って来ているのがまざまざと感じられた。アメリカにはペニシリンのような痔の特効薬がきっとあるだろうに。そうだ、ローラさんにそっと話して脱脂綿をもらおう……、それとも、脱脂綿だなどというと失礼にあたるかな？

「4、即ち、国鉄は進駐軍関係輸送と、食糧輸送を行う。日通も同じ――ニッツウは何？」

「ニッツウってマルツウ、のことで、ええと、貨物運送会社」

「アア、ソウ。全逓は通信により、無用の混乱を防止し、ストライキ後の革命的……」そこで副官ははたと読むのをやめた。再び電話をとってローラを呼び出した。ローラは、この広大な邸の日本家屋の方に住んでいたが、どこかと電話中であった。副官は交換手にすぐにこの部屋へ来るように伝えろ、と命令した。「エート、ストライキ後の革命的秩序の維持をはかる。教員は、各家庭に対する工作を行う。県職組、全農林は、食糧配給を担当する。電産は、停電を実施せず、又他労組とともに県庁に乗込み、県の行政に参加する。県共闘は、県知事を無視して、県の行政を直接担当する……。サアテ……。ローラさんが来たら、すぐ翻訳します。あなたは、呼ぶまで向うで休みます」

「ちょっと申上げておきますがね、これは、共産党からの指令でも、また産別の本部からの指令でもないらしいんですがね」

「そんなことはどうでもヨイです。とにかく、司令部の経済科学局も労働課も、こんなに強い、革命の準備あるとは知りません」

要するに、井田一作の入手したこの文書は、司令部内の派閥闘争に利用されることになったのだ。

「あなた、向うで休みます」

井田一作は、それで安心した、二重に。これで少し横になれる。脱脂綿がなければ、塵紙ででもおさえておけばいい。それに、とにかく、この副官ではなくて、ローラさんが翻訳するのならば安心だ。額の狭い副官は、近頃、ある内閣の総辞職声明文を訳すについて、〝闕下に骸骨を乞う〟というくだりを、文字通り、門の下に骨を乞う（ベッグ・ザ・スケルトン・アンダー・ザ・ゲート）、と直訳して大いに名をあげた経験ている書類のごったかえしている部屋の持ち主であった。

ズキンズキンと刺すように痛みの来る尻に手をあてて井田一作は書類のごったかえしている自室へ戻っていった。部屋の片隅には、三人の通信隊の兵隊がもう来ていて、書類を写真にとっていた。この複写設備を見たとき、井田一作は一驚した。負けたのも無理はない、と思った。ずんぐりとした大砲の弾丸のようなものを上に据えつけ、その下に書類を置いて、足で踏み板のようなものをガッチャンと踏む、手で頁をまくる。それだけで写真がとれて行くのだ。三台でもって一週間のうちに、既にあらかた、約八万枚の撮影を終了していた。このネガは、直ちにワシントンへ送り、そこで写真にして陸軍省の日本語学校で翻訳をさせる。機密書類だから、日本人には訳させないということであった。

しばらく横になって休んでから、井田一作は便所へ行った。この便所は、日本でいちばん早く出来た水洗便所だということであった。白い琺瑯はいささか黝ずみ、便所にしては何となく品のいい感じを与えるその古さが、この邸の年輪を感じさせた。便器は悉くフランス・パリー製であった。いつもこの便所に入るごとに、彼はにっこりと人のいい笑いを洩らさずにいられなかったのだ。便器に対して、お姫様でなくて、むくつけきこのオレさまで恐縮だね、というように思うのだったが、しかし今朝は冗談ではなかった。ふんどしも、軍隊の股引も、ともに鮮血淋漓であった。

部屋へもどって井田一作はぎょっとした。久野誠が何か書類を手にして兵隊と英語で話しているのだ。この青年は、石射菊夫の学友であり、菊夫の叔父にあたる安原克巳の家へ戦時中に出入りし、一度検挙されたことがあった。そのとき、井田一作は、つくづくここは、このブレンナー機関は化物屋敷だ、と思ったことだった。おれのような特高出の男もいれば、左翼の学生だった奴までがいる！　彼はまた、久野誠と、安原克巳の秘書をしている風登夕子という若い女との二人が、銀座裏の中華料理屋から出て来るのを見かけたことも思い出した。ここでいったい奴は何をしているのだろう、と疑う以前に、井田一作は、戦時中に自分の手で検挙し、苛めつけた左翼の連中に出会うと、何となく怖いような気持になる自分をかえりみた。おれは米軍の機関にいるのだ、ここの機関は共産党には反対だと聞いている、だから……と考えてみても現に久野誠がいるではないか。彼は足の裏がむずがゆくなって来る。新しい権威権力に、彼はまだ十分になじんでいなかった。その真の意図もつかめてはいなかった。

久野誠は、康子と伊沢、それにある大学教授の推薦でローラの助手をしていたのである。彼は二世が〝大人気ない〟ということばを、文字通りに〝人気がない〟などと訳すのを正す仕事をしていた。それは、直接には戦犯裁判に使う書類の翻訳であった。彼は日本家屋の方にいたので、同じ邸の構内とはいえ、井田一作とは無関係だったのだが、早くから井田一作の姿を見掛け、彼が何をしているかをローラの口から聞いていた。

兵隊との用談を了えた久野誠は、青白い面長な顔に、異様な微笑を浮べてしばらく井田一作の眼をまともに見詰め、やがてぷいと出て行った。顔色の青いのに比べて、妙に赤い唇が、口辺がひくひくと痙攣していたのが井田一作の脳にくっきりと刻み込まれた。いまは権力の筋道がはっきりしないから、妙な笑いを笑わせておくが、いまにきっと、もういちど手前らをひっくくってやるぞ、と、ほとんど無意識で井田一作は考えていた。そういうことを、たとえほんの一瞬にしても考えたのは、戦後はじめてのことだった。

久野誠といれちがいに、先刻の紙片の翻訳を了えたローラが入って来た。

ローラは彼を廊下へ連れ出して伊沢からの電話の件をくわしく話した。彼はにやにや笑いながら聞き、これでこのアメさんの女もおれにひとつ負い目が出来たわけだ、と考えた。彼はつねにそういう風にものを考えた。ローラはまた、ブレンナー少将が『公職追放の委員をしている伊沢が、泥酔して闇マーケットの二階で眠っていたりしたのでは委員として不適格じゃないか、いっそこの機関へ引取ろうか』と云った、とも話した。彼女の黒い眼は輝いていた。それを聞きローラの眼を見ながら、井田一作は、アメさんというものは単純で正直なもんだナ、と思い、また、なんだ、インテリさんはみんなアメリカ方か、ここへみんな集まるのかいナ！とも考えた。そう云えば、ある日の夕刻、安原克巳らしい鳥打帽をかぶった男の姿を見たこともある……。

白い純粋なパン、卵とベーコン、コーヒーなどの、豪奢な朝食をすましてから、井田一作は肛門につめこんだトイレット・ペーパーのことを気にしながら、妙な恰好で階段を下り、ローラの運転するジープに乗り込んだ。腹がふくれると、彼は猛烈に眠くなって来た。

一月三十一日朝九時。安原克巳は前夜二時間ほどしか眠っていなかった。その前夜だけではなく、ここ数日来、ろくすっぽ床に入ったこともなかったのだ。党本部の椅子を並べて横になったり、彼がいま電話で起された、銀座の焼ビルに構えた雑誌社、民衆社の破れソファで寝たりしていた。こんなことでは、獄中で患った肋膜が再発しやしないか、と気になった。

ひとつ伸びをしてから彼を呼び立てる電話を、撲りつけるようにしてつかんだ。電話線は板をうちつけた窓に穴をあけて、窓からじかに部屋へ引き込んであった。ドアーのところには、風登夕子の青い顔がのぞいていた。緊張している。

「克巳君か?」

「うん?」

「伊沢だ、伊沢信彦だ」

「スト情報ならお断りだ。おれは一分後にはもう出るんだ」

「そうじゃないんだ、少々まずいことが起ったんだ。菊夫君が逮捕された。軍事裁判の方へ移管されそうなんだ。アメ公の自動車を盗んだっていうんだ」

「何? で、もうMPのところか?」

「そうじゃない、まだ警視庁なんだ。君、ちょっと出てみてくれないか、君は……」

「共産党だから警視庁で顔が利くというのか、冗談じゃない」

しかし、と克巳は考える。昨日からゼネ・スト決行となったら警視庁は共闘首脳部を全員検挙するという情報が頻々と入る、よし、これを機会に乗り込んで探ってみよう……。

「君の姉さんには、おれの女房から連絡をたのんだ」

あいつの女房というのは、そうだ、このあいだ呼び出されて行って開戦前のスパイ事件について調べられたとき、通訳をした、何とかいうアメ公の女だったな、首に、鉛色の、妙な木の勾玉（まがたま）みたいな飾りをぶら下げていた……。

「そうか。よし、十時に行ってみる、但し、うまくゆくかどうかわからんし、十五分ほどしか時間がないぞ」

「とにかく……。それで、ストはどうだ？　昨日、経済科学局長の中止勧告を蹴ったそうだが」

「莫迦野郎、そんなこと云えるか！」

受話器を叩きつけるようにして置いた克巳は、畜生、あの特攻隊め、とんだ真似をしやがる、と呟きながら、

「風登君！」

と呼んだ。

風登夕子は、電熱器で飯盒にたいたおかゆをもって入って来た。男のように短く刈った首筋が何か心細いものを感じさせた。石鹼がないために、放っておくと虱がわくので短く刈ってい

るのだ。

早速箸をとって飯盒に鼻をつっこみ、

「十時に警視庁、いっしょに行ってくれたまえ」

初江は弁当をつくっていた。

今日のこの決定的な日に、せめて、かたい、御飯だけの御飯をたいて克巳にもっていってやりたかった。が、それは出来ない。主食の欠配は既に十五日を越えていた。彼女にとっても克巳にとっても、また子供たちにとっても、今日一日だけが日ではないのだ。明日は、明後日は、なおさらたいへんな筈だった。米粒よりも角切りの大根と南瓜の方が多い御飯を、ただ御飯だけを、御菜など一切なしで七つになる立人と四つの民子に食べさせた。自分は、子供たちの食べたのこりに水をさし、あらためて火にかけておかゆにして食べるのである。

留守番をしてくれる近所の細胞のおかみさんがやって来た。子供たちの傍へべったりと坐り込み、二人の茶碗のなかをのぞいてから、あなた、まだいたの？　と問いかけるような眼で、

「どう……？」

と訊ねた。

しばらく、何かを我慢するように黙っていてから、ようやくのことで、

「……ええ」

と初江は応じた。

「行ってみなければわからないの？」

「……そう……」

初江は、自信にみちた返事をすることが、どうしても出来なかったのだ。彼女の心は不安におののいていた。いったいどうなるのか？　こんなことで！

うつむいたまま、歯で舌を嚙みつけて、初江は解放以来のことを瞬時に振りかえってみていた。

敗戦の年の暮近く、党本部が活動をはじめたとき、そこで、夫の活動を笠にきたり、自分が非転向者であったことを振りまわしたりすることは一切慎み、郵便物の発送を手伝う、小さな仕事を与えられたのだったが、彼女は驚いたことがあった。

指導者たちが老人に近い年齢であったことに不思議はなかったが、以前に、実際に運動をやったことのある人々は、すべて、昭和二十年現在で三十五、六歳以上で、事務や走り使い（レポ）などをしてくれる若い人たちは、それこそ本当に若い、十九、二十から二十一、二の、運動というものの本当の苦しさ辛さ、そしてそれが同志たち自体のなかででも、顔を逆撫でされるような痛苦をさえ、ときに伴うものだということをまったく知らない、若い人たちであったのだ。革命運動の、——もし怖ろしさということばを使うことが許されるとするならば——その怖ろしさは、敵から来る弾圧よりも、実にそれは内部分裂や、分派闘争にある筈なのだ。それは敵につけ入るすきを与え、スパイを導き入れもする。そういうことを深く心得た人があまりに少なく、処女のような人ばかりが目に立つのだ。

三十五、六歳から二十四、五歳までの、肝腎かなめのこの十年間の、中堅というべき人々が、ごそっと抜けていた。はっきりした断層が、そこにあった。そのことに気付いたとき、初江は、つくづく戦争が在ったのだ、と感じた。

同じことは、党関係のある劇団へ行ったとき、古くから舞台に立っていた男の俳優が、

「適当な女優さんがいないんで困るなぁ」

とこぼしたときにも感じさせられたことだった。十九、二十の研究生たちは、まったく訓練をうけていなかった、精神的にも、技術的にも。しかも彼等の精神には、自由な訓練をうけつけないような、初江には何かわかりにくいものが内在していた。

そこに一つの亀裂があった。それはぎょっとするような事実であった。

それからもう一つ、それこそがきょうの彼女をもっとも不安にさせるものだったのだが、全政策、全闘争方針に、いつもなにがしかの疑問がつきまとうことだった。しかも同時にそれが、夫である克巳に対する疑問でもあったことは、彼女の口を封じてしまった。

夫の克巳をはじめとして、人々がいっせいに口を開き、あれもこれも思う存分を、われもわれも語り出したとき、初江は次第に口数の少ない女になっていったのだ。

二十一年の一月に、野坂参三が帰国した。党本部で、この睡たげな顔をした紳士の語る静か

なことばを聞いて、初江は感動した。はじめからしまいまで、ごぶごぶと涙ばかりが流れ出て、野坂氏が統一戦線と人民戦線及び民族戦線などのちがいを語り、これからとるべきものは民主戦線だ、と説明したときにも、初江には、外へ出てから、どれとどれがどうちがうのだったかわからないほどだったのだ。けれども、二十六日に歓迎国民大会が日比谷で催されたとき、野坂参三とは関係なく、そこで手渡されたチラシの一枚が、彼女にこんなことでいいのだろうか、と思わせた。そのチラシには、うたの文句がしるしてあったのだが、そのうたの作詞者は、初江の記憶するところによれば、古く大正時代に哀れなはやりうたの数々をつくった人であった。それは〝国民合唱　僕等の団結〟とあって、

僕等は希望を　　語り合ふ
憩ひの夕　　　朗らかに
未来の夢を　　胸に抱く
僕等は新月　　楽しい仲間

こんなことで、こんなことで革命が出来るものだろうか、革命は未来の夢とか朗らかにとかというものである筈がないのに――。共産党員が国民大会の名で迎えられたことについての感動と、その感動を尻の方からうそ寒く抜いてゆくような、ある種の寒々とした感じ、この二つの、割り切れぬものを抱いて初江は戻って来た。そして、この朗らかな気分が、亀裂の部分へ、

断層か暗礁のように波の下に沈んでいる戦争世代に浸透して行くことを、初江はひとりで恐れていた。革命部隊である前衛党員は、〝楽しい仲間〟などというものである筈がない。指導者が演説をやり、その後で入党申込書をビラのようにまく。すると小さな雪崩のように、入党者がふえてゆく。そういう安易な、新党員の入れ方にも疑問をもった。が、彼女は黙っていた。敗戦の年に数え年四十三歳であった克巳をはじめとして、五十、六十代の人々も、一挙に十も二十も若返ったかのように、二十代の人々といっしょになって活潑に活動しつづけた。転向者も、非常に多くの部分がかえって来た。外部では批判のことを、普通にヒハンと発音していた人が、党に入って来るとヒバンという風に濁って云ったり、客観的（きゃっかんてき）というのを、カッカンテキと云うようになることにも、何か新鮮な、新しく生れかわった、あるいは、それが転向者であるならば生れかえったような感じがあった。

彼女は黙って働いた。細胞での仕事、米よこせ闘争、世田谷の区民たちが宮城へ押寄せたときにも、彼女は、何か胸の痛くなるような気持を抱いて高円寺から駈けつけた。昭和七年に地下鉄ストをたたかった、その十五年前の職場へ行き、またこのストライキの後で検挙され、出てから潜り込んだバス——そこの電車バス・ストライキのときに、応援に来た克巳と、そこで知り合ったのだった——の職場へも行き、それぞれ組合組織の手伝いをし、婦人部の運営の仕方などを教えた。かつての、都市の交通労働者は、それこそ輝ける革命的伝統の保持者であったのだ。

党は社会党に共同闘争を申入れた、が社会党は、要するに、深く入った眼には、共産党の戦犯追求が社会党に及ぶ限りは提携出来ないということに帰着すると見える口実で、拒否された。克巳は執拗に提携を主張しつづけた。それは、地方組織を確立するために、全国を旅行しつづけていることから出た、実感から発した要求だったのかもしれなかった。

あるとき初江は、

「でも清潔な方がいいじゃないの」

と云ったことがあった。そして云ってしまってから、失敗(しま)った、と思った。克巳は明白な転向者であり、初江は、頭を下げなかった。下げた覚えがなかった。戦時中も家の内でも外でも決して気持を動かさなかった。それは女の依怙地(えこじ)さというものだ、あるいはまた克巳の妻として、転向者である夫に守られていたからこそ、それを貫き得たのだ、とは云えるかもしれない。しかし最低限、彼女は天皇がしたり顔で日本の労働者や農民にのぞむことを、わが心に認めたことは絶対になかった。

そのとき克巳は、意外に暗く、低い声で、

「政治は洗濯とちがうよ……」

と云ったのだった。それは単に初江に対する反撥というものではなかった。予想外に陰鬱なひびきをもっていた。

克巳が東京にいるときでも高円寺の家に帰りたがらず、銀座の民衆社という雑誌社に寝泊りし、且つは彼自身の暗い過去のことをじかには知らない若い女性とのつきあいを好むこと、そのことが、そのとき彼女の胸を衝いた。どうしたらいいのか？

どう克服していったらいいのか？

この場合、彼女が克服し自己批判すべきものは、彼女の半生の、非転向という誇りそれ自体であった。彼女の輝かしい誇りが、家庭に暗いものをみちびき入れ、克巳が家に寄りつかなくなる！

何度か、初江は会合の手伝いをしながら、あるいは単なる聴衆の一人として、夫を壇の上に眺めた。そして克巳の演説には、民衆の気持のなかに深く入った眼、深く沈んだ眼で見られ、つかみとられたものがない、と感じた。もし深く入るとすれば、克巳は、彼自身のものでもある筈の気持、十数年にわたる戦争をなかにおいて分裂し亀裂した民衆の気持に触れることが出来る筈だったろうに。ところが彼は、赤旗の再刊第一号に云う〝特異の存在〟になろうとしている。

党本部でもダンスの講習会が催された。ダンスは文化政策の一つとして奨励されていた。国民服の徳田書記長は、禿げ上った頭をのけぞらせ、ふうふう息をつきながら盆踊りでもやるような手振り足振りで、沖縄踊りをやってみせてくれた。なかでも克巳は、しなやかに身をこなして風登夕子と踊ってみせた。

初江も政治局に籍をおく人から、

「奥さん、ひとつどうです」

と、何度かさそわれたが、どうにも自由な気持になることが出来なかった。別のところで、久野誠からすすめられたこともあったが、これも断った。

四十歳以上の人々の多くは急旋回して民主主義をたたえ、ぐっと若返って十九、二十代の人々とダンスをする……。初江は、ふっと、何か無理無体に自分が中年の方へ押しやられるような、ある寂しさを感じた。

自由な気持、気持の自由さ、それの最も持ちにくいものがアメリカ占領軍に対するそれであった。もちろん、誰にしても、占領軍に対して自由であることは出来ることではなかった。けれども、初江の感じていることは少しちがっていたのだ。

彼女は戦後はじめての総選挙とメーデーをひかえた、四月七日の幣原内閣打倒人民大会に参加した。そしてデモ隊に入って首相官邸へ行った。行く途中、古釘を踏み抜いたので列を離れ、横町の焼跡に出放しになっている水道をみつけて、そこで傷口を洗い、手拭いで繃帯をした。そのとき、米軍の装甲車が塀をした焼跡の空地に、エンジンをかけてずらりと待機しているのを見た。遠く去って行くデモ隊にはMPの白いジープがつき添っていた。やがて官邸の方で発砲の音を聞いた。明くる日の新聞は、日本側警官が射ったのだ、と書いた。が、初江は信じなかった。彼女は、塀の裏側には、〝歯〟が、ある、と信じた。

五月十九日、生産と食糧の人民管理を主目標に掲げ、食糧メーデーが行われた。国鉄東京労組は大会参加者の無賃乗車を指令した。これに対しても占領軍は装甲車を出動させた。五月二十日、マッカーサーは、飢えた人々が街頭に出ることを〝恐喝行為〟である、と云った。二十一日、内務省は占領軍に指示され、警保局長名で生産管理弾圧を全国に指令した。それは、二月二日の、生産管理は合法的な場合には可であるとし、争議に対する警察の干渉を禁じた総司令部言明とは、似ても似つかぬものであった。何かが変ったのだ、上の方で、地辷りにも似たことが起って、何かが明らかに露呈したのだ、例の〝歯〟がむき出しになったのだ、と初江は感じた。

二十九日、対日理事会で、米国を代表するアチスン議長は、徹底的な反共声明を発表した。しかもこの声明文は、御丁寧にも一週間にわたって毎日くりかえしまきかえしラジオで放送された。にもかかわらずアカハタは〝反動のデマにのるな。聯合軍は民主勢力の味方〟という論文をのせた。

全産業の生産管理、全食糧配給機構の管理は、そのための闘争過程で生ずる警察機構の制圧とともに、革命の第一歩な筈である。そのこととマッカーサー＝アチスンの反共声明と、アカハタの〝聯合軍は民主勢力の味方〟ということとどう結びつくのか。稀にそのことを質問するものがあっても、徳田書記長は、理詰めでの説明をせず、指をつきつけ、頭をふりたてて呶鳴りつけるだけだった。そういうとき、書記長の眼は、ギラギラと動物的なまでに光っていた。

党内ではまた、組合内に於ける党のフラクション活動の徹底的強化方針と、党と労働組合、すなわち大衆団体との混同を避け、両者の区別を明確にせよという方針とが競合し、ごっちゃに存在しているように思われた。そして十月に入って新聞通信放送ゼネ・ストが指令され、ラジオはぴたりと沈黙し、二十日間にわたって全国の放送局に赤旗がかかげられ、放送国家管理とのたたかいが続けられ、各新聞社放送局の前にMPと武装警官隊が非常線を張り外部との連絡を遮断したその後で、徳田球一書記長は、中小企業の問題にふれて、労働者は〝その生活をヨウゴするために部分的には生産管理をしているけれども、これとても永続する希望はない〟と書いた。それは正直な告白であったかもしれないが、生産管理を云い出したのは、そもそも誰であったか。情勢の変化というものか。

しかも、そういう記事をのせたアカハタそのものさえが、総司令部による〈RELEASED BY CENSORSHIP 検閲済〉という赤丸の印なしには一部も頒布出来ない始末であった。この検閲印をうけるために、実際の頒布は三日もおくれた。

十月闘争と称されたこの時、争議に参加した人々は二百九十万を越えた。この闘争に対して政府、資本家、社会党、総同盟は暴力革命だ、と攻撃した。これに対して党は「主観的客観的条件からしても政治的ゼネ・ストの形態をとるべきではない」と声明した。

政治はもちろん、克巳のいうように「洗濯ではない」であろう。けれども、労働者一般の吉田政府打倒という声と党の声明とは、どう関係するのか。

……………………

初江は、克巳のと、自分のとの二つの弁当をつめおわってからも、黙然としていた。十月のときと同様なことがくりかえされるのではないか。編集局で昨夜聞いたところによれば、二月一日付で出る筈のアカハタで、野坂参三は、四百五十万人を上まわる人々の、〝この闘争は経済的要求がいれられるならば停止される性質のものである〟と論じているという。果してそうか？　既に二十八日には倒閣国民大会さえが催されているではないか。しかし、ここでも政治は洗濯ではないかもしれない……。

「今夜ね、戻れないんじゃないかと思うの。そしてもし党本部が襲撃されたら……、その後のことは党で連絡してくれると思うわ。たのむわね、おさめさん」

細胞のおかみさんは、名を野田おさめと云った。昭和初年に、浜松の山葉楽器の大争議のときの乱闘がもとで、夫を病死させていた。

おさめさんは、何を訊いても黙然としている初江の顔を、呆れたように眺めていたが、〝襲撃〟などというおだやかならぬことばを聞いて黙っていられなくなったのか、

「襲撃だってかね？」

と訊ね、きっと顔をあげた。おさめさんは、明らかに、浜松での、全市をあげての、右翼暴力団や警察などが入り混って、一カ月以上もつづいた大乱闘をはるかに思い起している。

「そうなのよ、本式だったらね。今夜ゼネ・ストに入るでしょう。すると列車、電車、電信電話、その他の工場での生産をぜんぶ労働者がおさえる。配給もおさえる。すると、警察が出て

くるでしょう、当然。すると、警察をおさえる。そうすれば……ね、党の指導部も産別の指導部も、地下へ行くと思うの」

「だけんど、そこまで行く前に、アメリカが政府に労働者の云うことを聞けって云うかもしれんわさ」

「そうなの、そこのところがわからないのよ」

「でもさ、アメリカは政府に文句を云っても、食えねえ労働者をおさえつけたりはしないだろうさ……」

初江が暗い顔をしているので、おさめさんのことばも、おしまいのところは勢いを失っていた。連合軍は解放軍であるという根本規定は、深く深く滲み込んでいた。それを疑うことは、日本の全態勢に刃向う、たとえば戦時中に日本の戦争目的を初江が疑い否定したときと同じほどの、ただならぬ孤立に陥り、実にあまりにも重い頭上の石をはねのけようとするにひとしいことだった。

昨夜のところまでは、党本部には、襲撃に対する何等かの警戒らしいものは、まったく見当らなかった。ピケットも張られず、訪問者は、ほとんど誰でも無制限に部内へ入って行った。ゼネ・ストを、ひいては革命とまで行くかもしれぬ情勢を指導する政党の本部としては、奇怪なほどに無警戒な、呑気なものだった。それとも、わざとそうしているのか？

「じゃ、たのむわね」

留守になれた立人と民子の頭をゆっくり撫ぜてやり、ことにも、すだれのようになってしまったステープル・ファイバー入りの、毛糸ともいわれぬ毛糸のジャケツを着た民子をじっと見詰めてから、すたすたと、初江は低い杉垣のあいだの細道を辿って行った。

三十日、すなわち昨日の夜、初江は電報その他の郵便物の発送を手伝いながら、松本治一郎首相、徳田球一内相、野坂参三外相、伊藤律農相などという噂がどこからともなく流れて来るのを聞いた。冗談か、本気か？

ゼネラル・ストライキ→全産業、全食糧機構の管理→警察を押える（それは敗戦の秋に、神戸の川崎製鉄のストに際して青年行動隊が警察を占拠したことから発想された）→この三つの事実の上に立って人民協議会が形成される——ゼネ・ストに突入するとなれば、そこまで行くのが自然なのだ。それなのに、いったい閣僚のことなどを考えるという、そんな呑気な情勢なのだろうか、そんなことがありうるか。

二十二日以後、司令部は、屢々共闘の議長をはじめ各単産の責任者を呼んでゼネ・スト中止を勧告していた。勧告は、すべて拒否された。司令部が、中止を〝命令(オーダー)〟としては出し得ないだろう、という推定が支配的であった。その根拠は、南鮮でホッジ中将がゼネ・スト中止を命じ、ために流血の惨を見た。だから、南鮮では米軍上陸の第一歩から凄惨な民族闘争が開始されたのだ。そして、米軍は世界的に不評を買った。日本では、それは出来ないだろう……という。また過ぐる十二月に出た極東委員会の労働組合に関する十六カ条の指令も、どこにもストライキに対して占領軍の干渉を規定してはいなかった。しかし、南鮮で……？　南鮮だけを除いて、ドイツでもイタリーでもオーストリアでも、占領軍がストを弾圧した例はない、と政治局員の一人が云った。南鮮を除いたほかは、みな西洋ではないか？　そしてまた、労働者そのものに、果して革命というものの像（かたち）がはっきり納得出来ているかどうか、特有のニヒリスティックなものが吹っきれているかどうか、あるいは、下から突き上げられて、あるいは突き上げられていると想って上部が混乱して奇妙な踊りを踊っているということはないか……？

初江は断定した、根本的な何かが間違っている、と。

方々に、一つならず、いくつもの亀裂がある。この裂け目を埋め、間違いを正して行くものは、Aがこう云った、いやBはこう云った、Cまた……とあげつらうことにはない、結局日本の労働者だ、労働者が深く沈んだ眼で現実の動き方と、日本人というもののなりたちそのものを見詰めて行く、そこから学ぶしかない、と。

駅に出る途中、初江は地区細胞の責任者であるバラックの古本屋へ連絡に寄った。そこで話しているとき、店の前を康子や克巳の兄、彼女にとっては義兄にあたる、安原武夫元大佐が野戦用の天幕でつくった大きなリュックサックをかつぎ、よろよろと足をひきずって歩いてゆくのを見た。戦闘帽をかぶり、股引のように裾の細い大正時代風な黒ズボンをはいていた。靴は、紐のない、先の尖った大礼服用の深靴だった。化粧品の仕入れに岐阜から上京して来たのだ。武夫元大佐は、康子の世話で福井元海軍中佐のいる石油会社がつくっている、石油ではない、化粧品の行商を岐阜方面でやっている。

とび出していって、

「実はわたし、出掛けなければ」

とまで云うと、

「いいんだいいんだ。いそがしいんだろ? 五日分の米をもって来た。立人にも民子にも食わしてやる。おれが自分でやるから……」

「すみません」

しばらく、老妻とおのれとのたった二人を養うために疲れ果てたような義兄の後姿を見送ってから、彼女は風呂敷につつんだ二つの弁当をしっかりかかえてすたすたと高円寺駅に向って歩いていった。ときどき深く首を垂れる。が、何かに首を引き上げられるようにしてまたもち上げる。

駅のすぐ傍に、駅員のやっているカンパ用のおでん屋があった。そこへもちょっと寄ってみる。敢闘煮、と大書した素人料理の品名がぶら下げてある。敢闘煮とは、さといものことであった。一皿十円のを二皿買って初江は昼食にする。弁当は夕食用で、いつも昼食はぬいていた。ゼネ・スト決行声明書を横眼で睨み、フラクの人がわたしてくれた日本共産党中央委員会名の「労働者諸君に訴える!」というビラを続みながら電車を待った。

『……彼等は卑劣にも反動不逞の徒を使嗾して、我々労働者階級の指導者に白色テロルを加えている。諸君！　これは戦争中の軍部のやり方と全く同じではないか？　我々労働階級がこの威嚇に屈するならばわが日本には再び軍国主義がよみがえり栄えるだらう！……』

列車が赤旗のぽつぽつ見える川崎の焼跡を過ぎ、六郷川の鉄橋を越えて東京の南西地区、見渡すかぎり赤茶けた焼跡をくりひろげているあたりへ康子をつれ込んだとき、彼女は、それまで気を落着かせるために読んでいた文庫本の歎異鈔から眼をはなした。そして、読みはじめてから二十五分はたしかにたった筈なのに、たった四頁しか読んでいないことに気付いた。その四頁も、小さな文庫本に、わりに大きな活字で、行もぱらぱらと印刷され、下の方四分の一ほどは、註解のためにあけてあるのである。字数にして千字とちょっとほどしか読んでいない。同じところを何遍も読んでいたのである。別様に云えば、何も読んでいなかった、と云えよう。親鸞の強烈な信仰告白は、もし本当に読んでいたとするならば、何にもましていまの康子をそのうち側へ引きずり込んでいったであろう。

ふと眼をあげて、冬ざれた仙石原でのあけくれのことを想い出してみる。

零下十度、あるいはもっと下ることの珍しくないこのゴルフ・リンクへは、もう客はほとんど来なかった。予約がまったくつかないときには、従業員の大部分は、監督として派遣されて来ている下士官といっしょに宮の下のフジ・ホテルへ引揚げてしまうのだが、康子はいつも残っていた。そういうとき、朝六時に起きて、三人の残留従業員といっしょに、ゴルフのスパイク・シューズで踏み抜かれ、蜂の巣のように穴だらけになった床を掃除し、米軍の貯蔵物資には手をつけられないので、貧しい配給の食事をする。爾余の時間は、何もすることがない。彼女は一週にいちど小田原や三島、熱海、御殿場、国府津あたりへ買い出しに下り、その機会に本屋によって、日本の古典の書物を買って来る。戦争中に、ほとんど無制限に出版された古典は、あわれにも、一山いくらという棚に、いくらでもころがっていた。麗々しく並んでいる民主主義大講座などというものや米国文明案内録みたいなものを買う気がまったくなかった。伊沢信彦が、そういうものの筆者の一人になっているであろうと思うと、なおいやだったのだ。スイトンで昼食を済まし、それから後、ロビイでそれらの本を読む。無為がそのまま緊張であるような生活であった。

いわば極めて特殊な、そして特権的な場所に康子はいたわけである。けれども、冷蔵庫をひらけば肉でもソーセージでも何でもあるという米軍の接収施設のただなかにいて、一片の魚肉もなく、またときには野菜もない、都市よりももっとひどい、辺地の配給生活をしなければならないということは、地獄の責苦にも似ていたかもしれない。冷蔵庫や食糧貯蔵庫の鍵は、下士官がもち帰っていた。闇に興味をもたない従業員は、到底長つづきしなかった。

ロビイの片隅で、康子は大正中期におくった少女時代に読んでから、その後絶えて接したことのなかった歌集の類を、つぎからつぎへと読んで行った。少女時代の感情を、いま読みかえし再体験したいという気持には、彼女なりに切迫したものがあったのだ。そしてその気持の出所は、時間がたてばわからなくなることかもしれなかったが、主として食糧事情から来ていたのだ。

仙石原は火山灰地で、野菜は育たなかった。彼女は米軍から参考までにとて与えられた軍用のクッキング・ブックやカロリー表によって、米二合一勺、——しかも欠配つづきの——一〇五〇カロリーでは、そんなにながく生きては行けないことを知った。カロリー表で計算してみると、一日一〇五〇カロリーの生活では、毎月六キロずつ体重が減り、四カ月後には死ぬかもしれなかったのだ。客があるときには、その残りを遠慮なくわけ合って食べた。残飯をめぐってのいさかいの起ることも稀ではなかった。わずかに、命の綱としていたものは、戦時中このあたりに疎開していたドイツ人たちが、苦心の果てに育てあげた五匹の牝牛をもつ牧場のあったことであった。ドイツ人たちも、この火山灰地で苦闘をしたのだった。牛は、霧が多いために次々と結核に斃れた。が、ついに五匹を育てた、そのときにはドイツも日本も精根つきていた。彼女がいま下士官の下で副支配人のようなことをしているこのクラブ・ハウス兼ホテルは、戦時中はドイツ人子女の学校になっていたところだった。

彼女は、自分をめぐるこの窮状を組織的な闘争によって打開しようとは思いつかなかった。組合はあったが、組合員の大部分の実家は、小田原や三島、沼津、伊東あたりの漁師や農家で、食いつなげなくなると、各々ばらばらに実家へ帰ってしまうのである。彼等は要するに出稼ぎに来ているのであった。

陰険な相の死火山にとりまかれ、前方に地球が臭い息を吐いている大涌谷を眺め、すがれ果て荒び切った仙石原草原を見下ろして日を送っているとき、彼女に痛切な物思いをさせたものの一つは、実朝の、『黒』と題する次のような怖ろしい歌であった。

うばたまや闇のくらきにあま雲の八重ぐもがくれ雁ぞ鳴くなる

うばたまや闇のくらきにあま雲の――真暗な闇に、黒い雨雲が層々とかさなり、その真黒な重層の奥で雁が何かを裂くように鳴く、しかもなお、鳴いても鳴いても黒い重層なす闇の幕々をひき破ることが出来ない、手応えがない――という、ただの夜の暗さではなく、日本のあるいは日本人の心性の奥の方にある、黒々としたものの重層的な実在――この歌にぶつかったとき、康子は身もろともそこへ呑みこまれるような気がした。おのれの心に底がない、たとえばキリスト教のいう『神』のような、底からおのれを支えてくれる者がないという事実に直面させられたのだ。そのうばたまの闇の暗さに、おのれの遍歴のあとが、陰画のように明らかにうつっている、と思われたのだ。鎌倉の浜辺で大きな船を建造し、これに乗って唐天竺へ亡命しようとしたこの将軍が、何から逃れ出たかったのか――康子にはわかるような気がした。

昭和十四年に外交官であった夫が事故を起して自殺して以来、康子を支えて来たものは、一つは菊夫の成長を見ることであり、他は明治期に青壮年の時代を過し、日本国家に対してゆるがぬ信念をもつらしい深田枢密顧問官であり、もうひとつ、その対極をなすものとしての、弟の克巳、特に克巳の妻の初江さんが、あった。そして、伊沢信彦は、彼女が亡夫に裏切られているということをはじめて知ったとき、ローマに亡夫とともに駐在していたそのときからの知り合いであった。昭和十七年の夏、伊沢が米国から交換船で帰って来、二人ともに国策通信社の海外局員として、同じ新橋ホテルに部屋を割り当てられ、愛し合った、というよりは、支えあった。深田老人を中心に和平運動のようなこともやった。子供の菊夫、深田顧問官、初江、伊沢、この四人の、それぞれにまったく異質な対極点が、ともども彼女の心に位置をもちえたということ、それが可能であったことの理由を、敗戦前までは、彼女は大正時代に育った自分に与えられたもの、いわば大正時代の、ある幸福感というような、漠然としてはいるけれども、しかし、彼女にとってはある種の否定し難い手応えのあるもの、に帰していた。

が、いまは、深田老人は、正視するに堪えなかった。老人のゆるがぬ信念というものと、ほかならぬその信念と深くかかわっている筈の、戦中及び敗戦後の現実によって心の隅々までずたずたに裂かれていると見える菊夫と対比してみるとき、正視することが出来ない。両者とも、彼女には堪えられないものであった。初江さんに対しては、変らぬ愛情と尊敬の気持があったが、嵐の日々をほとんどひとりで堪え抜いて来た初江さんが、いま十の力を無理に（と彼女には見えた）十五にも二十にも拡大して驀進している組織のなかに入ってどんなに身を処置しているか、深く気になっていた。弟の克巳はといえば、いつも何かの、あるいはどこかへ曲って行く途中でしか出会わぬような男であった。いざ見つけようとすると、どこへ行ったか、どこにいるのか、その位置の見定めにくい男になっていた。そして伊沢は、伊沢信彦は……。
そういうとき、康子は地獄絵に寄せた西行の歌を読んでぎょっとした。

黒きほむらの中に、をとこをみなみな燃えけるところを
なべてなき黒きほむらの苦しみは夜の思ひの報ひなりけり

伊沢信彦は、アメリカから帰るとすぐに、康子の予想に反して軍部に迎合して戦意昂揚(と云っていい筈である、アメリカの底力についての話をしたのだから)——の講演をして、全国をまわった。が、心底では戦いの成行について康子と憂いをともにした。そして戦争末期に近く、十九年の秋頃から深田老人をかついで和平運動をやった。が、いよいよ身を挺して戦うべきときになって、空襲で顔に火傷をし、それぎり、身をひいてしまった。投げ出した。かくて戦後、民主主義のチャンピオンになり、追放の仕事に首をつっこむ。がしかし、ローラとの夫婦仲は、ローラの語るところによれば、また伊沢自身の告白によれば、決してうまくいっているわけではない。それどころか、通い合うものが、二人にはほとんどなくなっている。伊沢とローラとのあいだにも、戦争中の空白、あるいは別の云い方をすれば、二人ともまったく別個

の方向での充実がありすぎたために、性（セックス）を除けば、何一つとして二人を自然に結びつけるものがなくなっている。アメリカでならば、それはそれでもよかったのかもしれない……。

戦後康子は伊沢を避けた、身をひいた。それはローラが海彼から来たというせいだけではない。ぐるぐるかわる、そういう伊沢がいやだったのだ。

がしかし、荒涼たる高原を、たったひとりで歩いているとき、彼女ははっきりと自覚していたのだ。

『黒きほむらだ、黒きほむらだ』

と狂したように独語しながら歩いている、無意識な自分を見出したこともあった。

信仰も何もなくて、理性をみがかれる機会もなく、精神の奥底がうばたまの闇の暗さ、黒々と、底もなくて重層しているだけの、そういう精神を抱いていて、どうしてぐるぐると時とともにかわり、転々と転じて行く人を、そうだからといって徹底的に拒否し非難し切ることが出来るか。

　それがいかに口惜しくても、康子は、ぐるぐるかわる伊沢をいまも愛していることを、確認しなければならなかったのだ。けれども、ここでもまた彼女は、『愛』という、恐らくはキリスト教に起源をもつらしいことばを、まともに自分にあてはめることは出来なかったが、それでも何でも、伊沢はローラを措いて、きっと自分のところへかえって来る、と、彼女は動物のように信じて疑わなかった。うばたまの闇のような魂を抱いていては、動物のように、鳴く雁のように無理無体に信じるよりほかに法がなかった。そういうとき、初江さんという対極が、康子の限界を照らし出した。今度の戦争で、昭和というこの荒涼とした時代の底に生き延びて流れていてくれた自分の時代、わたしの時代であった大正期は絶滅したのだ、これからまだまだ前進することは、それはもう息切れがする。彼女は、兄の武夫がトロキナ岬で〝戦死しとったぞ〟と云った射水丸のことをちらと想い浮べ、初江さんたちが、対極と対極とについての、力学的な、戦術的な操作や構造的な理論だけではどうしようもない、どろどろした黒いものがこの世の底にあることを早く知ってくれるよう、そしてその泥沼を、無意識ででもいい、見事に乗り越えていってくれるように、と祈った。

何故なら、ぎりぎりと追い詰められたとき、非合理な中世美学が、意想外なことに助け手となって肉体の奥の方からぬっと姿をあらわすことがあるからである。それはコンミュニストをさえ例外としないかもしれない。無常の思想とこの美学が人々の心に場処をもちつづける限りでは、日本の革命はよほど特殊なかたちをとるにちがいない、と康子は信じていた。中世のこの美学、形而上学には歴史がない、従って、いかに戦争と革命が渦巻いても、いやそれが渦巻けば渦巻くほどその姿を瞭らかに現前させて来て、それがあたかも生命の純粋の声であり、歴史や現実はすべて形骸だとさえ思わせる。そういう誘いをするだけの力を、まだまだもっているのだ……。初江さんはこの美学と無縁なところで生れ育ち、その無縁さを貫いて来た。しかしこの美学のもう一つ下には、もういちど歴史を否定する庶民の無常感が重層をなして分厚く存在する筈である。克巳は、この人を呑む美学と、何にもまして強力な無常迅速の思想を裏側にもった、戦時の現実にぶつかって転向し、且つ再転向し、いまは、厳しく云えば思想というよりもある種の風俗に近いところで動いている。そして思想をもたぬ伊沢は、戦争の痕をその顔に灼きつけられている。

列車が品川駅に近づき、人々はいっせいに膨れ上ったリュックサックに手をのばし、土埃が立ち昇った。康子は眼前一尺ほどのところに立ちはだかって網棚から荷物をおろしている男の、油じみた兵隊服の背中を貫くように凝視していた。彼女の眼は、菊夫もローラも、動物のように無視して、ひたと火傷のあとの生ま生ましい伊沢の顔を見据えていた。たとい人生は短く、もうじき自分もあのうばたまの暗闇(くらやみ)に吸いこまれるのだとしても、自分の潰滅を救うだけの余裕はまだある筈だ、自分の夢を――その対象がどんなに愚劣であろうとも――波の上に両手で差し上げ、自分が沈んだ後でも波間に漂わせておくことぐらいは出来る筈だ……。しかし、伊沢によって自分は何をしようというのか？　こんなことでは、もうすぐにも自分の夢は伊沢という存在を突き抜いていってしまいはせぬか？

康子が刑事に案内されて部屋に入ると、

「いやぁ、これゃどうも大勢さんになりましたなぁ」

と係りの役付らしい男が迷惑そうに云った。

ふりむきざま、戸口のところですくんだように立ち止まった康子を見上げて、伊沢も井田一作も、また菊夫も、瞬間ぎょっとした。克巳とローラは、病気かな、と思った。コンクリートの廊下にぼんやり立って寒さにふるえていた風登夕子は、このひとは克巳さんに比べると、少し猫背だけど何と上品な小母さんなんだろう、でも眼が何だか凄いや、険があるみたいだな、と思った。そして部屋に入る前に、ちらりと夕子を見た康子は、これが克巳の秘書をしているという子だな、と直感した。初江が、克巳についてそれとなくこぼし、且つまた、近ごろのひとってわからない、夕子さんは克巳だけじゃなくて菊夫さんや久野誠さんとも往来しているらしいのよ、と云ったことも思い出した。

康子が進み出て、

「御迷惑をおかけします」

と、太い黒縁の眼鏡をかけた毬栗頭の大男な係りの刑事に挨拶をすると、再びドアーがあいて風登夕子が入って来、

「安原先生、十時二十分になりました」

と声をかけた。

克巳は、

「おう」と応じ、傷だらけなデスクの前からひきさがって来た康子に近づいて壁際へつれて行き、彼女の耳に口をあてて、

「大体話はつきました、親玉の陳というのが第三国人なもんで、手がつけられんので、どうしたものかと、いま云ってるんです。まずその辺まで譲らせましたから、大丈夫でしょう。下手すると、ローラさんが来なかったら完全に沖縄行でしたでしょうよ」

と囁いた。

康子は出て行く克巳を目送し、かえす眼で、なめらかな白い皮膚をしているローラがにこにこ笑いながら克巳に、

「スィ・ユゥ・アゲィン」

とことばをかけているのをちらと眺め、克巳とローラがこの場にいたる以前から既に知り合っているらしいことを訝しく思った。

いままで克巳が掛けていた、よりかかりのない木のまるい椅子に腰をおろして、康子はうつむいている菊夫のざまを凝視した。

手首のところが赤く脹れ、手の指がスタンプ・インキらしいもので黒く汚れていた。部長のデスクには、冷たい金属が光っている。指紋もとられ、手錠をかけられていたのだ。開襟の海軍の士官服はよれよれになり、開いた襟のあいだから垢光りのするメリヤスのシャツがのぞき、その下に、肉の落ちた薄い胸が見えていた。身仕舞がだらしなく、汚なかった。のびすぎた髪の毛はもっさりと耳を蔽い、襟首のところでは、毛のすそが鶏の尻のように巻きあがっていた。眼が充血し、鼻の下や四角な顎には若い顔に不似合いな不精髭がのびている。

あまり見詰めてはいけないか、と思い、眼をうつして伊沢、ローラ、井田一作の三人に礼の気持をこめて頭を下げたとき、灰色のあたたかそうなオーヴァーを着たローラの襟もとの、真珠と、植物か何かかと思われる鉛色の鈍い艶をはなつ玉とが、一つ一つたがいちがいになっている首飾りが眼についた。

うつむいて調書を見ている係りの刑事も、その他の誰もかれもが、何かを、あるいは誰かを待ってでもいるのか、口をきかなかった。

井田一作は眠り足りていないのか、椅子に掛けたままこくりこくりと居眠りをはじめた。

伊沢信彦は、康子が入って来るのを見たとき、ぞっとした。冷水をかけられたような気がした。以前から、康子の額の右寄りのところに一房の白髪があったが、それがずっとひろがって、頭の右側だけに指三本ほどの幅の白髪が際立つようになり、それが何か平均の狂った、異様な感じを与えた。青白い額には横皺が何本か刻み込まれ、その下の、ひどく窪んでしまった眼窩の奥に、何か特定の対象を見抜くためだけに固定し、自由には動かなくなったという態の眼がはめこまれている。肉体の力は次第に剝奪され、残った火が眼に集中している感じであった。

ローラは寒そうに足を組み、両手をオーヴァーのポケットにつっこんでいる。首飾りの、鉛色の玉は竜涎香であった。それは、指でいじられ暖められると、しつこい匂を滲み出させ、いじった人の指や掌からは二日たってもその匂が消えなかった。伊沢は掌をこすりあわせて、やれやれ、あの二階にポウコがいなくてよかったわい、もしあのときあそこでポウコと一緒にあげられたりしたらとんだスキャンダルだ、ひょっとして資格審査委の委員もやめなければならなくなったかもしれんな、と考えていた。いや、ポウコがいないにしても、やっぱりやめなきゃいかんかな、何分あの委員は身体のきれいな人でなければならん筈だが……。あの委員会には女が一人入るべきだな、いまの日本でまともに節操を論じ得る人間なんて、男よりも本当は女のなかにいる筈じゃないのかな……。

再びドアーがあいた。不意に眼覚めた井田一作が、ふりむきざま、

「イヨーッ！」

と奇声をあげ、

「君かい！　いやあ！　わっはっは。これゃ愉快だねえ、わっはっはっ、君かい、イヨーッ！」

とあたりかまわず素頓狂なことばを並べたてた。

ポウコ、すなわち鹿野邦子がふくれっ面をして刑事につれられて来た。

「井田君、君はこの女の子、知ってたのか？」

とロイド眼鏡の係りが毬栗頭をもちあげて訊ねた。

「えへっ、知らぬどころじゃないですよ。戦時中に、ここにおいでの伊沢さんや石射さんが、深田枢密顧問官を中心にして和平運動をやられたときに、新橋ホテルのね、先ずこの鹿野邦子に狙いをつけてひっつかまえて、ぎゅうぎゅうの目に……」

ぎゅうぎゅうの目に、とまで云って井田一作は、部長のすぐ横にいるローラが日本語を充分

に解することを思い出した。これゃいかん！

「この子を通してちょっとさぐりを入れたことがあるんです」

鹿野邦子は菊夫の横へ坐らされた。彼女は、階段をあがってここまでつれて来られる途中で出会った安原克巳と風登夕子のことを考えていた、あの女め、アン畜生メ、と。

「井田君、そんならちょっとわしの代りに話してみてくれんか」

「よろしいです」と引受けて、彼はポウコの方へ向きなおりはしたが、はたと困惑した。いったいこの進駐さんであるローラの手前、さて何と云ったものか、どういうことばづかいをしたらいいものか、と戸惑った。「鹿野……」、まさか、鹿野さん、でもあるまい、鹿野君と云うべきか、ええ面倒くさい！「君はね、まだ例の霞町の支那人、じゃない、中国人の陳なんとかいうのといっしょだろう、闇屋往来でさ」

ふくれっ面のポウコは、ナニ糞！　というように井田一作の不精髭を生やした面を睨みつけた。一言も云わない。

と、係りが急に立ち上って手真似で井田一作を呼び、二人で窓際へ立っていった。井田一作は尻に手をやりたかった。が白人の女の手前、それは出来なかった。

「井田君、実はそれで困っとるんだ。陳銘機っていう中華の奴、こいつがさ、だいぶ大物でむかしの内務大臣やら、右の方のボスの先生なんかといっしょなんだよ、あの大臣もな、追放で参ってるんだ。だから、この陳て奴をあげると事がでかくなる、手がつけられん」

「そうか……。弱ったな」

「だからさ、別扱いで挙げた自動車泥棒の連中だけ、口止めしといてMPの方へ送り、ポンコツの現場働きの石射菊夫や市岡三郎なんて連中は放してしまうよりほかないんだ。ブレンナーも入って来ているしさ」

「じゃ、一件は半分だけ潰してしまうわけだな。石射菊夫もさっきの市岡なんとかって野郎も放して」

「それより手がないな。自動車泥棒の連中だけMPから軍裁へ行って、沖縄行だ。いまここでブレンナーに一歩譲っといて、返す手であの機関へこっちが一歩突っ込む、取引だ、発言権をとる、ということに、な。そうすりゃ、君も多少居心地がよくなるだろう、な」

沖縄、と聞くと、井田一作はくしゃくしゃと顔をしかめた。彼の故郷は、いまは日本なのかアメリカなのかわけのわからなくなった沖縄だったのだ。老母の消息も戦時中からいまだにわからなかった。ブレンナー機関で調べられるソ聯や満洲からの引揚げ者や復員者は、屢々沖縄送りになっているらしかったが、そんな扱いで帰郷（?）することも真平だった。

「じゃ、鹿野が手先になっている飲み屋のリュミエールも闇往来の方も手つけずか」

「そういうわけだ。それに第三国人名義だしな。とにかく石射菊夫も市岡三郎も調べるだけ調べた。だから、あの女を少し脅かしといて……」

二人がひそひそ話をかわしていると、組んでいた足を解いて、ローラが示威的にさっと立ち上った。

係りの毬栗頭がぴょこんと頭を下げていそいで席にかえり、鹿野邦子をじろりと眺めてから、

「じゃ、皆さん、下でちょっと待っとって下さい」

と云ってドアーを指した。

康子がのろのろと立ち上って係りのデスクに近づいた。

「たいへん御迷惑をおかけしました。それで、この邦子さんは?」

「ええ、ほかに闇のことでちょっと訊きたいことがあるもんですから。いまのところ、訊いとくだけですが」

「じゃ、もうすぐ……?」

「ええ、今日中に」

「本当におねがいします」

と頭を下げる。その下げ方は、伊沢には、まるで息子の菊夫の方はどうでもいいが、というように見えた。

井田一作と菊夫と邦子だけをのこして係りの刑事がいそいそと先に立ってローラのためにドアーをあけてやり、つづいて康子が出ようとしたとき、不意にポウコが金切声をはりあげた。

「小母さん、またたのむわねえ」

井田一作は、ポウコの声を聞きつけて、くすくす笑い出した。また、とは、戦時中にこの子

をつかまえた、あのときのことを云うのだろう。たしかにあんときは石射康子にたのまれて釈放してやった。が、今度は、ここにはいない、そしてこいつも知りはしない元の内務大臣やら右翼の先生やらが控えている……。運のいい奴だ。

さてアメリカ人のローラも、それからアメリカさんに近い伊沢や康子も出て行ったから、ひとついためつけてやろう、と井田一作が立ち上ったとき、係りのデスクの電話のベルが鳴った。井田一作はひょいと受話器をとり上げた。二世らしい片言の日本語で、

「ローラさん、そこにいますか？」

と云う。井田一作は尻に手をあてあわてて廊下へとび出し、角を曲りそうにしているローラに呼びかけた。

菊夫が、地下室の――実際には、地下室ではないのだが、階数の呼び方では地下室になっている――留置場へ戻ると、獣のように金網の向うに立ち上った市岡ヘンちゃんが訊ねた。

「おい、どうだった？」

がちゃんと鍵の音がしてなかへ入れられ、ヘンちゃんと並んで隅の方に膝をかかえて坐った。

「出られるらしい。リュミエールの酒や私設専売局の煙草のことじゃないんだ。ポンコツ屋の方なんだ。おれたちは修繕用のアメ公の自動車がどこから来るのか知らなかったんだ。うすうすは、どっかに泥棒グループがあってあのポンコツ屋が運転出来てるってことは知っていたん

だが。だからさ、おれたちじゃないんだ」

「そうか……。だけど、リュミエールは本当に大丈夫なんだろうな。そしてポウコちゃんはおれをずっと雇ってくれるだろうな」

「そりゃ大丈夫さ。君にいる気がありさえすれば、な」

「うん……」

と曖昧な返事をしてから、市岡三郎は、二分ほども黙って考え込み、やがてぽつんと、

「だけど、ものには、おわりというものがあるからな」

と云った。

「何？　なんだって？　ものにはおわりが……？」

「おれはな、自分の身分ががらりとかわるような事件が起ると、いつでもそう思うようになったんだ。八月十五日以来、そうなんだよ。復員して浮浪者になって、あのポンコツ屋へ入れてもらって、夜はリュミエールで働くようになってからでも、いつでもな、ここはいつおしまいになるんかな、と思っていたんだ」

「……そうか」

それは、菊夫にもわかるのだ。ものにはおわりがある……。

菊夫も、市岡三郎も、あの戦争におわりがあるとは思わなかった。戦争は、それこそ天壌とともに窮り無くつづいて行く筈だったのだ。学校も新聞も雑誌も、日本のありとあらゆるもの

が、そう教えていたのだ。すべてものには、はじめとおわりがあるという、認識の第一歩をさえ奪われていた。

昨夜、ここへ放り込まれたとき、菊夫は、恐れ脅えながらも、とうとうここまで落ちて来たのだ、という、奇妙な安心めいたものが心の一隅に、あることに気付いていた。

この地下室からどうやって這いずり上るか、と考えていた。闇往来のことで懲役にやられるなら行こう、と覚悟をきめかかったとき、ふいと、ひとりの女の顔がちらついた。それはどういうわけか、ポウコでも夏子でもなかった。彼が先刻係りの刑事のところへつれて行かれたとき、廊下に立っていた風登夕子のそれだった。夕子には、高円寺の家で、安原初江に連絡に来たとき以来、何度か会っていた。

「ものにはおわりがある……か」

と低く彼は呟いてみて、唇を嚙んだ。

眠っているかのように膝のあいだに頭を抱え込んでいた市岡が、ふいに頭をあげて、

「ええ……？」

と云ったきり、またうつむいた。

ものにはおわりがある、菊夫は今度はポウコのことを考えていたのだ。おれは何という都合のいい奴だろう、戦争がはじまったばかりの頃から夏子、終戦近くの頃からはポウコ、今度は……。おれという奴は、どういう奴なんだろう？　昨夜、伊沢信彦さんに、いまの生活の仕方

をやめてどうするのだ、と訊かれ、おれは『克巳さんや初江さんのやってることは、それなりに立派だと思う』と云い、『だけど共産党になるなんていってるんじゃないんです』とも云った。その真意は、無意識に近かったが、実は風登夕子にあったのだ……。菊夫は、胸のむかむかするような自己嫌悪に襲われ、もぞもぞと動いて壁の方へ顔をそむけた。

しばらくして、市岡が、またぽつんと云った。

「おれは……もう死ぬな」

「おいおい！」

と声に出して云って、菊夫は市岡の、肉のまったくない、骨だけの肩をつかまえてゆすぶった。が、すぐにそれをやめてしまった。彼は夏子のことを思い出したのだ。夏子ももう死ぬな……、おれはいったい女を通してしか時世と結ぶことが出来ないんだろうか？　風登夕子のような、新しいみたいな女は好きだ、けれども共産党は嫌いだという、こんな風な社会とのつながり方しか、おれには出来ないのだろうか？　それとも一般に男、大人ってものが世の中とつながるそのつながり方は、本質的には大体そうしたものなのだろうか？　女を通して？　おれはどういうことになるのだろう？　匍いずり上ることが、果して出来るだろうか。彼は、自分自身を人間なんかではなくて、醜怪な蟻地獄か何かであるように思いなしていた。

人は、不気味な、醜怪なもののなかからこそ何かをつかみとって来ることが出来る筈なのだが。

菊夫は冷たい壁に頭を押しつけて祈っていた。

『神様、どうか自分自身を、恥かしいとか、図々しいとか、卑しい奴だとか、人殺しだとか泥棒だとか、特攻くずれだとかと思わないで、せめてきれいな顔をして世の中へ出て行くことが出来ますように、どうか助けて下さい。僕は、戦争で教育を中途で打ち切られ、爆弾を抱いて突っ込んで行くほか、何の技術も自信もないのです。神様、いけ図々しいと云われるかもしれませんが、助けて下さい……』

そしてまた一方では、そんなことにクヨクヨするのはアホや、という、彼が軍隊で体得した何物かが、むっくりと頭をもちあげてこの若々しく生真面目な祈りを打ち倒そうとしている。

菊夫の横では、市岡三郎がぶるぶる顫えていた。彼は寒さに顫えていたのではない。マラリヤが起きかかってはいたけれども、それよりも、実に、中国で銃を逆手にもって俘虜を虐殺したときの、あのえも云われぬ、射精をするときにも似た、異常に錯倒した感覚が戻って来ていたのだ——。

階段を下りて外へ出たとき、途端に康子がローラに質問をした。その問いは、いまのいまローラが康子のためにつくしてやった菊夫の事件と何の関係もないものだったので、ローラはひどく愕いた。

それは、

「アメリカでストレプトマイシンという結核の特効薬が出来たそうですけれど、手に入らないでしょうか？　日本では、それも滅多にないんですが、闇で一本一グラムのものが、一万二千円もするんです」

というものだったのだ。

康子は、今日、すなわち昭和二十二年一月三十一日期限の財産税という、私有財産制度を否認するような税金の申告のことを考え、これを出せば、封鎖でもっている預金も悉くなってしまう、おわりだ、それで後はどうやって夏子に栄養品や医薬品を与えることが出来るか、とそのことを考えていた。たとえ菊夫が捨て去っても、母親として康子は夏子を見捨てることは出来なかった。

「米国でも、ストレプトマイシンは、大層、大層、高いです」

「そうですか」

康子は絶望した。

「けれども、どうしても、いりますならば、わたしが努力をしてみます」

機械的に、

「おねがいします」

と云って頭を下げた。

「では、夕方の四時に、あなたを新橋ホテルへ迎えに行きます。そのまま箱根へ行きます。わたしは、さっき電話でGHQへ呼ばれましたから、すぐにジープで行きます。ストライキです、通訳のひと、足りません。菊夫さんに、悪いこととしてはいけません、と云っておいて下さい」

「すみませんでした」

「それでは、ノブさん、あとでまた電話します。あなたも酔っ払ってはいけません。菊夫さん、同じになります」


伊沢信彦は、着ぶくれたオーヴァーの肩をすくめてみせた。去って行くローラの背中を、狂したような眼で康子はじっと凝視しつづけた。ふくれた胸を張り、オーヴァーの前をはだけた白人の女は、何の嫉妬も匂わせずに、伊沢と康子の二人をのこして、靴音高く、身に一点のやましさもないかのように正々堂々とジープの方へ歩いて行った。


十分ほど待つと、井田一作が、菊夫、ポウコ、市岡の三人のほか、ポンコツ工場のメンバー六人をつれて出て来た。井田一作は、奇妙に甲高い声で笑ってみせてから、

「やれやれですなぁ」

と云って、眼であたりをさがした。

「ローラなら、ジープで行っちまいましたよ」

伊沢が察して云うと、再び、

「いや、こりやぁ……やれやれですなぁ」

と右手をふりまわした。左手は肛門にあてがっていた。

ポウコは、徐々に、じわじわと昨夜来の緊張がとれて行くという風で、少しずつまるい顔に笑いをとりもどしていった。伊沢はそれを高速度映画で人の笑いはじめを撮ったみたいだ、と思っていた。が、その笑いはじめのポウコが、皮肉な眼つきで自分と康子を交互に眺めているのに気付くと、こいつめ、という風に背中をひとつどやしつけてやった。

菊夫をはじめポンコツ屋一同はその場ですぐ善後策を講じはじめた。ポンコツ屋は、少なくとも当分は閉鎖、連絡場所はリュミエール、ときまり、別の六人は、それぞればらばらの方向へ歩き出した。新宿行の電車に乗る者、五反田行の電車に乗る者、また築地行に乗る者、宮城の方へ歩いて行く者。伊沢や康子にとっては思いもよらぬ、あっさりした解散ぶりであった。それは文字通り、〃解散〃だった。

そして菊夫もが、

「お母さん、すみませんでした」

と、ひょいと頭を下げたなり、ポウコを中にして市岡と三人、並んで歩き出した。伊沢が、おいおい、と呼び止めようとしたが、康子がそれを制止した。すみません、と云って恥かしそうに、少し笑ってみせたときの、その四角な顎が、意外なことに、本式の犯罪者にでもありそうな、図々しく、不敵なものをうかがわせたので、康子は瞬間鳥肌だったのだ。しかも菊夫の眼は、いつにかわらぬ心の優しさをたたえている……。何と引き裂けたような矛盾した顔だろう、と康子は思った。

「あのひとたちには、あのひとたちだけの世界があるんでしょう……」

伊沢を制止して、諦めたような口調で康子が云った。

それが逆に、伊沢にぐっと来た。わたしたちにはわたしたちだけの世界がある筈だ、少なくともあった筈だ？　ローラなどの入れない世界が……？　彼は、思わず手を鼻へもって行って匂いをかいでみた。竜涎香の匂いは、まったくしなかった。そして、そういういやらしい真似を、この康子の傍でした、それが出来たということを、彼は深く恥じた。顔があかくなるのを感じた。

ポウコを中にした三人は、電車道路を横断し、かつて司法省や海軍省が並んでいた焼跡へずかずかと入っていった。新橋へ帰るには、何も道路づたいに遠みちをするには及ばなかった。焼跡を真直ぐにつっきって行けばいいのだ。

あの人たちは、道を通らない、戦争の焼跡をひたすらにつっきって行こうというのだろうか、と康子はぼんやり考え込んでいた。

伊沢と康子は、赤煉瓦の山をよけたり、飛び越したりして歩いて行く三人の背をしばらくじっと見詰めていてから、日比谷の方向へ歩き出した。

宮城前広場、労働者のいう人民広場には、学生たちが何万人か集まって大きな集会を開いていた。ゼネ・ストに対する支援デモをでもしているらしかった。

有楽町の駅近くまで、十五分近くのあいだ、二人はほとんど無言で歩いた。濠端で、康子はいちど立ち止まって宮城を眺め、何か云いたげであったが、不意に伊沢の腕をつかまえ、そのままた歩き出した。日比谷の交叉点では、今度は伊沢が立ち止まった。彼はGHQが立て籠っている第一相互の建物を見上げ、ゼネ・ストなんだ、GHQは果して〝命令（オーダー）〟を出すかどうか、労働者がマッカーサーのオーダーを押し切るかどうか、早く社に帰っていなければいけないんだがなあ、と考えた。彼にとってはGHQだけが問題だった。が、腕をとっている康子に、何か異常なものが感じられたので、それを云い出しかねていた。

「あそこのガードの下にね、闇のうどん屋が出来たんだ、そこへでも入ろう」

日本劇場の周囲には、牛が見たら角を振りたててとびかかりそうな真赤なオーヴァーや、撞球台（ビリヤード）の緑のクロースをひっぺがしてきたような服を着た女たちが、三人、四人、五人、うろついていた。

ガードの横を歩いていると、電報配達用の赤い自転車に乗ったカーキ服の男がビラをまいていった。伊沢が一枚ひろった。それにはガリ版刷りの詩が書いてあった。全官公庁共闘宣伝部として、『二月一日に突撃せよ』という題が書いてあって、

二月一日！

しひたげられた人民の歴史を閉づる日

われらその先頭を行く　われらの後から

幾百万の労働者が続いて来る
革命の足音が　われらの耳朶を打つ
ああ歌声！
ひるむな　ためらふな
まつしぐらに二月一日に突撃せよ
歴史は今日――われらの手でつくられる

としるしてあった。

「正気の沙汰じゃないな！」
と伊沢が呟いて康子にビラをわたした。康子は立ち止まって、刷りのうすい、読みにくい一行一行を黙ってたどり、やがてひとことも云わずにビラを丁寧に押したたみ、手提袋のなかへしまった。ああこれではまったく戦争のときと質は同じではないだろうか、詩のことばのすぐ裏に、康子はどうしても戦争のときのことばを思わないではいられないのだった。〝しひたげられた人民〟――それにちがいはないのだが、そう云われれば、米英にしいたげられた亜細亜(アジア)ということばが透けて見えて来る……、革命の足音が――と云われれば勝利の足音が、と聞える……、まっしぐらに二月一日に突撃せよ――と云われれば、真珠湾に突撃せよ……という文字が、映画のそれのように二重写しになって見えて来る。

どう否定しようにも否定しがたく、そういう風に見えて来る自分を、どう始末したらいいものか、康子は息が詰まったようになって物も云えないでいた。

しかし、二月一日が真珠湾であろうがなかろうが、ゼネラル・ストライキがまっしぐらに、それこそ突撃すれば、たしかに日本の時間の質は一変し、歴史は今日——われらの手でつくられる、であろう。

けれども、革命的情勢ではたしかにあるであろうが、いったい本当に革命計画が決定的な権力と武力とをもった米軍の下にあって成立し得るものかどうか？

「代々木の徳球なんかはじめとして、克巳君にだって責任がある筈なんだ。労働者を煽動しといてさ。いまどきあんなところにうろちょろしとって革命なんか出来るんかね？　奇妙なこったね！」

無責任な伊沢は、自分で克巳を呼び出したことを、もう忘れていた。

箸でつまむと、ばらばらに折れて行く黒いうどんをすすり込みながら、康子はじっと考え込んでいた。こんなに忘れっぽい、こんなにだらしのない男に、何故自分は執着するのか。年をとって、もう性慾も薄くなってしまっているのに、どうして？　いや、性慾も薄くなってしまっているから、かえって人と人とを結びつける最後のものである、そしてわずかにのこった最後の欲情に頼ろうとするのか、追い詰められた最後の動物のように……。この世のなかをかためて行く最後のセメントは性慾なのだろうか。彼女の頭は混乱していった、むき出しの血の匂いのする性慾——何故なら、いま自分が伊沢を自信に満ちたローラから奪い取ったなら、ひょっとすると血を流すようなことが起るかもしれない。ローラは、ひょっとするとピストルで自分か、伊沢かを撃つかもしれない。この情けない、俗っぽい男はそれに価するか、答えは明白に否だ、否だからこそせめてこの最後の、最低のものにでも頼らなかったら、自分は仙石原ですがれ果てて死んで行くにちがいない——、それからもうひとつ——と彼女は一生懸命に自分の頭のなかを整理しようとした——性慾と、それからもうひとつ、仙石原で考え詰めていた日本の不気味な美学と無常感と、それからいまのいま眼前にしていた革命の詩と、これらの三つは、いったいわたしのなかでどんなになっているのか。それが何とも整理出来ないからこそ、ここでわたしは、明白に否定している伊沢に再び降伏し、自ら没落して行く。それは何の象徴であろうか？　単に青春の、いや人生の最後の黒いスパークというに止まることなのだろうか？

二人で二杯ずつ、四杯のうどんを流し込んで伊沢は百二十円を払った。

外へ出て、再び伊沢の腕をとったとき、われ知らず康子は口にしていた。

「わたし、あなたのところへ戻りたいんです」

と云ってしまったとき、ああ、という動物のような声が出た。ああ、という、その叫び声だけが意識にのこっていた。眼の前が暗くなりかけたが、康子は、うッと息を詰めて踏みこたえた。ああ、それを云ってしまったなら、それは戦争中と同じことになる！

「うむ……。僕も内心では、いつでもそう思っていた。矢張り……、そう……しよう。ローラとじゃ、だめなんだ。夫婦生活がね、最後のところでいけないんだ、露骨なことを云うけれど、ね」

「わたしも、もう夫婦生活がうまく出来るかどうか、わからないけれど」

「うん、だけど、あなたといっしょなら、せめて戦争についての、あのいやあなコンプレックスなしでいられるからな」

「………」

「ローラがうまく納得するかどうか、そいつはわからんけれど」

「それはいいの、ローラさんには悪いけれど、わたし、非合法でいいの、地下潜入よ」

「共産党みたいだね」

伊沢は呑気なことを考えていた。中国や南方から引揚げて来た同僚のなかには、現地夫人と称する女を、ひどいのになると二人も三人もつれて帰って来たのがあった。そういう女のことを、現在では、〝ときどきそっと会ってね〟夫人、と同僚たちは呼んでいたのだが、彼はそんなことを考えていた。がその一方では、聖書の〝復讐は我にあり、我これを酬いん〟という恐ろしいことばを漠然と想い起したりもした。しかし、その恐ろしい復讐が、直接にローラからでも康子からでもなく、二年三年の時日を経て思いもよらぬところから来て彼を粉砕するかもしれぬということを、もし彼が予想し得たとしたら、伊沢信彦はその場で地にへたばりついて

ってい た。

気(け)のないところにいるらしい、しかもそこで自分が必死になっている、という意識だけがのこ

は既に問題でなくなっていた。それらのことをとっくに抜け出た、たとえば仙石原のような人(ひと)

のか負けたことになるのか、道徳的に正しいことなのか間違ったことなのか、そういうけじめ

ローラがたとえ納得したところで、いったいそれがどういうことなのか、勝ったことになる

「じゃ、わたし、春になったら仙石原から下りて来ます」

許しを乞うたことであろう……。

東京都の交通労働者の組合、東交があった。

にはドアーもなにもないビルディングである。そしてその向い側には、初江らがかつて戦った

つて巨大な変圧器その他を据えつけてあったため、天井は不気味なほどに恐ろしく高く、入口

もとに建っていた。三階建の、もとは関東配電の変電所のあった焼けビルの二階にあった。か

彼女は下車した客をかきわけて駈け出した。産別本部は、有楽町を流れるどぶ川の、橋のた

こまで電車にごとごとゆられて来なくてはならないのだ。電話は使えないことになっている。

ひとりっきりで……)、こっちは重要火急の連絡に出るにさえ、自動車もなくて代々木からこ

ゆる文明の利器で武装した占領軍と戦うのに(戦うのだ、とはっきり初江は考えをきめていた、

有楽町の駅で下り、初江は産別本部へ行くために駈け出した。無電器やジープなどの、あら

厳封した封筒を胸に入れ、そこに右手をあてて走り出した。左手には弁当を入れた手提袋をもっていた。

と、行手に、みじめな服装の人々のなかに、ひとり、すその方でフレヤーのひろがった、濃紺の立派なオーヴァーを着て、黒いズボンをはいた中年の女性が、よろよろとよろけながら危っかしく歩いて行くのが眼についた。

康子さんだ、義姉さんだ、いまごろなんでこんなところに？　しかし、あのオーヴァーは、むかしロンドンでつくったという、乗馬用服の、そのコートなのだ。男の人のフロック・コートのような風に襟のところは少ししかひらいていないで、咽喉もとから黒い布をかぶせた小さなボタンが十近くもついているあれだ。

あのコートをつくった英国でもあったなら、あるいは義姉さんも西洋乞食みたいないまのようなざまにならずに、誇り高い外交官未亡人として、清潔な独身生活を、あるいは幸福な再婚生活に入りえていたかもしれないが――。

追いついてみると、ほんのしばらく会わなかっただけなのに、義姉の顔はおどろくほど老け込んでいた。

「義姉さん、どうしてこんなところに？　いつ山を下りていらしたの？　ちょっとね、ここで待ってて下さらない、十分ほど。わたし急用で産別へ来たの、ちょっと、十分、ね……」

と云いざま、康子の眼には、不気味な焼け倉庫か、と思われる真黒な建物へ初江は吸い込まれていった。赤旗が何本も、大きな窓からぶら下っていた。スローガンも何本も下げてあった。

空は、どす黒く曇っていた。

次から次へと、緊張した男や女が入って来、また出て行った。自転車に乗って来た人は、ヨイショ、と自転車をもちあげて建物のなかへかつぎ込んだ。暗い洞穴のような入口からなかをのぞくと、板で部屋割りがしてあって人々が住み込んでいるらしかった。

鉄の手すりのついた細いコンクリートの階段を上り、初江は二階へ上っていった。さまざまな服装の男たちがあっちにひとかたまり、こっちにひとかたまりという風にあつまって議論をし、各単産から来た報告を聴いていた。学生も四、五人いた。眼で指令をわたすべき人をさがし、懐から封筒を出して、

「これ、です」

と云って渡すと、〝天皇〟という仇名のある事務局内の実力者は、方々にほころびのあるオーヴァーの肩をぐいともちあげて手をさし出し、

「おっ、御苦労」

と云って受取って机の上においてあった眼鏡をかけ、封を切った。

初江はこの〝天皇〟という仇名のある人の机の上を見下ろした。全国各地から来た報告が大きなザラ紙に克明に時間入りでしるしてあった。その各地の状況表の横に、藁半紙のノートがあって、左右両頁に、恐らくは無意識になされたと思われる落書がいっぱいしるしてあった。

右頁には、基本的な、という文字が大きくしるされ、その周囲に警保局とか警保局長とかという文字がいくつもいくつも字画も正しく書かれ、強盗、現地、対応する、おうしゅうした、労調法、成長、成長、成長などとあって、その片隅に、レンラクがたち切られたとき上からの指令がなければ何も出来ないといふことでは共産主義者ではない、とあり、また一方の隅には、政治的処女性、どんな悪い条件の下でも×××と○○はトメラレル、ともしるしてあった。そして左頁には、連合国、連合軍、連合国、連合軍、マ、マ、マ、という三つの文句だけがびっしりと頁を埋めていた。

連合国、連合軍、マ、マ、マ、の三つの文句は、初江の胸を衝いた。ゼネ・スト決行のための事務中枢にあって、その責任者の一人が何を考えているかをそれは強く物語っていた。また、びっしりと埋められたこの左頁の下方には横線がひいてあって、〝読売争議のとき、安田編輯局長は日本は植民地だと云った〟ともしるしてあった。

封筒のなかみを読みおわった事務局員は、なかなかつかぬマッチに癇をたてながら火をつけて指令を燃やし、指の近くまで燃えて来たとき、コンクリートの床に落し、燃え切るとその灰を踏みにじって、

「呑気なことを云ってますな」

と一言だけ洩らした。

「わかりました、帰って下さい。別にこちらから使者をたてます」

初江が帰ろうとすると、この天井の高い部屋の奥から、

「第一指導部、準備は？　第二、第三は？」

という細いけれどもよく通る声が聞えて来た。緊張した美しい声であった。そのことばだけでは意味がはっきりつかめはしなかったが、第一、第二、第三指導部というのは、弾圧の場合にそなえた地下指導組織のことを云うのではなかろうか？

階段を下りながら、初江は、はッとした。これでは、と彼女は下りながら考えた、この労働組合の連合体である産別会議が、つまりは大衆団体である産別会議がまるで革命部隊の前衛になったみたいではないか、そして革命党の党本部は？

外へ出てみると、十分待ってくれ、と云っておいた康子の姿はどこにも見えなかった。

康子は、放心したように、乗馬用コートのフレヤーの裾をゆりうごかして川端を歩いていた。彼女には、初江の生活がうらやましかった。初江さんは、何百万の人々の心底のねがいといっしょにいる、と何度も考えてみた。彼女は、そういう風に社会とつながっている。戦争中も、恐らく初江さんは、決して日本の民衆に裏切られたなどとは思わないで、我慢に我慢をかさねて根強く生きて来た。が、自分も伊沢も、和平運動をやるについても、民衆がそれについて来るとは決して考えなかった。また民衆に訴える手段もなかった。

しかし、そこに、弁解をしてはいけないのではあろうけれども、どうにもこうにもやりきれ

ないほどの、何かしら通じにくいものがある！　民衆が教育次第、宣伝次第でどうにでもなるものだとは、誰にも断じて云い得ない。けれども、戦争の惨禍を招いたということについては、矢張り康子も伊沢も含めての、日本の民衆の方にもそれを招くべきわけがあったのではなかろうか、そう考えることは、いけないことなのか？　なるほど、初江さんにはまったく責任がないであろう、共産党の〝特異の存在〟である人々にも恐らくそれはないであろう――民衆の指導者たるべき人々と民衆との、この苦しく口惜しい距離、それをどう考えたらいいのか。

しかも、いまわたしは、伊沢のところへ戻りたい、と云った。ということは、惨憺たる戦争があった、それは運命であった、と認めるにひとしいことになりはしないか……？　そこにも、うまく結びつかない、何かしら苦しく口惜しい距離のようなものがある。

それに、と康子はかえりみていた、いまの自分の、こういう風な気持の動き方自体、それは一種の傲慢な零落者根性みたいなものであって、自分が世のなかから浮き上っていることのしるしみたいなものではないのか、また自分で自分の魂を、うばたまの、底なしの闇だなどと考えること自体、何かを、切実な生活をつづけている誰彼を侮辱するようなことではないのか――、大正昭和と、戦争つづきの時代を生きて来て、自分の魂がどういうことになっているのか、何を信じて生きて来たのか、反省は苦しく彼女には自分で自分の判断がつかなかった。

個人と民衆との、それぞれがもっているうそ寒い、埋め難い心理的な距りの、その間隙へ、アメリカがさっと進駐して来て場所を占領している。アメリカは基幹都市はもとより、日本人の心理の一番微妙なところを占領している。

数寄屋橋の上を呆けたような顔をしてぼんやり歩いていると、向うからポウコちゃんがやって来た。珍しく、しょぼんとしていた。

「小母さん、とうとうクビになっちゃった。警察沙汰を起すような奴はいかん、というのよ」

ポウコちゃんも、アメリカにはかなわなかった。

「まあ、迷惑をかけたわね」

「ううん、そうでもないのさ。わたし、あのホテルへ入ったのが十五の年、昭和の十六年だったでしょう。今年は昭和二十二年、戦争もあったしね、そろそろ年貢のおさめどきだったのよ」

「でも……」

「飲み屋もやってるしね、暮しに困りゃしないけどさ、それから兵隊と闇の方の連絡もついているから心配ないんだけどね。なんだか気抜けがしちゃったよ」

「そうでしょう、でも戦争中、いっしょに苦労したときは、楽しかったわね」

「うん、闇もあの頃の方が張り合いがあったな。ところでね、クビだって云うから組合にかけ合ったのよ、そしたら、米軍の命令だからダメだって云うのよ、バカにしてるじゃないの」

「あらそう？　だって起訴されたわけじゃないんだから、争えるわよ」

「ううん、いらねえ、おれね、ちょいと田舎へ帰るよ、兄貴も戦死したんだか何だか、さっぱり消息がないし、このまま東京にいたらパンパンにでもなりたいような気がするといけねえからね、おれ、ちょいと田舎で頭を冷やして来るよ」

「そうね、その方がいいかもしれないわね。田舎があっていいな、食べ物もあるし」

「うん、そいつはひきうけた。仙石原はひどいでしょう、みんなはシベリヤだって云ってるよ。あんなところ、世捨人か流刑人の行くところだって。食べ物送ったげるわよ」

「ありがとう」

「そいからね、菊夫さん、さっきね、国府津の夏子さん見舞に行ったわよ」

「まあ……」


午後二時。

どこからともなくマッカーサーが正式のゼネ・スト中止命令を出したという噂がつたわって来た。全占領軍が配置についた、という噂もつたわって来た。

四時五十三分。

ゼネ・スト中止命令が放送された。

五時。

米軍兵士二名が伊井共闘議長に出頭命令を伝達した。

六時三十分。

日本共産党書記局は産別傘下の各単産フラクションに対してゼネ・スト中止指令を発した。それはどの労組決定よりも早かった。

七時二十五分。

国鉄中央闘争委員会は、ゼネ・スト中止指令を発した。

九時二十一分。

伊井共闘議長はNHKのマイクの前に坐った。彼は、泣いていた。

『……私はいま声がかれていてよく聞えないかもしれないが、緊急で、しかも重要なことがらですからよくきいて下さい。

……私はいま一歩退却、二歩前進という言葉を思いだします。私は声を大にして日本の働く労働者、農民のために万歳を唱えて放送を終ることにします。

労働者、農民万歳、われわれは団結せねばならない』

「すぐ泣くからいやんなるよな。アメリカから食糧を、たとえ豆粕や畜生の飼料にするもんにしろ、とにかくもらいながらゼネ・ストをやってさ、選挙もやらずに政府をひっくりかえそうたって無理だよ。それこそ暴力というものだよ」

と伊沢は理事室で同僚に云った。同僚は一人のこらずみなうなずいた。

箱根宮の下のフジ・ホテルの一室で、玉虫色のスーツに真珠と竜涎香の首飾りをつけたローラは、

「よほど口惜しかったですね。泣きましたね」

と康子に囁いた。

ひさしぶりの肉類で満腹し、コクテールをすごして赤ら顔になった深田元枢密顧問官は、

「日本人は政治的訓練がないものですから、皆様に御迷惑をおかけします」

と云って、眼顔で康子に通訳せよ、と合図した。康子は、それを

『次第に政治的にも訓練されて行くと思います』

という風に訳した。日本語のわかるローラが驚いて彼女の顔を見詰めた。そのときはじめてローラは、康子をいくらか疑った。伊沢とのことについても、このひとは何か嘘をついているのではなかろうか、と。日本人は嘘つきだ、無表情なオリエンタル・フェースの下で、いったい何を考えているものか油断がならない。

新橋ホテルから箱根まで、二時間ほどの、ローラといっしょのドライヴほど辛いものはなかった。ローラは白人としては比較的に色白ではない方だったが、それでもブレンナー機関へ伊沢を引き取るつもりだとかと、伊沢のことばかりを、わざとかと邪推されるほどにも語りつづけるローラの傍で、康子は真黒な苦しみに悶えつづけた。そして初江さんのことを思うことで、わずかに息をついていたのだ。

伊井議長の『万歳』という悲しい声を聞いた瞬間、康子は思った、『八月十五日のときと、どこかしら似ている。あのときの口惜しさ、苦しさとも、どこかたしかに似たものがある』と。

放送で中断されたパーティは、深田元顧問官の日本国民を代表して、というつもりらしい詫び言葉をきっかけにして、再び活気をとりもどし、一緒に招待されて来た古手の海軍大将だった男が、東北で経営している農場の模様を話し、伊豆で隠棲している元の陸軍大将は飛行機の訓練を禁止されたことは甚だ遺憾だということから、日米両軍の空軍の健闘を祝した。深田老人は、新憲法を礼讃し、特に戦争放棄は大出来だった。陛下も深くこの新憲法を信愛しておられる、と云った。これに対して元陸軍大将は危惧の念を示し、戦ヲ好ムハ国ヲ亡シ、戦ヲ忌ムハ邦ヲ危クスということばをひいてみせた。列席したアメリカの軍人たち、特にブレンナー少将が興味をもった。そして、招待者である軍事裁判の検事は、

『皆様が信念をもって日本の平和のために戦って来られたことに敬意を表します。近い将来にアメリカにも来て頂きたい』

と云い、そこでちょっとばかり居ずまいを正して、

『アメリカ人はリンカーンを尊敬していますが、そのリンカーンは戦争の嫌いな平和論者でしたが、彼の大統領時代に南北戦争が起って四年間も苦しみました。日本の天皇も戦争を好まなかったが、とうとうこういうことになりました』

と挨拶をした。

すると深田顧問官をはじめとして、三人の老人は急に喜色を浮べ、銀行家のような検事に対して次々と握手を求めた。そのことを何故そんなに喜ぶのか、しばらく康子には見当もつかなかったが、やがてそれは秘密な、しかもある重大な示唆であることに気付いた。

やがて再び雑談に入り、話題は中国のことに移って行った。内戦にあけくれている中国は今後どうなるのか。旧軍人の二人の面上には、その話題ならば得意とするところ、という満足感と、内戦をやっている中国に対する明らかな侮蔑とが露骨にあらわれていた。

会話中、はじめからしまいまで軍事裁判のことには一言も触れず、検事は、追放のことを、人物凍結と云い換えていた。それらのことは彼の政治的意図がどこにあるかを、明瞭に物語っていた。

帰り際、少し酔った深田老人は階段を踏みはずして脛をすりむいた。手当をうけながら、老人は、

「陛下さえ御安泰ならば、私などが少々怪我をしてもなんということもありません」

と、辻褄のあわぬことを何度もくりかえした。天皇が安泰であり、深田老人が脛をすりむく以前に、何百万人もの人が死んでいる。

午後十時半。

党本部には各単産のフラクションがつめかけ、二階の広間は人でごったかえしていた。

初江はお腹がすいて倒れそうだったが、片隅で顔見知りの若い青年行動隊の一人の話に相槌をうってやっていた。この青年は、今日の午後、短刀を呑んで党本部へ乗り込み、ゼネ・ストをやらせなければここで腹を切って死ぬ、と云い張ったのであった。

「畜生め、ＧＨＱへ飛び込んでやろうか」

我慢して聞いていたのだが、思わず初江は質問した。

「あなた、戦争中特攻隊だったの？」

彼女は菊夫のことを考えていたのだ。

「いや、まだ兵隊に行かないで、工場にいたんだけど、特攻隊って好きだったなあ」

「そう……」

頭をくらくらとさせるほどの複雑な感慨が湧き上って来る。

青年は正直だった。

「おれ、真珠湾攻撃の映画見たとき、本当に感激したもんなあ」

「あなた、もう二度と短刀なんかもち出したら駄目よ。それは暴力よ、共産主義者のすることじゃないわ」

康子が戦争は終ったのではない、いま底流として人々の心のなかに脈々と生きているのだ、これを各人おのおのはどう始末して行くのか、と云っていたことが思い出されて来る。

二階広間の中央では激論がつづけられていた。

「おやじさん！　たしかにあなたの考えられた生管、食管、民警の三つの基本線の上にのったゼネ・ストならよかったでしょう、かつてこの三つの基本を考えられたのは、革命家として実に卓越した着想だったと思うのですが、しかし、この三つの基本線を骨抜きにして、裏側で経済復興会議なんぞという労資協調機関へ片足つっこみながらのゼネ・ストなんか……」

「なに、なに、なにッ！」

おやじさんと呼びかけられた徳田書記長は、相手に指をつきつけて呶鳴っている、傍にいた克巳が議論を買って出る。

克巳が喋り出すと、初江からそう遠くないところで苦々(にがにが)しげに、

「この胡麻すりのお茶坊主め！」

という声がした。共産主義者の群れのなかでも、そのようなことばは生き生きした何かを伝えた。

克巳が喋りおえると、野坂参三が立って一同に、ロシア革命も一九〇五年の敗北から教訓を汲んで一九一七年の三月革命、十月革命をなしとげたのだ、という意味のことを静かな声で説いた。

と、野坂参三が坐ると同時に、間髪を入れずに徳田書記長がすっくと立ち上って、いや、すぐだ、すぐだ、ロシアは十二年かかったかもしれないが、いまの日本はそんなに長くはかから

んのだ。明日すぐ闘争をはじめねばならんのだ！　と叫んだ。将来の見透しとしては、どうやら二つに分裂したものが党内にあるらしかった。

徳田書記長の叫びを仕切りとして、集まっていた人々は次第に散りはじめた。

初江はなおも青年に、我慢が大切だ、明日からすぐにもかからねばならぬことは第一に組織を割らないようにすることだ、明日から恐らく反動的に、ゼネ・ストを主張した人々を各単産の中枢から追い出そうとする動きがはじまるだろう、とさとして二階の階段を下りた。彼女のまわりにも後にも、東洋時計上尾工場の少女たちがまつわりついていた。この少女たちはゼネ・ストさえあれば、生活の苦しさは一挙に解決するもの、と純真に信じていたのであった。中止命令が出て、それを受諾することに決したとき、少女たちは汚い床にべったり坐り込んで泣き出した。初江は、この貧しい少女たちに対して重い重い負い目を感じた。

克巳は今夜も戻らないであろう。

ピケットもなにも立っていない、まったく無警戒な門口に立って、しばらくぼんやりしていると、二階の広間から若い歌声が聞えて来た。

さらば　ゼネ・ストよ

またくる日まで――

それは戦時中にうたわれた〝さらば　ラバウルよ〟という軍歌の替歌であった。人々の心のなかで、まだまだ戦争は死んでいない。初江には、人々の心のなかに流れをひそめた戦争と、新しく与えられた運動の自由と、その自由に対する決定的な制限との、この三つのものがどす黒くからみあって、その黒いものがいまのいま、二月一日午前零時に近い寒夜の闇をつくりなしているように思われた。ミリタリズムは、異様なかたちで人々の心のなかに、革命の前衛のなかにさえ、まだまだ生きている。戦争を人の心のなかから叩き出してしまわねばならぬ。そのためには、先ず労働者や農民がまったく新しい心をもたねばならぬのだが……。前方の不気味な闇を見詰めて、初江は歩き出した。

二月一日、午前五時、いつものように国府津の海岸を東京へ向って走る一番列車の音が聞え出した頃、夏子は苦しみぬいたあげく、息絶えた。前夜、菊夫と話し込んだため、寝苦しくなることを恐れて睡眠薬をいつもより多目（おおめ）に飲んで眠ったので、痰を吐き出すだけの体力がなかったのであった。病死というよりもむしろ思いがけぬ事故死といった方が正確であったろう。かすかな微笑が浮んでいる、と思われた。息絶えて三十分後、死顔には、遠い遠いところから漸くのことで訪れて来たかのような、枕頭の小机の上の花は、寒さのために萎れてしまい、花というよりむしろ野菜の皮か何かのように思われた。

菊夫と夏子が、その前夜何を話したかは、誰も知らない。
戦時中に病みついたひとの、明らかな死がそこに在る。
菊夫が殺したのだったかもしれない。
夏子は死んだ。しかし彼は生きて行かねばならない。

〔1956年「中央公論」1～4月号　初出〕

P+D BOOKS ラインアップ

大陸の細道　木山捷平　●世渡り下手な中年作家の満州での苦闘を描く

変容　伊藤 整　●老年の性に正面から取り組んだ傑作長編

つむじ風（上）　梅崎春生　●梅崎春生のユーモア小説。後に渥美清で映画化

つむじ風（下）　梅崎春生　●陣太郎は引き逃げした犯人を突き止めたが…

淡雪　川崎長太郎　●私小説家の〝いぶし銀〟の魅力に満ちた９編

暗い流れ　和田芳恵　●性の欲望に衝き動かされた青春の日々を綴る

P+D BOOKS ラインアップ

なぎの葉考・しあわせ　野口冨士男　●一会の女性たちとの再訪の旅に出かけた筆者

金環蝕（上）　石川達三　●野望と欲に取り憑かれた人々を描いた問題作

金環蝕（下）　石川達三　●電力会社総裁交代により汚職構図が完成する

孤絶　芹沢光治良　●結核を患った主人公は生の熱情を文学に託す

サムライの末裔　芹沢光治良　●被爆者の人生を辿り仏訳もされた〝魂の告発〟

貝がらと海の音　庄野潤三　●金婚式間近の老夫婦の穏やかな日々を描く

（お断り）

本書は1993年に筑摩書房より発刊された『堀田善衞全集3』を底本としております。あきらかに間違いと思われるものについては訂正いたしましたが、基本的には底本にしたがっております。また、一部の固有名詞や難読漢字には編集部で振り仮名を振っています。本文中には阿呆、低能児、気違い、女郎、イヌ畜生、未亡人、使用人、支那、妾の子、後家、看護婦、アメ公、女郎屋、合の子、第三国人、つんぼ、赤、土着人、土民、女士官、パンパン、女軍属、支那人、朝鮮人、百姓、下男、盲判、女中、女衒、浮浪者などの言葉や人種・身分・職業・身体等に関する表現で、現在からみれば、不当、不適切と思われる箇所がありますが、著者に差別的意図のないこと、時代背景と作品価値とを鑑み、著者が故人でもあるため、原文のままにしております。差別や侮蔑の助長、温存を意図するものでないことをご理解ください。

堀田 善衞（ほった よしえ）
1918年（大正７年）７月17日―1998年（平成10年）９月５日、享年80。富山県出身。1952年『広場の孤独・漢奸その他』で第26回芥川賞を受賞。代表作に『時間』『方丈記私記』『ゴヤ』など。

P+D BOOKS とは

P+D BOOKS（ピー プラス ディー ブックス）とは
P+Dとはペーパーバックとデジタルの略称です。
後世に受け継がれるべき名作でありながら、現在入手困難となっている作品を、
B6判ペーパーバック書籍と電子書籍を、同時かつ同価格で発売・発信する、
小学館のまったく新しいスタイルのブックレーベルです。

奇妙な青春

2021年9月15日　初版第1刷発行

著者　堀田善衞
発行人　飯田昌宏
発行所　株式会社　小学館
〒101-8001
東京都千代田区一ツ橋2-3-1
電話　編集　03-3230-9355
販売　03-5281-3555
印刷所　大日本印刷株式会社
製本所　大日本印刷株式会社
装丁　おおうちおさむ（ナノナノグラフィックス）

ISBN978-4-09-352423-0

P+D BOOKS